Sina Blackwood

Der Nebelwald

Bibliografische Informationen der Deutschen Nationalbibliothek:
Die Deutsche Nationalbibliothek verzeichnet diese Publikation in der Deutschen Nationalbibliografie; detaillierte bibliografische Daten sind im Internet über http://dnb.d-nb.de abrufbar.

Coverbilder: © DM7 - Fotolia.com
Umschlaggestaltung: Sina Blackwood
Layout: Sina Blackwood

Herstellung und Verlag:
BoD – Books on Demand, Norderstedt
ISBN: 9783734768057

Das Geheimnis

Als Sir James noch ein Dreikäsehoch war, bläute ihm sein gestrenger Vater ein, den Nebelwald zu meiden. Das Warum, blieb dabei stets unbeantwortet.

Als folgsamer Sohn hielt James das Verbot auch peinlichst genau ein. Jedenfalls bis zu jenem Tag, als er seine Knappenausbildung mit Bravour hinter sich gebracht hatte und er zum Ritter geschlagen wurde.

Sir Edward, James' Vater, war auch jetzt nicht geneigt, nur eine einzige Frage über den Wald zu beantworten. Jedes Mal, wenn James das Thema auch nur von Ferne streifte, sprang der alte Herr auf, funkelte seinen Sohn wütend an und warf geräuschvoll die Tür hinter sich zu.

Genau so wenig konnte James über seine Mutter in Erfahrung bringen. Es hieß, sie sei wenige Tage nach seiner Geburt verstorben. Wen der junge Ritter auch fragte, niemand konnte oder wollte ihm Auskunft geben.

Weder darüber, wo man sie begraben, noch warum man ihre Bilder von den Wänden genommen hatte.

Edward hatte sogar das komplette Personal entlassen und neue Dienerschaft eingestellt. Aus der Familienchronik waren mehrere Seiten herausgerissen worden und selbst in den Annalen der Dorfältesten fehlten jegliche Hinweise auf Lady Ann.

Heute war wieder einer jener Tage gewesen, an dem sein Vater wegen einer Kleinigkeit wie ein gereizter Tiger reagiert hatte.

Noch bevor sich hinter ihm die Tür schloss, rief James: „Ihr wollt es offenbar nicht anders! Noch heute reite ich in den Wald, um endlich Klarheit zu bekommen, was hier gespielt wird!"

„Das werdet Ihr nicht tun!" Edward blieb stehen, als sei er gegen eine Mauer gelaufen. Der Farbwechsel von Zornesrot zu Leichenblass geschah im Bruchteil einer Sekunde.

„Wer sollte mich daran hindern?!" James ging mit erhobenem Haupt an ihm vorbei und schloss beinahe lautlos die schwere eisenbeschlagene Tür.

Sir Edward lief ein eisiger Schauer über den Rücken. Er kannte nur eine Person, die dies bisher fertiggebracht hatte – Lady Lilian.

Manchmal hatte er sogar geglaubt, schwerhörig zu sein. Lilian erschien plötzlich, ohne dass man den Hall der Schritte gehört hatte, wie bei allen anderen Bewohnern der Burg. Aber diese anderen hatten auch ständig das Gefühl gehabt, Lady Lilian würde schweben, statt gehen. Und auch die Türen schloss sie ohne Geräusch, genau, wie James es soeben, wohl zufällig getan hatte.

Zumindest hoffte Edward auf den Zufall. Denn anderenfalls … Der Gedanke trieb ihm Angstschweiß auf die Stirn.

Das Trommeln galoppierender Pferdehufe auf der Zugbrücke ließ ihn zusammenzucken. Mit einem Satz, den man dem alten Mann nicht zugetraut hätte, stand er am Fenster. Er konnte gerade noch sehen, wie James in einer Staubwolke zum Tor hinaus ritt.

Der Nebelwald machte seinem Namen alle Ehre, wie James beim Näherkommen rasch feststellte. Aus der sengenden Glut der Julisonne auf den Wiesen ringsumher, tauchte er in eine düstere feuchtkalte

Welt ein, kaum dass er die ersten Bäume erreicht hatte.

Sein Pferd begann ängstlich zu schnaufen und er hatte Mühe, das scheuende Tier vorwärts zu bringen. Unwillkürlich fasste er nach dem Knauf seines Schwertes.

Das würde Euch hier auch nichts nutzen, hörte er eine Stimme ziemlich deutlich in seinem Kopf.

„Zeigt Euch!"

Wollt Ihr das wirklich?

„Wer seid Ihr?", hauchte er, sich umschauend.

Manche nennen mich die Herrin dieses Waldes. Andere heißen mich eine Kräuterfrau. Doch für die meisten bin ich eine Hexe. Wollt Ihr mich noch immer sehen?

„Ich bitte darum." James zügelte sein Ross. „Wo seid Ihr?"

„Genau vor Euch."

James starrte in den wabernden Dunst, aus dem sich langsam eine schlanke Frauengestalt herausschälte.

Als Erstes fielen ihm ihre wundervollen strahlend blauen Augen auf. Sie schienen den Nebel wie kleine Lichter zu durchdringen. Das lange rötliche Haar umschmeichelte in sanften Wellen ihren Oberkörper.

James schaute und staunte. Hexen hatte er sich völlig anders vorgestellt – alt, verhutzelt, abstoßend. Dieses Wesen hatte etwas Engelsgleiches.

„Zufrieden mit der Betrachtung?"

Der spöttische Unterton brachte James in die Realität zurück.

„Ja sehr", seufzte er, ehe er sich zusammennahm. „Verzeiht, ich habe mich noch nicht einmal vorgestellt. Ich bin James ..."

„Spart Euch die Worte, Herr Ritter. Ich weiß sehr wohl, wen ich vor mir habe."

Ob die Falte zwischen ihren Augenbrauen tatsächlich vorhanden war, oder ob er sie sich eingebildet hatte, wusste James nicht. Nur, dass ihre Stimme nicht sehr erfreut geklungen hatte.

„Ihr seid mir nicht wohlgesonnen", murmelte er.

„Schön, dass Ihr es bemerkt."

Ihre Worte trafen ihn wie Nadelstiche.

„Es war nicht meine Absicht, Euch zu belästigen. Ich werde sofort umkehren. Vergebt mir bitte, wenn Ihr könnt."

James griff nach dem Zügel.

„Ihr geht, wenn ich es Euch erlaube! Betrachtet Euch bis dahin als Gefangenen."

James erschrak nicht einmal. „Wünscht Ihr, dass ich meine Waffen ablege?"

Er erhielt spöttisches Lachen und belustigtes Abwinken zur Antwort. „Eure Spielzeuge fürchte ich nicht. Ihr macht mich nur neugierig. Noch nie habe ich einen Mann getroffen, der wie Ihr in sich ruhte. Folgt mir!"

Schweigend machte sich die Schöne auf den Weg tief in den Wald hinein. James sprang vom Pferd, das er am Zügel hinter ihr her führte. Seine Gefühle hätte er nicht beschreiben können. Zumindest wähnte er sich in keiner Weise bedroht.

Obwohl sie ihm die ganze Zeit den Rücken zuwandte, wäre er nie auf den Gedanken gekommen, sich heimlich davonzuschleichen. Bei einem Mann hätte er allerdings schon zig Mal versucht, ihn in seine Gewalt zu bringen und den Spieß gründlich umzudrehen.

„Glaubt nicht, dass ich nicht kämpfen kann, nur weil ich eine Frau bin!"

Diesmal zuckte James heftig zusammen. „Ihr ... Ihr könnt Gedanken lesen?", stammelte er.

„Scheint so." Sie wandte sich nicht einmal um.

Er hingegen begann nun, sie noch eingehender zu betrachten. Nur konnte er das amüsierte Lächeln nicht sehen, das wie eingemeißelt in ihren Mundwinkeln stand.

Schließlich kicherte sie: „Ich werde mich schadlos halten, wenn Ihr Eure Rüstung ablegt."

„Ach herrje! *Das kann ja heiter werden.*" James musste ebenfalls schmunzeln. Er stellte sich vor, wie sie ihren Blick genüsslich über seinen Körper huschen ließ, worauf in ihm ein wohliges Gefühl aufstieg.

Die Herrin des Waldes blieb stehen, musterte ihn von Kopf bis Fuß, zog eine Augenbraue nach oben, machte eine neckische Bewegung mit dem Kopf: „Ich freue mich darauf. Für den Augenblick solltet Ihr allerdings mehr als Euer Pferd zügeln."

„Ach herrje!"

„Ihr wiederholt Euch."

„Punkt für Euch, meine Schöne."

„Ahhh, endlich taut Ihr etwas auf. Ich hoffe doch, Ihr seid auch auf dem Kampfplatz der Worte nicht ganz ungeschickt."

„Ich bin eher ein Mann der Tat als vieler Worte", entgegnete James.

Sie taxierte ihn noch einmal äußerst interessiert. „Das will ich doch stark hoffen."

James gab es auf, sie verstehen zu wollen. Diese Frau war ein Buch mit sieben Siegeln.

Hinter der nächsten Wegbiegung tauchte eine kleine Lichtung auf, an deren nördlichem Rand ein solide wirkendes Holzhaus stand. Auf dieses hielt die geheimnisvolle Fremde nun zu.

„Versorgt Euer Pferd, Sir James! Ich erwarte Euch drinnen." Sie steckte noch einmal den Kopf zur Tür heraus. „Ihr werdet doch hoffentlich ohne Dienerschaft klarkommen?!"

James nickte. Als sie es nicht mehr sehen konnte, schüttelte er ungläubig den Kopf. Nach verschärfter Haft sah es ganz und gar nicht aus.

Er beeilte sich, ihre Anweisungen zu erfüllen. Zuerst führte er sein Pferd an die Tränke und anschließend in den kleinen Stall neben dem Häuschen, wo er ihm den Sattel abnahm. Den hängte er an einen Haken an der Wand.

Bevor er das Häuschen betrat, wusch er sich Gesicht und Hände.

„Legt Eure Waffen auf die Truhe neben der Tür", sagte seine schöne Kerkermeisterin beiläufig, denn sie rührte emsig in einem großen Topf auf dem Herd.

James deponierte auch seinen Brustharnisch und die Beinschienen an der Tür.

„Wollt Ihr Euch nicht setzen?"

Über James' Gesicht flog ein heiteres Lächeln. „Wollt Ihr mich nicht über die Haftbedingungen aufklären? Was habe ich zu tun und was zu lassen?"

Sie spitzte die Lippen. „Die sind rasch erklärt. Ihr dürft Euch im Haus, sowie auf der Lichtung, frei bewegen, und habt mir in allem zu gehorchen. Fluchtversuche sind zwecklos. Ihr dürft Wünsche äußern. Ob ich sie erfülle, steht auf einem ganz anderen Blatt." Dann wandte sie sich wieder dem Topf zu.

Dabei wirkten ihre Bewegungen auf James so anmutig wie ein Tanz. Sein Blick klebte förmlich an ihr. Sie schien es zu fühlen, denn sie drehte sich mit schelmisch blitzenden Augen zu ihm um, wobei sie mit dem Ellenbogen einen Krug von der Herdkante stieß.

Noch bevor es den Boden berührte, fing der junge Ritter das herabfallende Gefäß auf, womit er die Schöne völlig überraschte.

Sie ihn wiederum mit den Worten: „Ich bin froh, dass Ihr nicht als Feind gekommen seid. Ein Kampf mit Euch würde mich an den Rand meiner Kräfte treiben."

„Jetzt verstehe ich gar nichts mehr", erklärte James. „Wie wollt Ihr mich dann gefangen halten?"

„Mit den Waffen einer Frau."

James atmete tief durch. „Ich bin auf diesem Gebiet recht ungeübt, aber irgendwie dämmert es mir, was Ihr meint." Dabei hoffte er bereits jetzt inständig, sich auf dieser Art Schlachtfeld beweisen zu dürfen.

Als er ihr schließlich auch noch ohne viel Federlesen den schweren Suppenkessel vom Herd zum Tisch trug, sagte sie: „Ihr habt zum Glück von Eurem Vater nur den Namen geerbt."

James lachte bitter auf. „Ja, diesen Gedanken wälze ich auch des Öfteren. Wenn ich nur wüsste, was ihn so mürrisch und unzufrieden macht?"

„Wenn das alles ist, was Ihr wissen wollt, kann ich Euch gute Auskunft geben! Er hat Blutschuld auf sich geladen, als er Eure Mutter vergiftete!"

9

Sir Edward

James schnellte von seinem Platz und starrte die junge Frau entsetzt an, die unbeirrt weitersprach: „Ich habe lange auf den heutigen Tag gewartet. Darauf, ihm aus Rache das Liebste zu nehmen, was er hat – nämlich Euch. Nur bringe ich es nun nicht übers Herz, Euch zu töten."

„Sagt mir doch endlich, wer Ihr wirklich seid!", rief James, sich langsam wieder setzend.

„Ich bin Lilian, jene Frau, der Euer Vater ewige Liebe schwor und die er dann zurückwies, um Eure Mutter ihres Vermögens wegen zu heiraten.

Als er ihrer überdrüssig wurde, wartete er auf eine günstige Gelegenheit, sie aus dem Weg zu räumen, um reumütig zu mir zurückzukehren. Doch da hatte er sich gründlich verrechnet. Solch ein verabscheuungswürdiges Monster hätte ich niemals an meiner Seite geduldet!"

James hatte mit völliger Verblüffung zugehört. Die Gedanken schlugen Purzelbaum und es dauerte ein paar Sekunden, ehe er sie halbwegs geordnet hatte. Das war also jene Frau, über die er, auf den Burgen anderer Herren, unter vorgehaltener Hand die unglaublichsten Geschichten gehört hatte.

„Und Ihr seid sicher, dass er es war und nicht Ihr, der sie vergiftet hat? Aus blanker Eifersucht?", fiel ihr James schließlich ins Wort.

Sie zeigte mit dem Finger auf seine Brust. „Genau diese Frage hätte ich wohl auch gestellt. Kommt mit!" Sie führte ihn hinaus und sprach im Gehen weiter. „Ich bringe Euch zum Grab Eurer Mutter."

„Was aber nicht heißt, dass Ihr sie nicht doch …"
James blieb abrupt stehen. Er hatte erst jetzt die
Worte wirklich begriffen. „Ihr kennt tatsächlich den
Ort, wo man sie begraben hat?"

„Ja. Nach allem anderen fragt Eueren Vater, wenn
Ihr wieder zu Hause seid!"

„Ihr lasst mich gehen?"

Sie nahm sein Gesicht in beide Hände. „In der
Hoffnung, dass Ihr wiederkehrt." Seufzend schaute
sie ihm in die Augen.

„Wenn ich Euern Blick richtig deute, dann wäre es
Euch am liebsten, wenn ich erst morgen ritte?"

„Natürlich! Es wird langsam dunkel. Ihr müsst
durch sumpfiges Gelände reisen. Da draußen gibt es
tausend Gefahren. Es …"

Sir James winkte lachend ab. „Genug, genug!
Wenn Ihr noch ein paar Gründe anführt, glaube ich
selbst noch daran, ein Hasenfuß zu sein."

„Ihr bleibt???"

„Schon, um Euch keinen Kummer zu machen."

Im nächsten Augenblick drückte ihm Lilian einen
heißen Kuss auf die Lippen. James zog sie in einem
Impuls heraus in seine Arme, wobei er fest damit
rechnete, eine saftige Ohrfeige zu bekommen. Stattdessen schmiegte sich Lilian für einen Moment an,
ehe sie sich einen Ruck gab und: „Kommt, sonst
wird es zu dunkel", sagte.

Sie hängte sich bei ihm ein und führte ihn geradenwegs an das östliche Ende der Lichtung, wo ein
sorgsam gepflegtes Grab lag.

„Ich würde mich sicher nicht darum kümmern",
sprach sie, darauf deutend, „wenn es mir nicht sehr
am Herzen läge. Zuerst geschah es, um mich irgendwann an Eurem Vater rächen zu können. Aber

11

im Lauf der Zeit mischte sich Mitleid aus tiefstem Herzen darunter. Sie hatte nichts von dem gebrochenen Treueschwur gewusst."

James nahm das Samtbarett ab, um einen Augenblick schweigend zu verharren. Den eingemeißelten Daten nach war seine Mutter noch nicht einmal 20 Jahre alt gewesen, als sie sterben musste.

„Um ein Haar hätte ich ihr Schicksal geteilt", hörte er Lilian leise erzählen. „Denn, als ich ihn als Mörder von mir wies, ließ er mich in Ketten legen und einen Scheiterhaufen aufschichten. Jedes Gericht hätte mich, die Hexe, für schuldig erklärt, meine Nebenbuhlerin getötet zu haben.

Mithilfe eines Stallknechtes gelang es mir, zu fliehen und die Leiche Eurer Mutter, den Beweis für seine Schuld, mitzunehmen. Daraufhin behauptete Sir Edward, seine Frau sei mit Dämonen im Bunde gewesen. Warum hätte sie sonst zur gleichen Zeit wie ich verschwinden sollen? Niemand zweifelte an seinen Worten und so ließ er jegliches Andenken an sie tilgen."

„Das beantwortet viele meiner Fragen. Verzeiht, dass ich Euch verdächtigte." James küsste Lilian auf die Stirn.

Sie lächelte milde. „Vergeben und vergessen."

Seit James die Burg verlassen hatte, wanderte Sir Edward in den alten Mauern umher, ohne einen Augenblick Ruhe zu finden. Was, wenn James wirklich das Geheimnis des Waldes und damit das finstere Familiengeheimnis lüftete? Wie werde er reagieren?

Andererseits … nur, weil ein paar Männer auf ungewöhnliche Weise darin ums Leben gekommen waren, musste sich Lilian noch lange nicht in diesem Wald herumtreiben.

Sicher war sie damals so weit wie möglich aus der Nähe seines Hoheitsgebietes geflohen. Außerdem müsse sie heute eine alte Frau sein, der man sicher Herr werden könne …

Sein Verbot, den Wald zu betreten, stand noch immer unverändert. Die Toten waren Fremde und unliebsame Schnüffler gewesen. Ein hämisches Grinsen huschte über sein Gesicht, das sich, als er an James dachte, zu einer eher hilflosen Fratze verzog.

Die liebevolle Zuwendung, die er seinem Sohn angedeihen ließ, hatte Zweifler rasch zum Schweigen gebracht. Und jene, die nicht allein verstummten, hatte er durch Folter dazu bringen lassen.

Der heranwachsende James hatte ihn durch seinen angeborenen Gerechtigkeitssinn allerdings des Öfteren in recht prekäre Situationen gebracht.

„Das kann er nur von seiner Mutter haben", murmelte Edward, um gleich darauf noch einmal zu kontrollieren, ob er seinen langen Dolch auch tatsächlich am Gürtel trug.

Das Blut, wie vieler Unschuldiger bereits daran klebte, hatte er nie mitgezählt. Diese Lilian sollte ruhig kommen! Auch sie werde er damit aufspießen wie einen Schmetterling!

Schmetterling. Sein Gefühlsrad begann sich zu drehen. Lilian war in der Tat zart und wundervoll wie ein Tagpfauenauge gewesen, jede ihrer Bewegungen grazil, leicht und anmutig wie der Flug von Blüte zu Blüte.

Seine Gier nach Land und Macht war es gewesen, die dem Kopf den Vorrang vor dem Herzen gegeben hatte … am Ende hatte er beide Frauen verspielt.

Verspielt? Der Tod ist kein Spiel.

Edward kreiselte herum. Er hatte die Worte deutlich vernommen. Ihm schien, als schwebe ein grünlicher Schemen im Türrahmen, der rasch verblasste.

Mit einer fahrigen Bewegung wischte er sich den Angstschweiß von der Stirn. Zutiefst beruhigt stellte er fest, dass dies niemand gesehen hatte.

Schwäche zeigen? Niemals! Gewissensbisse? Wozu? Dabei begann er jetzt schon zu ahnen, dass ihn die Angst nun öfter besuchen käme. Verdrängen schien kein Allheilmittel mehr zu sein.

James of Whitecastle

James folgte zur gleichen Zeit Lilian zurück zum Haus. Er fand immer weniger Grund, ihr wegen irgendetwas misstrauen zu müssen. Sie spielte mit offenen Karten. Auch was das betraf, ihn ursprünglich umbringen zu wollen.

Die Sonne war schon fast untergegangen und James staunte über die unzähligen funkelnden Sterne. „Warum ist hier eigentlich kein Nebel, wie sonst im ganzen Wald?", fragte er, die Antwort eigentlich schon wissend.

Da sagte Lilian auch schon mit einem hintergründigen Lächeln: „Weil ich es so will. Ihr habt sicher schon von der alten Wetterhexe gehört, die sich hier herumtreiben soll."

James nickte. „Ich finde es passender und wohlklingender, die Herrin des Waldes dafür verantwortlich zu machen. Alte Hexen sind wohl eher mürrische Frauen."

Lilian begann schallend zu lachen. „Für einen, der von sich behauptet, sich nicht auszukennen, wisst Ihr eine ganze Menge." Sie nahm seine Hand und beschleunigte den Schritt. „Kommt, mich drängt es, noch mehr über Euch zu erfahren."

Was sie dabei vordergründig im Auge hatte, ließ James' Herz schneller schlagen. Ihn erwarteten sicher auch andere Freuden, als bei den Mägden und Bauernmädchen, die er hin und wieder in irgendeinem Stall oder einer Scheune zu einem Schäferstündchen verführte.

Bisher hatte es auch keine geschafft, ihn wirklich zu begeistern. Schnelle Akte der Befriedigung, ohne den Wunsch nach Wiederholung.

Bei dem Gedanken an Lady Lilians Körper regten sich sofort recht heftige Gefühle. Er erinnerte sich an das kleine Wortgeplänkel im Wald, als sie ihn zum Gefangenen erklärt hatte. Nach einem Keuschheitsgelübde hatte das ganz und gar nicht geklungen.

„Erst ein Bad, dann werde ich Euch geben, wonach es Euch gelüstet", hauchte sie ihm ins Ohr, wie zufällig die Stelle berührend, an der seine Manneskraft deutlich sichtbar darauf wartete, entfesselt zu werden.

So wunderte sich Lilian auch nicht, dass er ohne Murren Wasser pumpte, Eimer um Eimer in den Badezuber füllte und schließlich mit dem siedenden Wasser aus dem Kessel zu einem heißen Bad mischte. Lilian gab ein paar Tropfen Öl dazu, die das ganze Häuschen mit herrlichem Duft füllten.

Augenblicke später saß James in der Wanne, Lilian rittlings auf dem Schoß und vergaß die ganze Welt um sich herum. Ihr lustvolles Stöhnen bestätigte ihm, wieder und wieder, genau das Richtige zu tun. Nicht weniger deutlich zeigte er ihr, wie sehr sie ihn beigeisterte.

Auf das ausgiebige gemeinsame Bad folgte eine stürmische Nacht. Lilian führte James von einem Höhenflug zum nächsten. Sie kannte Regungen, die selbst einer Dirne die Schamesröte ins Gesicht getrieben hätten.

Ihn interessierte es nicht, ob sein Vater mit der geheimnisvollen Schönen die gleichen Freuden genossen hatte. Er akzeptierte auch die Tatsache, ein Wesen vor sich zu haben, das anders war, als die Menschen, die er bisher kennengelernt hatte.

Nach ihrem Alter fragte er schon gar nicht. Dass sie auch vor 20 Jahren so jung und umwerfend wie heute ausgesehen haben musste, war klar. Ebenso, dass sie über irgendein Mittelchen verfügte, dieses Aussehen zu erhalten.

Eng umschlungen schlief er schließlich mit ihr ein.

Vater und Sohn

Dass der Morgen begann, wie die Nacht geendet hatte, verstand sich fast von selbst. Entsprechend hungrig erschien James bei Tisch, nachdem er sich am Brunnen gewaschen hatte.

Lilians Speisekammer schien bestens gefüllt zu sein, denn von gekochten Eiern bis zu einem Honigtöpfchen stand alles auf dem Tisch. Aus dem Backofen duftete es nach Fladenbrot.

Lilian seufzte, James' Blick ging ihr tief unter die Haut. Als er nach dem Frühstück sein Pferd sattelte, reichte sie ihm einen Mantelsack mit Proviant.

„Vergesst mich nicht", bat sie, ihm zum Abschied die Hand streichelnd, wobei sie einen Wappenring an seinen Finger steckte.

James lächelte. „Ich schwöre, dass ich zurückkommen werde!" Dann gab er seinem Pferd die Sporen.

Der Nebel umwaberte ihn auch heute in dicken Schwaden, schien aber beinahe silbrig zu glänzen. Um die Mittagszeit lichtete er sich, genau wie der Wald. Sir James konnte in der klaren Luft der weiten Wiesen die Burg seines Clans erkennen.

Er galoppierte in den Hof, warf einem Stallburschen den Zügel seines Rappen zu und eilte, mehrere Stufen auf einmal nehmend, in den Palas, wo er seinen Vater vermutete.

Sir Edward saß beim Mittagessen. „Ihr seid zurück?!" Er schaute seinen unversehrt heimgekehrten Sohn so erstaunt, entsetzt und gleichzeitig neugierig an, dass dieser am liebsten hellauf gelacht hätte.

„Habt Ihr daran gezweifelt?", stellte der stattdessen die Gegenfrage.

Edward antwortete mit einer Mischung aus Nicken und Kopfschütteln. „Was ist Euch auf Euerm Weg begegnet?", fragte er zögernd.

James beschloss, auf der Hut zu sein und sein Wissen vorerst für sich zu behalten. „Hitze, Kälte, Nebel", erklärte er, nach dem Weinkrug fassend, dem ihm eine Magd reichte. „Man nennt ihn nicht umsonst den Nebelwald, wie ich jetzt aus eigenem Erleben bestätigen kann."

„Und das Moor?"

„Ist riesig und stinkt wie die Pest." James riss der gebratenen Gans seelenruhig einen Schenkel heraus und biss kräftig hinein.

„Ihr seht nicht aus, als hättet Ihr im feuchten Gras geschlafen", bohrte Sir Edward weiter.

James schaute an sich hinunter. „Stimmt. Es sieht tatsächlich nicht danach aus." Innerlich grinste er, weil er deutlich spürte, dass sein Vater immer unruhiger wurde.

„Ist Euch Seltsames begegnet?", hagelte die nächste Frage auf ihn ein.

„Was versteht Ihr darunter?"

Edward zog es vor, die Fragerei zu beenden. James sprach der Gans zu, als habe er seit gestern gehungert. Als nur noch ein Häufchen Knochen übrig war, erhob er sich. „Wenn Ihr mich braucht, ich bin in meinen Gemächern."

Edward schaute grübelnd hinterher. Und wieder glaubte er, einen grünen Schimmer zwischen den Türpfosten zu sehen.

„Was passiert hier?", hauchte er erbleichend. Er sprang auf und hastete in sein Arbeitskabinett. Aber auch hier fand er keine Ruhe, sahen doch die Stellen, an denen einst die Bildnisse Lady Anns gehangen hatten, aus, als strahlten sie in hellem Licht. Mit den Worten: „Ich glaube, ich werde wahnsinnig", sank Edward in seinen Sessel.

Erst zum Abendbrot wagte er sich aus dem Zimmer. Mit Dolch und Degen erschien er bei Tisch.

James schüttelte den Kopf. „Was wird das denn? Wollt Ihr in den Krieg ziehen? Waren nicht stets Eure eigenen Worte: *Mordwaffen haben an der Tafel nichts zu suchen?*"

„Die Zeiten ändern sich", stieß Edward düster hervor.

„Von gestern auf heute? Ihr erstaunt mich." James spitzte die Lippen. Behauptete sein Vater doch sonst stets, seine Regeln seien für die Ewigkeit. Irgendetwas musste vorgefallen sein, das möglicherweise mit seinem Ausflug in den Wald zusammenhing.

Er wartete nur auf eine günstige Gelegenheit, die Fragen zu stellen, die ihm seit gestern im Kopf herumspukten.

Eine Magd legte ihm seine Lieblingsspeisen vor und schenkte aus einem Krug ein. Edward hob seinen Weinbecher und James dankte in gleicher Weise, wobei ein vorwitziger Abendsonnenstrahl genau den Siegelring traf und einen Lichtreflex durch den Saal huschen ließ.

Sir Edward stutze. Der Ring musste neu sein. Er konnte sich nicht erinnern, James jemals mit solch einem Schmuckstück gesehen zu haben.

„Was ist das?", fragte er also mit seltsamer Betonung.

James zog den Ring ab. „Ein Liebespfand. Erkennt Ihr das Wappen?"

Sir Edward fiel der Weinbecher aus der Hand, dessen Inhalt sich als blutrote Lache auf dem Tisch verteilte. Dann sprang er auf und wich mit blankem Entsetzen im Blick bis an die Wand zurück.

„Ahhh, ich merke schon, Ihr kennt die Frau, die mir den Ring schenkte." James folgte ihm, um ihm das Wappen genau vor die Augen zu halten. „Was ist mit meiner Mutter geschehen?"

Edward konnte weder die Augen schließen, noch den Blick von dem Ring abwenden. Er rutschte mit dem Rücken an der Wand hinunter und sprudelte wie von Sinnen das Geständnis des Mordes heraus, ehe er bewusstlos zusammenbrach.

James ließ seinen Vater zu Bett bringen und schickte nach dem Arzt.

Dieser mühte sich redlich, aber ziemlich erfolglos. „Euern Vater hat ein starkes Nervenfieber befallen. Wir können nur warten und hoffen."

Dass er, wie die meisten anderen, betete, die Krankheit möge den alten Whitecastle davonraffen, war dabei ein ziemlich offenes Geheimnis. James nahm es ihnen nicht einmal mehr übel.

Jedes Mal, wenn sich jemand mit einer Bitte an ihn, Sir James, gewandt und eine Zusage erhalten hatte, machte Edward dem Betreffenden das Leben danach umso schwerer.

James hatte für heute genug erfahren. Er packte Kleidung, diversen Kleinkram und Waffen zusammen, erleichterte die Vorratskammern um einige Spezialitäten und sattelte trotz der späten Stunde seinen Rappen.

Als Sir Edward nach Stunden wieder zu sich kam, hatte James die Burg, ohne das Ziel zu nennen, schon lange verlassen.

Sir Edward befahl auf der Stelle, die Burg in den Kriegszustand zu versetzen. Auf dem großen Hauptturm brachte man die Speerschleuder in Stellung, hinter jeder Schießscharte postierte er bis an die Zähne bewaffnete Söldner und die Torwachen an der Zugbrücke wurden verdoppelt. Zudem ließ er Tag und Nacht das Pech auf dem Wehrgang flüssig halten.

Lady Lilians Geheimnisse

In der sternenklaren lauen Sommernacht kam Sir James schnell voran. Der Mond stand als riesige silberne Scheibe am Himmel und schien einzig für ihn sein mildes Licht auf alle Wege zu senden.

Sogar die Irrlichter im Moor wirkten weniger beklemmend als sonst. Der Rappe lief ruhig und ausdauernd. James freute sich auf Lilian und das kleine gemütliche Haus, in dem er sich zum ersten Mal in seinem Leben wirklich frei gefühlt hatte.

Lilian hatte die abendliche Körperpflege beendet, den Staub des Tages aus dem langen Haar gebürstet und wollte gerade nach dem Öllämpchen fassen, als sie überrascht innehielt. Sie spürte eine liebevolle Wärme, die ihr bisher nur einer geben konnte – Sir James, der junge stattliche Ritter von Whitecastle.

Ungläubig lauschte sie in die Dunkelheit. Sie öffnete sogar die Tür, um, wie ein wildes Tier, in die Nacht zu wittern. Tatsächlich! Sie konnte James' Ankunft deutlich spüren.

Eine Stunde später war es Gewissheit. Die Rüstung des nächtlichen Reiters blinkte am Rande der Lichtung im Mondlicht auf. Lilian eilte ihm entgegen und warf sich in seine Arme, kaum dass er vom Pferd gestiegen war.

„Ihr habt mir gefehlt", verkündete sie im gleichen Augenblick, als er es sagte und brach, genau wie er, in fröhliches Lachen aus.

Gemeinsam rieben sie das schäumende Pferd trocken, versorgten es und trugen das Gepäck in Haus.

Lilians Augen strahlten mit den Sternen und den Flämmchen der Öllämpchen um die Wette.

„Ihr seht glücklich aus", stellte James amüsiert fest.

„Und das gebe ich auch noch gern zu", erwiderte Lilian. „Ihr seid der erste Mann, der es geschafft hat, mir gleich an zwei aufeinanderfolgenden Tagen ein Lächeln ins Gesicht zu zaubern."

„Oh, dann hoffe ich inständig, dass mir das noch viel öfter, am besten jeden Tag, gelingt", wünschte sich James, sie zärtlich küssend.

Lilian schaute ihn mit großen Augen an. „Ihr habt vor, bei mir zu bleiben?"

„Das ist mein Plan. Es sei denn, er missfiele Euch."

„Ganz und gar nicht! Im vollen Gegenteil!" Sie wirbelte durch die kleine Küche, um Schinken und Wein auf den Tisch zu bringen. So gute Nachrichten mussten gefeiert werden.

„Dann bleibe ich also hier, bis Ihr mich mit Gewalt hinauswerft, mich der Befehl des Königs oder andere nicht vorhersehbare Widrigkeiten dazu zwingen."

Lilian hob ihren Weinbecher. „Auf, dass man uns einfach in Ruhe und Frieden leben lasse!"

James nickte. „Auf Ruhe und Frieden!"

Nicht viel später kehrten die gewünschten Dinge auch im Haus ein. Es war für James ein anstrengender Tag gewesen. Lilian nahm es ihm nicht übel, dass er, nach kurzem aber heißem Liebesakt, einfach nur Haut an Haut mit ihr einschlafen wollte.

Die Tatsache, dass er, ohne einen Liebeszaubertrank erhalten zu haben, zu ihr zurückgekehrt war, machte sie glücklich.

Im Morgengrauen huschte sie aus dem Bett, ließ den Rappen auf die Lichtung, wo er nach Herzenslust weiden und galoppieren konnte. Dann widmete sie sich ihrem Tagewerk.

Als James die Treppe vom Oberstübchen herabstieg, duftete es nach Ölen, Essenzen und Salben. Einige Kräuter und deren Heilwirkung kannte er. Also blieb er stehen und schaute eine Weile interessiert zu.

„Ich lebe vom Verkauf und davon, damit Menschen und Vieh zu heilen", erklärte Lilian, eifrig weiterarbeitend. „Auf dem Tisch steht Euer Frühstück."

Der heiße Kräutertee schmeckte James vorzüglich. Er ließ seine Fingerspitzen über den Keramikbecher und die gehobelte Tischplatte gleiten.

„Woran denkt Ihr?", fragte Lilian, die dies aus den Augenwinkeln beobachtet hatte.

„Daran, dass mir die Burg kein Stückchen fehlt", gab er schmunzelnd bekannt. „Ihr müsst mir nur eine Aufgabe geben, damit ich mich nicht nutzlos fühle."

„Dann zieht Ihr am besten los und erlegt einen Hirsch. Ich brauche dringend Leder. Und denkt daran, das einzig Gefährliche an und in diesem Wald bin ich." Sie blinzelte verschwörerisch.

„Wirklich? Als ich noch ein Knappe war, hörte ich auf einer Burg, man habe hier im Wald sogar einen Drachen gesehen."

„Vor dem Ihr aber keine Furcht habt, weil Ihr sonst nicht mitten in der Nacht hierher geritten wärt …", stellte Lilian in den Raum.

James schmunzelte. „Ich fürchte die unglaubliche Macht der Drachen, nicht sie selber. Wenn er mich nicht angreift, dann schwöre ich, ihn in Ruhe zu lassen. Ich sammle keine Jagdtrophäen."

Lilian begann zu kichern. „Sehr schön, Ihr werdet Euch sicher gut mit ihm vertragen."

„Es gibt ihn wirklich?", staunte James. „Was ist es für einer? Kann er fliegen? Speit er Feuer?"

„Hört auf! Hört auf!", lachte die Herrin des Waldes. „Mit solcher Begeisterung habe ich noch nie jemanden nach ihm fragen hören. Er kann fliegen und auch Feuer speien. Er ist kein Riese, aber groß genug, um Euch in voller Rüstung tragen zu können und ganze Heere in die Flucht zu schlagen."

„Dann freue ich mich darauf, eines Tages im Guten Bekanntschaft mit ihm zu machen." James widmete sich seinem Teller. „Eine Frage habe ich doch noch: In welcher Himmelsrichtung lebt er? Ich möchte ihn nicht versehentlich belästigen. My home is my castle. Das gilt umso mehr, wenn es sich dabei um eine Drachenhöhle handelt."

Lilian legte ihm beide Hände auf die Schultern und schaute ihm tief in die Augen. Darin stand tatsächlich die blanke Vorfreude, den Riesen eines Tages einfach nur anzuschauen.

„Ihr werdet ihn aus eigener Kraft nicht finden und demzufolge auch nicht belästigen. Wenn er es für richtig oder für nötig hält, werdet Ihr ihn sehen."

„Das beruhigt mich." James gurtete Schwert, Dolch und Köcher um, dann schulterte er den Jagdbogen.

„Kein Brustharnisch?", staunte Lilian.

„Nicht, wenn Ihr und der Drache die einzigen Gefahren hier seid." Ihr noch einen zärtlichen Kuss auf die Lippen hauchend, begab er sich auf die Pirsch.

Sie wartete noch ein paar Minuten, dann löschte sie alle Feuer im Haus, hüllte sich in einen hellen Umhang, der sie eins mit dem dicken Nebel scheinen ließ und folgte auf einem Wildwechsel James.

Sie staunte, dass er den geraden Weg aus dem Wald einschlug. *Er ist ein guter Jäger, der ahnt, dass es hier im verwunschenen Wald kein jagdbares Wild gibt.*

Es dauerte auch nur zwei Stunden, dann hatte der junge Ritter gefunden, was sein Herz begehrte. Auf einer Wiese standen mehrere Hirschkühe. Da keine Rede davon gewesen war, ein Geweih verarbeiten zu wollen, streckte er eines der Tiere mit einem Blattschuss nieder, um ihm lange Qualen zu ersparen.

Er wollte seiner Beute gerade die Läufe zusammenbinden, um sie besser schultern zu können, als es hinter ihm im Wald prasselte, als dränge sich etwas Gigantisches zwischen den Stämmen hindurch.

Erstaunt schaute er über seine Schulter, konnte aber nichts Ungewöhnliches entdecken. Vielleicht bahnte sich gerade der Drache einen Weg, um auch an die Hirsche zu kommen.

„Tut mir leid, ich habe einen Auftrag zu erfüllen. Außerdem war ich schneller", murmelte James, sich den Hirsch auf die Schultern wuchtend. Dann verschwand er rasch im Wald und steuerte zielsicher auf die Lichtung zu. Natürlich blieb er immer wieder stehen und lauschte in alle Richtungen, sogar zu den Baumkronen hinauf. Womöglich kreiste der Drache irgendwo, um ihm das Wild abzujagen.

Allen Befürchtungen zum Trotz erreichte er unangefochten das Haus, vor dem er seine Last ablegte und: „Bin wieder da!", rief.

„Ich auch!", tönte es vom Waldrand, wo Lilian mit einem Körbchen voller Pilze nahte. Als sie den

Hirsch begutachtete, sagte sie wie nebenbei: „Ihr habt Mut."

James lachte. „Weil ich einen friedlichen Hirsch erlegt habe?"

„Nein, weil Ihr nicht geflohen seid, obwohl Ihr ahntet, dass der Drache in unmittelbarer Nähe war."

„Woher wisst Ihr das?" James schaute sie prüfend an.

Sie hielt ihm als Antwort den Pilzkorb unter die Nase.

James nahm einen heraus und blinzelte. „Die sehen nicht aus, wie schon vor zwei Stunden gesammelt."

„Oh weh! Euch kann man wirklich nichts vormachen. Ich bin Euch hinterhergeschlichen, um zu sehen was passiert."

„Ihr wusstet, dass der Drache kommen würde?"

„Hmm, hmm." Lilian schaute ihn schuldbewusst von unten herauf an.

„Habt Ihr so wenig Vertrauen zu mir?"

„Es tut mir leid. Es tut mir so wahnsinnig leid", seufzte sie. „Ich bin so oft gerade von den Menschen betrogen worden, denen ich es nie zugetraut hätte."

James atmete tief durch und begann den Hirsch aufzubrechen. Irgendwie konnte er sie schon verstehen. Sein Vater hatte sie auf bösartigste Weise verraten. Wie sollte sie sicher sein, dass er es nicht genau hielt.

„Ich möchte es wieder gutmachen", flüsterte Lilian. „Ich weiß jetzt, dass ich niemandem stärker vertrauen kann als Euch. Ich möchte Euch etwas anvertrauen, selbst wenn mich das einmal Leben kosten könnte."

James spülte sich das Blut von den Händen. „Seid Ihr sicher, dass ich der Richtige dazu bin?"

„Ganz sicher. Ruft bitte Euer Pferd und bringt es in den Stall. Dann stellt Ihr Euch genau wieder hier hin und schaut zu mir. Ich stelle mich inzwischen genau ins Zentrum der Lichtung ..."

„Wartet! Lasst den Unsinn! Wenn Ihr in einem Monat noch immer der gleichen Meinung über mich seid, dann bin ich gern bereit, Euch anzuhören." James schüttelte entschieden den Kopf und widmete sich dem Abhäuten des Hirsches.

Ihr seid, der Richtige! Lilian schlüpfte an ihm vorbei zur Tür hinein.

Diesmal wiegte James den Kopf eher amüsiert.

Lilian schaute nach dem Stand der Sonne und begann, das Mittagessen vorzubereiten. Sie hatte Freude daran, für zwei kochen zu dürfen, sie summte sogar ein Liedchen vor sich hin.

James erwischte sich dabei, dass er mitsummte. Er hielt kurz inne, zuckte mit den Schultern und stimmte wieder ein. Hier war er weder an des Königs Hof, noch an irgendeinem Ort, wo man peinlichst auf Etikette achten musste.

Zudem kannte er nicht eine Ritterregel, die ihm das Singen, Summen oder Pfeifen zum eigenen Zeitvertreib verbot.

Und ich verbiete es Euch erst recht nicht, hörte er Lilians Stimme in seinem Kopf.

Die Hausherrin schaute Augenblicke später zur Tür heraus und rief zu Tisch. Das Omelett mit frischen Pilzen und Kräutern schmeckte vorzüglich. Timothy, der Koch Sir Edwards, hätte es nicht besser machen können.

Wenn es sich James recht überlegte, war das Einzige, was ihm hier fehlte, ein Partner für das Kampftraining. Ansonsten vermisste er nichts aus seinem alten Leben.

„Ihr werdet heute Nachmittag gegen mich antreten", ließ sich Lilian vernehmen, die wohl schon wieder seine Gedanken gelesen hatte. „Ich kenne die Regeln und werde sie einhalten. Kommt auch bloß nicht auf die alberne Idee, mich schonen zu wollen! In einem ehrlichen Turnier kann ich mich ganz auf mich selbst konzentrieren."

„Ganz wie Ihr wünscht, meine schöne Herrin." James zog unter einer Verbeugung sein Barett.

Lilian schmunzelte. „Zuvor lasse ich Euch aber den Sieg beim Kampf zwischen den Kissen."

„Ein faires Angebot", lachte James, sie auf der Stelle ins Schlafkämmerchen tragend.

Auch die Annehmlichkeiten einer ausgiebigen gemeinsamen Mittagsruhe genoss er so intensiv wie Lilian.

„Lebt Ihr wirklich schon seit über 20 Jahren ganz allein in diesem Wald?", fragte er beim Anziehen.

„Ja. Aber ich habe die Jahre nicht gezählt."

„Und Ihr habt alle Männer getötet, die sich hierher gewagt haben?"

Lilian schüttelte heftig den Kopf. „Das ist ein ganz typisches Hexenmärchen. Ich habe fast alle unbehelligt ziehen lassen und die, die hier den Tod fanden, die hatten ihn verdient. Es waren ausnahmslos jene, die versucht hatten, mir Gewalt anzutun.

Ganz nach dem Grundsatz: Hier wird dein Schreien keiner hören. Ihr Schreien hat dann wirklich keiner gehört, als das zarte wehrlose Mädchen zu einer gnadenlos zuschlagenden Bestie wurde."

James zog sie tröstend an seine Brust. „Wenn ich irgendwann einmal Herr über Whitecastle sein werde, nehme ich Euch mit auf meine Burg und mache Euch zu meinem Weib, wenn Ihr nichts dagegen habt.

Aber mir geht es wie Euch, ich suche nicht von mir aus nach Streit. Ich werde abwarten, wie mein Vater darauf reagiert, dass ich ihm ohne Worte den Rücken gekehrt habe.

Enterbt er mich, dann werde ich mich mit allen Mitteln wehren. Selbst, wenn ich dafür die ganze Bauernschaft gegen ihn aufbringen muss. Sie werden mir ihre Hilfe ganz sicher nicht versagen."

„Ihr habt mein Wort, dass ich Euch dabei unterstützen werde. In welcher Gestalt auch immer." Lilian streichelte den Siegelring an seinem Finger. „Reibt ihn kräftig, wenn Ihr jemals wirklich in der Klemme stecken solltet. Ich werde spüren, dass Ihr mich braucht."

„Und was sagt Ihr zu meinem Vorhaben, Euch heiraten zu wollen?"

„Ja, ja und nochmals ja!" Sie hauchte ihm einen Kuss auf die Lippen.

Nur kam sie nicht dazu, ihn aufzufordern, nun für das Training seine Rüstung anzulegen. Ein lauschender Zug legte sich auf ihr Gesicht, dann wurde sie blass. „Euer Vater will meinen Wald niederbrennen!"

Der Drache

James erschrak. Die Frage, ob sie die Worte ernst meine, schluckte er hinunter, als er in ihre Augen sah. Stattdessen fragte er: „Sind sie schon da?"

Ein kurzes Nicken. „Sie durchqueren gerade das Moor. Es sind fast 50 Männer."

„Mein Pferd! Meine Rüstung! Ich versuche, mit ihnen zu reden!" James rannte davon. „Wir tauschen uns in Gedanken weiter aus!", rief er noch.

Ihr seid der einzig Richtige, huschte es Lilian durch den Kopf, ohne dass James mithören konnte.

Als er davon galoppierte, hörte sie seine Gedanken wispern: *Seid so lieb und bereitet Euch auf einen starken Regen vor, damit das Feuer keine Chance hat.*

Da öffnete der Himmel auch schon alle Schleusen. Es war das erste Mal, dass sich James unbändig über die wahren Sturzbäche freute, die wie Hammerschläge auf seine Rüstung prasselten.

Ihr seid ein Schatz, sandte er an Lilian und bekam als Antwort ein herzliches Lachen.

Gern überließ sie ihm die Befehlsgewalt für die Rettung ihres Waldes. Er wusste sicher besser als sie, wie er die Männer zur Räson bringen konnte, ohne Gewalt anzuwenden.

Als er aus dem Schutz der letzten Bäume ritt, stand er dem Trupp in wenigen Fuß Entfernung gegenüber. „Stopp! Keinen Schritt weiter, wenn Euch Eure Leben lieb sind!"

„Das ist Sir James! Er lebt!", riefen einige überrascht.

„Seid Ihr sicher, dass er es ist?", zweifelte jemand.

„Ich bin James of Whitecastle", erwiderte der Reiter, kurzzeitig seinen Helm abnehmend, sodass jedermann sein Gesicht sehen konnte. „Kehrt um!"

„Euer Vater befahl uns, nach Euch zu suchen und notfalls den ganzen Wald abzubrennen."

„Ihr habt mich gefunden. Überbringt Sir Edward die Nachricht, dass ich den Wald seiner Gesellschaft vorziehe, aus einem ihm bestens bekannten Grund." James wendete sein Pferd und ritt zurück zwischen Bäume und Gebüsch. Dort konnte man ihn nicht sehen, aber er hatte einen guten Blick auf die sumpfige Ebene.

Die Männer standen ratlos um ihren Anführer, der schließlich das Zeichen zum Heimmarsch gab. Sie hatten Sir James gefunden und damit ihren Auftrag erfüllt. Seine Worte waren eindeutig gewesen, dass er ihnen nicht nach Hause folgen werde.

Stoppt die Wassermassen, aber lasst es noch ein paar Minuten nieseln, bat er auf dem Rückweg zur Lichtung. *Ich fühle mich schon wie ein Fisch.*

„Hab ich es übertrieben?", schmunzelte Lilian, als sie ihm aus den durchnässten Kleidern half.

„Ganz bestimmt nicht. Das Gespräch hätte ja auch anders enden können." James versuchte, die Rüstung am Feuer zu trocknen, damit sie keinen Rost ansetzte.

Am Ende saßen beide am Tisch, ölten Scharniere und polierten Metall, bis die Harnischteile wieder wie neu aussahen.

„Ich schätze, er wird keine Ruhe geben", sagte James unvermittelt. „Ob uns der Drache helfen könnte? Ich bin geneigt, ihm die Bitte vorzutragen. Kann er eigentlich sprechen?"

„Nein, das kann er nicht", erklärte Lilian. „Aber er kann Eure Gedanken spüren und erwidern. Was wünscht Ihr, das er tun soll?"

„Ich möchte ihn nicht in irgendwelche Kämpfe schicken. Ich wäre einfach nur dankbar, wenn er in einer brenzligen Situation erschiene, um ein wenig für Schreck und Verwirrung zu sorgen und dafür, dass man den Wald nicht für wehrlos hält, falls man mich beseitigt."

Lilian erschrak. „Wenn Euch etwas geschieht, dann mutiere ich buchstäblich zu einer Bestie, die keinerlei Gnade mehr kennt!", rief sie zornig. „Dann wird die gute Hexe zu einer bitterbösen, obwohl sie damit ihr Leben verwirkt."

James nahm sie in den Arm. „Dann sollten wir wohl beide gut auf uns und einander aufpassen."

„Das werden wir!", bekräftigte Lilian.

„Für heute ist mein Bedarf an Aufregung gedeckt", erklärte James. „Ich habe nicht einmal Hunger. Seid nicht böse, wenn ich heute mein Abendbrot verschmähe."

„Dann fällt es ganz einfach aus. Allein hatte ich öfter keine Lust, mir etwas zu machen. Ich mische mir heute sogar einen Schlummertrunk, um den Ärger zu vergessen."

„Ich hingegen werde heute Nacht wachsam bleiben. Ich könnte es mir nie verzeihen, wenn Ihr meinetwegen leiden müsstet." James prüfte die Schärfe seines Schwertes und die Spannung der Bogensehne.

„Kein Vorwurf, wenn ich heute nicht mit Euch kuscheln möchte?"

James streichelte ihr Gesicht. „Niemals. Es fühlt sich im Augenblick auch für mich ein bisschen an, als ob ich auf einem Schlachtfeld sei. Schlaft gut, mein wertvollster Schatz."

Lilian brühte ihm anregende Kräuter auf, damit er die Nacht durchhalten konnte. James hatte es sich fest in den Kopf gesetzt, vor dem Häuschen zu wachen. So patrouillierte er am Rande der Lichtung entlang, hin und wieder am Grab seiner Mutter verharrend.

„Er wird für Euern Tod bezahlen, das schwöre ich Euch. So wahr ich Euer Sohn bin", flüsterte er und nahm die einsame Wanderung wieder auf. Wie sehr hatte er die anderen Kinder beneidet, die alle eine liebende Mutter hatten. Selbst das ärmste Bauernkind besaß etwas, das er, der reiche Sohn des Burgherrn niemals kennenlernen durfte. „Er wird bezahlen …", wiederholte er, als er im Morgengrauen die letzte Runde ging.

Sowie Lilian die Treppe vom Kämmerchen herunter kam, stieg er gähnend hinauf. Er kuschelte sich unter die Decke, noch ein wenig Lilians Körperwärme spürend.

Lilian beschloss, in unmittelbarer Nähe zu bleiben und sich um das Gerben der Hirschhaut zu kümmern. Sammy, James' Rappe, wartete schon darauf, auf die Wiese zu dürfen. Er tupfte Lilian freundschaftlich das weiche Maul ins Gesicht, die es lächelnd über sich ergehen ließ.

Sie konnte sich nicht erinnern, jemals so vertraut mit einem Pferd gewesen zu sein. „Ich mag dich auch", flüsterte sie, ihm die Stalltür öffnend.

Kurz vor der Mittagsstunde wachte James auf. Er brauchte ein paar Sekunden, um sich zu orientieren.

„Euer Schlaf war nicht erholsam", stellte Lilian nüchtern fest.

„Ich habe die ganze Zeit von irgendwelchen blutigen Schlachten und Feuersbrünsten geträumt", erzählte James.

„Habt Ihr gesiegt?"

„Ich weiß es nicht. Es war, als betrachtete ich das Schlachtfeld von oben – einfach nicht real, möchte ich sagen."

„Habt Ihr meine Worte über den Drachen noch im Ohr?"

James schaute sie nachdenklich an. „Ihr meint, er habe mich im Traum durch die Lüfte getragen?"

„Genau das meine ich." Lilian streichelte seine Hand. „Die Männer Eures Vaters werden wiederkommen. Vielleicht sogar schon morgen. Und diesmal werdet Ihr sie nicht mit Worten vertreiben können."

„Dann gehe ich noch heute den Drachen suchen!", rief James.

Lilian stimmte mit sorgenvoller Miene zu. „Geht nach Nordwesten. Dort werdet Ihr einen klaffenden Spalt im Erdboden finden. Das ist sein Unterschlupf."

„Danke für den Rat. Ich werde am besten mein Pferd hier lassen. Nicht, dass er es als schmackhaftes Gastgeschenk betrachtet."

Lilian brach in amüsiertes Lachen aus. „Auf diese Idee wäre ich nicht einmal im Traum gekommen! Aber Ihr habt durchaus recht. Sicher ist sicher."

Sammy schaute ihr neugierig nach, als sie wenige Minuten nach seinem Herrn in gleicher Richtung im Wald verschwand.

James musste ziemlich lange suchen, der Wald war riesig und *Nordwesten* eine schwache Hilfe. Aber vielleicht fand der Drache ja auch ihn.

Endlich standen die Bäume nicht mehr ganz so eng beieinander und die Chance stieg, dass sich ein großer Körper bequem zwischen ihnen bewegen konnte. James sollte sich nicht geirrt haben. Ein paar Fuß weiter gewahrte er den gigantischen Riss im Boden, aus welchem übel riechende Dämpfe aufstiegen, begleitet von einem Geräusch, das man getrost als Schnarchen bezeichnen konnte.

James blieb in gebührendem Abstand stehen. „Hallo! Ist jemand zu Hause? Ich möchte gern mit dem Herrn der Höhle sprechen!"

Lautes Fauchen antwortete.

Oh je! Ich bitte Euch, mir die Störung zu verzeihen, edler Drache. Ich brauche Eure Hilfe. James gab sich redlich Mühe, die rechten Worte zu denken.

Es rumorte im Boden, dann lugte ein riesiger gehörnter schwarzschuppiger Kopf heraus. Rasch war der Störenfried lokalisiert und wurde mit der senkrecht stehenden Pupille eines grünen Auges fixiert. *Schau an! Ein Mensch! Komm ruhig näher.*

James ging vorsichtig auf den Riesen zu. Er hätte eh keine Chance zur Flucht gehabt. Ein Feuerstoß aus dem riesigen Maul werde ihn in jedem Fall tödlich treffen.

Er verneigte sich und sagte laut und in Gedanken. „Mein Name ist James of Whitecastle, ich erbitte von Euch Hilfe für Lady Lilian, diesen Wald und mich."

Der Drache kroch aus dem Loch und James musste den Kopf sehr weit in den Nacken legen, um ihm weiterhin in die Augen sehen zu können.

Offenbar fürchtest du dich nicht vor mir, stellte der Drache erstaunt fest.

Ob durch Euch oder durch heranmarschierende Angreifer, für mich käme der Tod so oder so und auch mit Lady Lilian würde man den gleichen kurzen Prozess machen. Ihr sollt mir nur helfen, die Söldner abzuschrecken, damit sie Eure und Lilians Heimstatt in Ruhe lassen.

Der Kopf des Drachen pendelte langsam nach unten, er berührte mit den Nüstern James' Brustpanzer. Plötzlich sog er deutlich hörbar die Luft ein. *Du trägst etwas bei dir, das wundervoll duftet.*

James musste lachen. *Das ist mein Proviant, Ihr könnt ihn haben.* Er packte einen Wurstzipfel und etwas Fladenbrot aus, legte es auf seinen flachen Handteller und hielt ihn dem Drachen hin.

Die gespaltene Zunge schoss hervor, packte zu und beförderte alles auf einmal ins Maul des Riesen. *Das stammte nicht aus der Speisekammer Lady Lilians.*

James seufzte: „Nein, das habe ich von Whitecastle mitgebracht."

Nicht übel. Was meinst du — wenn ich dir helfe, den Wald zu retten und Whitecastle zu erobern, ist dann öfter so ein Leckerchen für mich drin?

„Aber ganz sicher!" James schmunzelte. Mit dieser Wendung der Dinge hatte er nicht gerechnet. „Ich habe nur mit der Eroberung der Burg ein Problem. Nicht etwa, weil ich zu feige wäre – sie gehört meinem Vater."

Der ein Mörder ist, wenn ich das richtig in Erinnerung habe.

James hob hilflos die Hände und bestätigte es.

Na gut, kümmern wir uns eben erst um den Wald. Aber glaub mir, eines Tages ziehen wir gegen Whitecastle. Ich verwette meine Schuppen darauf.

„Dann muss ich es wohl glauben. Ich sehe es nämlich im Grunde genommen genau so."

Ich ziehe mich wieder zurück und werde noch ein Schläfchen machen. Reib Lilians Ring und denk an mich, wenn du mich brauchst.

„Ich danke Euch, edler Drache. Auf Wiedersehen." James trat sofort den Heimweg an. Er merkte nicht, dass der Drache auf der Stelle hocken blieb und keinerlei Anstalten machte, weiterzuschlafen.

Der junge Ritter rekapitulierte noch einmal das Gespräch. Woher wusste der Drache von dem Mord? Vielleicht konnte er ja aus der Ferne seine Gedanken lesen, wie das auch Lilian beherrschte? Oder hatte gar Lilian schon mit dem Riesen gesprochen? Denn der hatte erstaunlich schnell, und ohne wirkliche Gegenleistungen zu verlangen, eingewilligt. Rätsel über Rätsel.

Kurz vor der Lichtung bemerkte James eine zierliche Gestalt im Nebel, die leichtfüßig und völlig geräuschlos dahinhuschte. Das konnte nur eine sein.

Also rief er: „Lilian, Ihr seid entdeckt!"

Sie war es wirklich und derart erschrocken, dass sie das volle Pilzkörbchen fallen ließ.

Auf seinen vorwurfsvollen Blick kaute sie auf der Unterlippe. „Ich weiß, es war dumm von mir, Euch schon wieder nachzulaufen. Und dann habe ich Eure Schnelligkeit völlig unterschätzt. Ich wollte schon lange vor Euch zu Hause sein."

„Glaub ich nicht. Da steckt doch sicher mehr dahinter. Mir lief das Gespräch mit dem Drachen viel zu glatt."

„Oh weh! Schon wieder erwischt! Jetzt seid Ihr mir sicher gram!"

„Ein bisschen." James versuchte, finster zu blicken, nur klappte das nicht so recht. „Als Gast steht es mir nicht zu, Euch Vorschriften zu machen. Woanders hätte ich eine Erklärung gefordert.

Ich bin ja auch dankbar, falls Ihr mich wieder beschützen wolltet. Doch kann ich nicht ganz umhin, mich überwacht zu fühlen."

„Ich habe es nicht gewollt, Euch so tief zu verletzen. Als Wiedergutmachung sollt Ihr sofort ein Geheimnis erfahren. Ob Ihr es heute, oder im Angesicht der Angreifer erfahren würdet, ist eigentlich egal."

„Ihr habt das ganze Gespräch mit dem Drachen belauscht?!"

„Ja und nein. Bringt Sammy in den Stall und stellt Euch so an genau diese Stelle hier, dass Ihr das Zentrum der Lichtung im Blick habt."

James pfiff nach dem Rappen und folgte genau den Anweisungen.

Lilian hatte schon ihren Platz auf der Wiese eingenommen. Sie breitete beide Arme aus, schwang sie wie Flügel durch die Luft, worauf ihre Gestalt zu flimmern begann. Der Wald rauschte, eine Windböe erfasste James und riss ihn fast um.

Ehe er sich darüber wundern konnte, legte sich ein schwarzer Schatten über Lilians Gestalt, wuchs und wuchs.

James fuhr sich mit der Hand über die Augen. Vor ihm hockte ein Furcht einflößender Drache. Einen Wimpernschlag später war der verschwunden, als habe es ihn nie gegeben und Lilian lief lächelnd auf ihn zu. „Bewahrt es gut, das kleine Geheimnis."

James kniete vor ihr nieder. „Endlich habe ich verstanden. Ich schwöre, sollte ich Euch jemals verraten, mögen mich die schlimmsten Flüche treffen, die je ausgesprochen worden sind." Er hob die Hand zum Schwur. „Ihr seid eine mächtige Zauberin."

„Und genau deshalb verwehrt man mir ein Leben in der Gesellschaft der Menschen. Ich habe meine Kräfte niemals zum Bösen eingesetzt. Immer, wenn mir Unrecht geschah, habe ich mich sofort zurückgezogen." Lilians Augen schimmerten feucht.

„Auch das ist ein Schwur", fuhr James fort, „ich nehme Euch zur Frau, selbst, wenn ich Euch vielleicht nicht zur Herrin über Whitecastle machen kann."

Er dachte kurz nach. „Ist es Euch möglich, geweihte Orte zu betreten?"

„Jederzeit. Es gibt Menschen, die viel mehr Gründe hätten, sich davon fernzuhalten, als man mir nachsagt."

„Dann werden wir uns in den nächsten Tagen in einem kleinen Heiligtum in Sundown trauen lassen und, wenn mir die Burg eines Tages gehört, mit großem Pomp den Bund erneuern. So wahr mir alle guten Geister helfen!"

Finstere Pläne

Sir Edward zog auch soeben eine finstere Miene, hatte man ihm doch gerade kundgetan, dass man zwar seinen Sohn lebend gefunden, der sich aber dagegen gesperrt hatte, mitzukommen.

„Verhext hat sie ihn! Ich wünsche, dass Ihr ihn mit Gewalt aus diesem Wald schafft!", tobte er. „Legt ihn meinetwegen in Ketten. Die alte Hexe bringt um, falls sie Euch über den Weg läuft. Wagt ja nicht, ohne meinen Sohn zurückzukommen! Ich lasse Euch allesamt hinrichten!"

Für die Schmach, die er mir angetan hat, soll er im Hungerturm verfaulen!

Er ahnte nicht, dass seine Gedanken bis in den Wald flogen und von Lady Lilian überdeutlich wahrgenommen wurde. Umso mehr, weil die gerade in Gestalt des Drachen auf der Wiese hockte.

James wunderte sich nur, dass sie bis in die späten Abendstunden abwesend wirkte und erst bei mehrmaligem Ansprechen reagierte.

„Wünscht Ihr, dass ich meinen Antrag zurückziehe?", fragte er irritiert.

Lilian wandte sich ihm zu. „Nein. Nein, nein. Ich … ich … ich habe die ganze Zeit die Gedanken Eures Vaters belauscht. Ihr sollt das Schicksal Eurer Mutter teilen, nur dass er Euch im Verlies verhungern lassen will."

„Ach, schau an! Er will es also auf die harte Tour! Wie viel Zeit bleibt uns?"

„Keine. Sie sind schon unterwegs", hauchte Lilian und eine Träne glitzerte ihn ihrem Auge.

„Wie viele?"

„Etwa die gleiche Anzahl, wie beim ersten Versuch."

„Gut. Ich werde trotzdem zuerst mit ihnen reden. Hilft das nicht, dann Drachenflammen mit voller Kraft. Ich kann allein nichts gegen diese Übermacht ausrichten." James versuchte zu lächeln, was so gequält ausfiel, dass es Lilian einen heftigen Stich ins Herz versetzte.

„Ich liebe Euch. Ich bin bereit, mit oder für Euch, in den Tod zu gehen", flüsterte sie.

James blinzelte. „Ich liebe Euch nicht weniger. Sehen wir besser zu, dass wir die Sache möglichst unbeschadet überstehen. Ich habe allen Ernstes vor, viele glücklich Jahre mit Euch zu verleben."

Lilian schmiegte sich in seine Arme. „So glücklich, wie seit jenem Tag, als Ihr hierher kamt, war ich noch nie in meinem ganzen Leben. Ich werde mit all meinen Kräften kämpfen, dieses Glück noch lange genießen zu dürfen.

Legt Eure Rüstung an. Wir ziehen zum Rand des Waldes. Ich kann Euch dort, in Gestalt des Drachen, bis zum Angriff Ruhe und Sicherheit geben."

„Legt Ihr auch Eure Rüstung an, vielleicht trägt der Drache dann doppelte Panzerung!"

Lilian überlegte. „Ganz abwegig ist das nicht. Einen Versuch ist es wert."

Beide schlüpften in gesteppte Gambesons, Kettenzeug und schwere Panzerung. Lilian trug Kettenhandschuhe, James Gliederpanzerhandschuhe, die nicht weniger beweglich waren.

„Ich verwandele mich und trage Euch", schlug Lilian vor. „Schont den armen Sammy."

James staunte, dort, wo die Frauengestalt Platten-
panzerung angelegt hatte, trug sie auch der Drache.

*Rasch, steigt auf meinen Rücken und haltet Euch sehr gut
fest!*

James schlug das Herz bis zum Hals, als der Drache mit rauschendem Flügelschlag in die Lüfte stieg.

Haltet Ausschau nach den Feinden!

„In Ordnung!" James spähte in die Ferne.

*Hab sie! Die marschieren, als wäre der Teufel hinter ihnen
her!*

James atmete tief durch. „Mein Vater ist sein wür-
diger Vertreter. An Skrupellosigkeit scheint er ihm ja
durchaus ebenbürtig zu sein."

Der Drache stieß ein böses Fauchen aus.

„Schaut, sie wollen im Sumpf lagern!"

Sehr gut! Dann haben wir noch etwas Ruhe. Lilian, die
Drachenlady, landete. „Nicht übel, für den ersten
Versuch, gemeinsam zu agieren", freute sie sich.

James blieb vorsichtig, das feindliche Lager wurde
ihm zu offen präsentiert.

„Versucht zu ruhen", schlug Lilian vor. „Ich gebe
sofort Bescheid, sollte sich einer von ihnen dem
Wald nähern." Sie verwandelte sich wieder, um ihre
scharfen Drachensinne nutzen und James gleichzeitig vor dem allgegenwärtigen Nebel und der darin
enthaltenen Feuchtigkeit schützen zu können.

Er kauerte sich auch sofort unter ihre Schwingen,
schloss die Augen und fiel in einen erquickenden
Schlaf. Drache Lilian schaute den Schlummernden
so liebevoll an, wie man es solch einem gigantischen
Wesen niemals zutrauen würde.

Die Nacht war noch nicht einmal hereingebro-
chen, als sie ihn vorsichtig mit der Nase berührte.

Wacht auf! Drei Männer schleichen durch die Dunkelheit!

Mit einem Satz war James auf den Füßen. *Wo sind sie?* Um ihren Standort nicht zu verraten, telepathierte er mit seiner großen Beschützerin.

Einer ist 300 Fuß genau vor uns. Die anderen 200 Fuß links und rechts davon.

Ich schnappe mir die links und rechts. Greift Ihr Euch den, der direkt auf Euch zukommt. James huschte davon, um die Männer kampfunfähig zu machen.

Er schlug zuerst den Linken mit der Handkante nieder, knebelte und fesselte ihn, ehe er sich auf die Suche nach dem anderen machte, der schon ein paar Fuß in den Wald eingedrungen war. Dem schlug er einen kräftigen Knüppel ins Genick und verfuhr danach genau wie mit dem Ersten.

Lilian nutzte den Moment, als der Mann vor ihr voller Entsetzen erstarrte, als er zwei riesige grün leuchtende Augen über sich sah. Sie schnippte ihm leicht ihre Krallen an den Kopf, sein Helm erklang wie eine Glocke und der Mann kippte bewusstlos um.

Als James zurückkam, fesselte und knebelte er auch diesen Gefangenen. *Wir sind ein fantastisches Paar.*

Und nicht nur im Kampf, lachte Lilian.

James streichelte ihre schuppige Klaue.

Schlaft noch ein wenig. Sie werden erst im Morgengrauen angreifen.

„Danke. Ich gehorche der Stimme der Vernunft." Augenblicke später war James bereits eingeschlafen.

Lilian nutzte die Zeit, um ihre Kräfte auf Whitecastle zu richten.

Sir Edward wanderte in seinem Schlafzimmer auf und ab. Was hätte er gegeben, schlafen zu können! Zum einen war es die Angst vor der Rache der Hexe, zum anderen die grenzenlose Wut auf seinen Sohn, die ihn wach hielten.

Die schöne Herrin des Waldes erfuhr nichts Neues. Sie musste sich aber mühsam das Lachen verkneifen, weil Edward sicher war, sie müsse jetzt eine steinalte runzelige Vettel sein, die James mit irgendwelchen Tränklein in ihre Abhängigkeit getrieben habe.

Die Sonne geht auf, flüsterte sie irgendwann James zu. *Ich brauche ein paar Minuten, um neue Kraft zu schöpfen.* Da brach sie auch schon zurückverwandelt zusammen.

James trug sie unter einen dichten Strauch und deckte sie sorgsam zu, ehe er nach dem Lager im Moor schaute. Dort krochen gerade die Ersten unter ihren Umhängen und Decken hervor.

„Die drei Späher sind nicht zurückgekehrt!", meldeten die beiden Wächter.

„Sie werden sich im dichten Nebel verirrt haben", mutmaßte einer. „Der ist ja zäh wie Fischleim!"

„Oder, man hat sie getötet!"

„Dann wären wir sicher auch schon angegriffen worden."

„Wir teilen uns in Dreiergruppen auf, durchkämmen den Wald und treffen uns anschließend wieder hier", befahl der Anführer.

Ehe sie zur Tat schreiten konnten, war Lilian wieder bei Kräften und saß, mit James auf dem Rücken, zwischen den Bäumen.

„Zeigen wir uns ihnen", verlangte er, worauf sich der Drache zu voller Größe erhob und mit Getöse die Bäume wie Strohhalme knickte.

„Ein Drache! Ein Drache! Zieht die Waffen!"

„Die werden Euch nicht viel nutzen!", rief ihnen James zu. „Gebt den Befehl zum Angriff und Ihr werdet alle in seinem Feuer verbrennen!"

„Das ist Sir James auf seinem Rücken!"

„Der Euch auch diesmal nicht folgen wird, weder freiwillig, noch in Ketten. Das ist es doch, was Euch mein Vater befohlen hat?"

Die Männer schauten betreten zu Boden.

„Was ist Euch lieber – für einen Herrn zu kämpfen, der Mordschuld auf sich geladen hat und Euch knechtet oder für einen, der Euch niedrigere Steuern verspricht, wenn Ihr ihm treu zur Seite steht."

„Er wird uns aufknüpfen lassen, wenn wir mit leeren Händen zurückkommen", murmelte der Anführer.

„Ihr habt drei Möglichkeiten", sprach James weiter, „Ihr könnt hier und heute vor diesem Wald sterben, indem Ihr uns mit Waffengewalt anzugreifen versucht. Ihr könnt ohne mich nach Whitecastle zurückkehren und den Tod auf Befehl meines Vaters finden. Oder Ihr kehrt als meine Getreuen, unter meinem Befehl und in Begleitung des Drachen dahin zurück und helft mir, ihn für den Mord an meiner Mutter verantwortlich zu machen.

Ich gebe Euch bis 12 Uhr Zeit, eine Entscheidung zu treffen. Bis dahin werden wir Euch unbehelligt lassen, solange Ihr nicht versucht, in den Wald einzudringen."

„Wir werden beraten."

Sir Wintrop, der Anführer der Schar, ein Ritter aus gutem Hause und ohne eigenen Grundbesitz, stellte klar: „Der junge Whitecastle ist aus wahrlich anderem Holz als der alte. Der hätte uns schon beim ersten Mal ohne Vorwarnung die Drachenflammen

47

schmecken lassen! Sir James, das ist Euch allen bekannt, ist kein Feigling. Wenn er nun schon zum zweiten Mal mit Worten zu schlichten versucht, dann ist das nur zu unserem Besten. Er könnte mit dem Drachen auch ganz allein die Burg in Schutt und Asche legen."

„Auch haben wir ja schon drei Tote ...", murmelte einer.

Wintrop hob den Zeigefinger. „Wenn Ihr da mal nicht irrt. Er hätte es uns gesagt. Machen wir es kurz: Wer ist dafür, Sir James Treue zu schwören?"

Mit ihm hoben über 40 Männer die Hand.

„Wer ist dagegen?"

Ein Blick in die Runde. „Keiner."

„Und wer enthält sich der Stimme?"

Die restlichen 15 Männer gaben zaghaft zu, sich nicht sicher zu sein, was sie denn nun wollten.

„Ein eindeutiges Ergebnis! Ihr, die Ihr Euch uns nicht anschließen wollt, könnt Euch gern irgendwo verstecken. Ich entlasse Euch in diesem Augenblick aus meinem Befehl. Geht!"

Schweigend packten die Zögernden zusammen und ritten davon.

James beobachtete das, indem er sich am Hals des Drachen festhielt, der sich an einem Baum auf den Hinterbeinen aufgerichtet hatte, um James' Blickfeld zu erweitern.

„Ein paar ziehen davon, die meisten anderen sind hiergeblieben und haben ihre Waffen abgelegt", berichtete er. „Sieht aus, als hätten wir eine Schar Getreuer beisammen, um gegen die Burg zu ziehen."

Er wollte gerade herabsteigen, als er: „Stopp!", rief. „12 Männer kommen zurück, drei reiten weiter."

Das ist ja schon fast eine kleine Armee. Drache Lilian legte ihren Kopf auf den Boden, um James das Absteigen zu erleichtern. Dann flog er eilends davon, einen Eimer Wasser für die Gefangenen zu holen, die inzwischen wieder ihrer Sinne mächtig waren.

James hatte sie bereits auf einer Stelle zusammengetragen und befreite sie aus ihrer misslichen Lage. „Wenn Ihr friedlich bleibt, habt Ihr nichts zu befürchten", versprach er. „Ihr hättet gegen den Drachen sowieso keine Chance."

Nachdem sie getrunken hatten, schickte er sie zu Sir Wintrop. Es war auch wenig verwunderlich, dass sie sich auf der Stelle für Sir James entschieden. Der hätte sie sowohl mit eigener Hand töten als auch an den Drachen verfüttern können. Stattdessen hatte er sie gut behandelt und nicht einmal mit Repressalien gedroht.

Der Drache? Ja, der war gigantisch, Furcht einflößend, hatte Zähne wie Dolche und scharf wie Rasiermesser. Er gehorchte Sir James. Lieber mit Sir James und dem Drachen eine kleine Chance, als für oder wegen Sir Edward in den ganz sicheren Tod zu gehen.

Lilian, zwischenzeitlich zurückverwandelt, weil für James vorerst keine Gefahren zu erkennen waren, eilte zum Haus, um ein Körbchen mit Proviant zu holen. Er stand am Waldrand und sie gab sich keine Mühe, unentdeckt zu bleiben.

Das hatte James auch gar nicht erwartet. Im Gegenteil! Er küsste sie auf die Stirn, sodass es jedermann sehen konnte. Als die Sonne ihren höchsten Stand erreicht hatte, trat er mit ihr einige Schritte vor und wartete auf seinen Verhandlungspartner.

„Sir Wintrop – Lady Lilian, meine Braut", stellte er sie einander vor.

Der Ritter verneigte sich erstaunt vor der ausnehmend hübschen und anmutigen Dame, die wie ein funkelnder Diamantsplitter vor der grauen Nebelwand des Waldes wirkte.

Dass dies die alte Vettel sein sollte, von der sein Herr in den letzten Tagen öfter gesprochen hatte, hätte er sich niemals vorstellen können. Wenn dieses wundervolle Wesen jemanden behexte, dann wohl ausschließlich durch seine Schönheit.

James nickte, zum Zeichen, dass Sir Wintrop sprechen dürfe.

Verbündete

„Wir haben uns entschieden, Euch Treue zu schwören", sagte der Ritter kurz und bündig. „Drei Männer haben es vorgezogen, sich lieber zu verstecken, als gegen einen der Lords of Whitecastle zu ziehen."

„Auch eine Art der Lehenstreue", erwiderte James, mit den Schultern zuckend. „Ich werde sie es nicht büßen lassen, falls es uns gelingt, die Burg einzunehmen."

„Wie sehen Eure Pläne aus?"

„Ihr werdet mit unseren Männern hier für ein paar Tage lagern. Es gibt reichlich Wild in diesen Sümpfen. Ihr dürft Euch davon bedienen. Verfolgt es aber niemals in den Wald! Selbst wenn es sterbend hinterm ersten Baum zusammenbricht. Der Drache würde Euch nicht ungeschoren lassen."

„Verstanden, ich werde die Männer entsprechend instruieren."

„Sehr gut", lobte James. „Ich werde Euch morgen einen Brief übergeben, der auf schnellstem Wege Sir Edward erreichen muss. In diesem werde ich ihn auffordern, innerhalb sieben Tagen die Burg zu verlassen, wenn ihm sein Leben lieb ist. Ist er am achten Tag noch immer dort, greifen wir an."

„Er wird nicht gehen", warf Wintrop ein. „Er wird die volle Woche nutzen, um die Burg noch mehr aufzurüsten."

„Weiß ich. Schickt Boten zu den Bauern und Bürgern! Erzählt ihnen vom Drachen! Wir werden sehen, welcher Seite sie sich zuwenden."

Ich gehe jetzt mit ins Lager, um die Männer einzuschwören,
teilte James Lilian mit unbewegter Miene mit.

Ich bleibe hier und lausche, bekam er als Antwort.

„Gehen wir zum Lager!", schlug James laut vor.

Wintrop machte große Augen. „Wollt Ihr Eure
Braut allein lassen?"

„Der Drache ist allgegenwärtig. Niemand kann sie
besser beschützen." James streichelte Lilians Wange
und blinzelte ihr verschmitzt zu.

Als James of Whitecastle das kleine Lager betrat,
verneigten sich die Geharnischten, stützen dann ein
Knie auf den Boden und schworen ihm den Eid.

Er wählte gleich selber fünf Männer aus, die er ge-
naustens unterrichtete, was sie am nächsten Tag zu
tun hatten.

„Der Drache gehorcht Euch?", wollten einige
doch noch einmal aus seinem eigenen Mund wissen.

„Gehorchen ist das völlig falsche Wort. Solange
ich mein Wort ihm gegenüber nicht breche, wird er
mir helfen, wo er kann. Er ist ein mächtiges Wesen,
das zu erzürnen, ich mir niemals anmaßen möchte.
Solange es zwischen ihm und mir ein Bündnis gibt,
wird das Land auch in Frieden blühen können.

Dieser Wald ist seine Heimat. Das Verbot, ihn zu
betreten, werde auch ich aufrechterhalten, nur dass
dann jeder wissen wird, warum."

Er schaute in erleichterte wie entschlossene Gesichter. Mit den Worten: „Wir bringen Euch heute
noch Wasser, damit Ihr nicht dürsten müsst", verabschiedete er sich.

Eine Stunde später rauschte es in der Luft und der
Drache, mit Sir James auf dem Rücken, trug zwei
volle Fässer herbei. Er stellte sie ab und verschwand
genau so schnell, wie er gekommen war.

Wintrop schaute lange hinterher. „Ein erhebender Anblick und ein wahrlich mächtiger Verbündeter." *Und ich bin sicher, dass Sir James Beweise für die Schuld seines Vaters hat. Über seine Lippen ist noch nie eine Lüge gekommen.*

Das Geräusch eines aus dem Wald herangaloppierenden Pferdes ließ ihn aufhorchen. Es war Sir James, der nicht einmal einen Brustpanzer trug.

„Ich möchte Euch etwas zeigen, Sir Wintrop, sattelt Euer Pferd. Die Waffen könnt Ihr getrost hierlassen." Er wandte sich an die Männer: „Bis zum Einbruch der Nacht ist Sir Wintrop wieder hier."

Die beiden Ritter trabten gemächlich in die wabernden Nebelschleier, die Lilian diesmal sogar auf die Lichtung gelassen hatte, um ihr Häuschen zu verbergen.

„Wohin bringt Ihr mich?", fragte Wintrop, der schon nach den ersten Fuß völlig die Orientierung verloren hatte.

„Zum Grab meiner Mutter, Lady Ann."

„Sie liegt hier im Wald?!"

„Ja, eine mildtätige Seele hat sie hier begraben, um ihr Andenken zu bewahren. Denn, wie alle wissen, hat mein Vater jede Erinnerung an sie tilgen lassen. Selbst der Familienschmuck wurde eingeschmolzen und die Steine umgeschliffen."

Wintrop hatte staunend zugehört. Man hatte ihm, als Kind, nur vier Jahre älter als James, bei Prügelstrafe verboten, jemals nach der Mutter Sir James' zu fragen. Nun hatte er die Antworten.

Edward of Whitecastle hatte ganze Familien auslöschen lassen, wenn auch nur ein Mitglied etwas Falsches dachte. Es wurde höchste Zeit, dass die Herrschaft über Burg und Landbesitz ein Würdigerer übernahm.

„Wir sind gleich da", gab James bekannt.

Da hellte der Nebel auch schon etwas auf, was Wintrop merken ließ, dass man eine Lichtung durchquerte.

„Steigen wir ab." James führte ihn noch ein paar Schritte weiter.

Wintrop bemerkte eine Schaufel hinter dem Grabstein. „Was habt Ihr vor?"

„Das Grab zu öffnen. Dies ist kein geweihter Boden. Sie wird ja doch erst Ruhe finden, wenn dieser ganze Irrsinn ein gutes Ende findet." James griff nach dem Werkzeug und begann vorsichtig, die Erde abzutragen.

Wintrop stand daneben und bekreuzigte sich.

Als James auf einen leichten Widerstand stieß, machte er mit bloßen Händen weiter. Er legte ein verrottendes Skelett frei, welches in Fetzen steckte, die einmal sehr prunkvolle Kleider gewesen sein mussten.

„Da!" Er hatte im Brustkorb des Gerippes ein Schmuckstück mit dem Wappen der Whitecastles erspäht. „Seht Ihr es? Die Zeit hat dem Gold nicht viel anhaben können."

An drei skelettierten Fingern steckten Ringe, deren einer ebenfalls eindeutig das bekannte Wappen trug.

„Sind das genug Beweise?"

„Ja." Sir Wintrop schlug noch einmal das Kreuz. Ihm lief es schon die ganze Zeit eiskalt den Rücken hinauf und hinunter. Der gespenstige Nebel, das Skelett, welches ihn mit leeren Augenhöhlen anzustarren schien und Sir James, Hände und Kleider voller Erde, gleichsam als Racheengel für die Tote.

„Weiß Eure Verlobte von diesem Grab?"

„Sie pflegt es." James schaufelte es wieder zu und bemühte sich, alle Blumen wieder an ihren Platz zu pflanzen. „Hier ist es nicht immer so nebelig wie heute." Er ließ die Fingerspitzen über eine Blüte gleiten. „Eines Tages werde ich die sterblichen Überreste meiner Mutter in die Gruft unserer Familie bringen lassen. Das schwöre ich."

„Ich werde Euch helfen, diesen Schwur zu erfüllen."

James drückte ganz fest die ihm entgegengereichte Hand. Dann brachte er seinen Verbündeten bis an den Waldrand. „Bis morgen, wenn ich Euch den Brief übergeben werde."

„Bis morgen!"

Sir Wintrop versammelte sofort seine Männer, um ihnen zu erzählen, was er mit Sir James erlebt hatte. Nicht wenige ballten die Fäuste, weil sie bisher einem Mann gedient hatten, der das nicht wert gewesen war.

Wintrop bereitete für die Aufgabe am nächsten Tag jene Männer vor, die Sir James ausgewählt hatte, weil sie als besonders klug und beim Volk beliebt galten. Mit ihrem Verhandlungsgeschick musste es gelingen, die Menschen für Sir James zu stimmen und am Ende die Burg zu erobern.

Einer seiner Knappen, ein gewitztes, überaus pfiffiges Bürschlein, sollte das gesiegelte Schreiben zur Burg tragen und, ohne sich selbst in Gefahr zu bringen, an den Empfänger weiterleiten.

Der 12-Jährige grinste vergnügt. „Keine Sorge, Herr, das jubele ich einem unter. Ihr müsst mir nur eine Münze geben, damit ich einem Bauernjungen ein paar alte Kleider abkaufen kann, um unerkannt in den Burghof zu gelangen."

„Die sollst du haben!" Wintrop fasste in seinen Beutel, um gleich zwei Silbermünzen hervorzuholen, welche der Knabe sofort sicher verwahrte.

„Noch besser", schmunzelte das Bürschlein. „Dafür kann ich sogar noch mein Pferd sicher unterstellen."

Um seine Mission nicht zu gefährden, ließ ihn Wintrop am anderen Tag als Ersten reiten.

Der Knabe überließ seinem Pferd die Initiative, den sichersten Weg durch das Moor zu finden. Schon bald bewegten sie sich auf festem Untergrund.

Bei einem armen Bauern, der seinem Herrn sehr gewogen war, ließ er sein Pferd zurück und bekam obendrein abgewetzte, geflickte Kleidung, die ihn wie einen Bettler erscheinen ließ.

So gewandet spazierte er in den Burghof, wo er, wie zwei andere Bettler, in der Küche um Almosen bat. Er ließ ihnen wie zufällig den Vortritt, um unbemerkt die Schriftrolle so am Fenster zu deponieren, dass sie der Dienerschaft rasch auffallen musste.

Anschließend trollte er sich. Kaum außerhalb der Mauer, flitzte er um die Ecke und war verschwunden. Querfeldein rannte er zurück zum Bauern, welchem er das noch warme Essen und die zweite Münze in die Hand drückte.

„Das schickt dir alles Sir James. Sei bereit, wenn er und der Drache nach dir rufen", flüsterte er ihm eindringlich ins Ohr, ehe er in einer Staubwolke davon galoppierte.

Der gute Mann hatte zwar nicht begriffen, kannte den Sohn des griesgrämigen Sir Edward aber als umgänglichen und freundlichen Herrn. Wenn der

Hilfe brauche, dann werde er ihm helfen. Das stand fest.

Zur gleichen Zeit hatte ein Küchenjunge den Brief erspäht. „Meister! Meister!", rief er nach dem Koch. „Da liegt was, das sehr wichtig aussieht!"

„Gib es einem der Knappen, der soll es zu Sir Edward bringen, schließlich steht sein Name darauf", wies der Koch an und scherte sich nicht weiter darum.

Eine Viertelstunde später hielt Sir Edward das Schreiben in der Hand und brach das Siegel. Schon nach den ersten Zeilen ließ er es fallen, als habe er sich daran verbrannt. Er befahl, den Küchenjungen zu ihm zu bringen.

„Woher hast du das?!", herrschte er ihn an.

Der Kleine drehte seine Mütze zwischen den Fingern. „Das lag auf dem Fensterstock gleich neben der Tür."

„Wem habt ihr Essen gegeben?"

„Nur den Torwachen und drei zerlumpten Bettlern", erinnerte sich der Junge.

„Ist dir an ihnen etwas aufgefallen?"

„Nur, dass der junge Bettler nicht ganz so furchtbar gestunken hat, wie die beiden alten Männer."

„Sehr hilfreich!" Sir Edward winkte dem Küchenjungen, sich zu entfernen, was dieser schleunigst tat. Sir Edward rief nach seinem Hauptmann. „Zieht die Brücke ein, schließt die Tore und stellt noch mehr Wachen auf!"

„Wo soll ich die vielen Männer hernehmen?", fragte der etwas erbost, weil jetzt schon das Chaos herrschte.

„Das ist Euer Problem. Treibt meinetwegen die Bürger und Bauern zusammen!"

Zwar versuchte das der Hauptmann, die Männer des Landes schienen aber wie vom Erdboden verschluckt zu sein. Er konnte ja nicht ahnen, dass James' Getreue schon in allen Gehöften und Häusern gewesen waren und sich die waffenfähigen Männer gegen die Burg rüsteten.

Es gelang ihm gerade mal, eine Handvoll Söldner aufzutreiben, die für ein paar Geldstücke sogar ihre eigene Großmutter verraten hätten.

Der Knappe kam kurz vor Sonnenuntergang ins Lager im Moor zurück. Er trug noch immer die Lumpen und sogar sein Herr hatte ihn nur am Pferd erkannt. Immer wieder musste er erzählen, wie er den Brief in die Küche geschmuggelt hatte. Sir Wintrop war sehr zufrieden und belohnte ihn mit einem wertvollen Dolch.

Lilian, die in der Nähe gelauscht hatte, informierte James, der genau so amüsiert lächelte, wie sie. Der Knappe hatte sich den Dank seines Herrn redlich verdient.

Der Kampf um die Burg

Bis zum Einbruch der Nacht kehrten auch die anderen Boten zurück, begleitet von mehreren Männern, die nicht erst darauf warten wollten, von Sir Edward mit Gewalt auf die Burg geholt zu werden.

Lilian brachte ihnen, in Gestalt des Drachen, noch einmal frisches Wasser. Die Neuankömmlinge rieben sich die Augen. Zwar hatte man ihnen vom Drachen erzählt, aber das hieß nicht, dass sie wirklich an seine Existenz glaubten. Bis gerade eben.

Der Riese blieb am Rande des Sumpflandes hocken und beobachtete das Treiben im Lager. James beriet sich mit Sir Wintrop und zwei anderen Rittern, die dieser zu seinen Stellvertretern erklärt hatte.

„Wir brauchen Lebensmittel für volle sieben Tage für über 100 Mann", stellte Wintrop sachlich fest.

„Die werdet Ihr morgen bekommen", versicherte James, wie er es mit Lilian abgesprochen hatte. „Es sind bereits zwei Wagenladungen Vorräte auf dem Weg hierher."

„Woher? Sir Edward wird sie abfangen."

„Keine Sorge, das kann er nicht. Sie kommen von einem Marktflecken nördlich dieses Waldes. Lady Lilian und ich werden die Wagen in Empfang nehmen, zu Euch bringen und entladen wieder zum Rand des Waldes zurückfahren."

„Ihr wollt Eurer Braut diese schwere Aufgabe zumuten?"

James nickte. „Auf sie kann ich mich wie auf mich selbst verlassen, sie kennt alle Pfade und Gefahren in diesem Wald und der Drache hat immer ein wachsames Auge auf sie."

Sir Wintrop schaute zum Himmel. „Wenigstens hat der Nieselregen aufgehört. Die ständige Feuchtigkeit greift Stück für Stück unsere Harnische an. Das können wir für eine bevorstehende Schlacht nicht brauchen."

Versprecht ihnen gutes Öl, mit Ankunft der Wagen, hörte James Lilian sagen. *Sie werden drei Tage Zeit haben, ihre Ausrüstung in Ordnung zu bringen, ehe uns Euer Vater einen Kampf aufzwingt.*

Jetzt schon? Fragte er völlig verdutzt zurück.

Sein Mienenspiel blieb auch Sir Wintrop nicht verborgen. „Was habt Ihr?"

„Sorge, dass uns keine volle Woche bleibt. Ich werde das Gefühl nicht los, dass uns schon in den nächsten drei Tagen ziemliches Ungemach ins Haus steht. Ihr werdet das beste Öl bekommen, sobald die Wagen da sind, und solltet dann sofort die Scharniere in einen kriegstauglichen Zustand bringen." James legte Wintrop die Hand auf die Schulter.

„Es wird geschehen", versicherte dieser.

Als sich Sir James zum Gehen wandte, hob auch der Drache mit mächtigem Flügelschlag ab.

Wintrop ließ in einigem Abstand zum Lager zwei Wachen aufstellen, um vor unliebsamen Überraschungen durch den alten Whitecastle geschützt zu sein. Sir James hatte ihn mit seinen Befürchtungen in volle Alarmbereitschaft versetzt.

Als am nächsten Tag die beiden Pferdewagen aus dem Wald kamen, wurden sie mit entsprechendem Jubel begrüßt. Lady Lilian, die das erste Gespann lenkte, nahm mit einem strahlenden Lächeln Begrüßung und Dank entgegen.

Es war das erste Mal, dass James' Getreue sie aus der Nähe sahen. Manch einem blieb vor Staunen der Mund offen stehen. Diese Frau war eindeutig eine Schönheit. Diese strahlend blauen Augen werde wohl keiner so schnell vergessen können.

Sir Wintrop reichte ihr die Hand, um ihr vom Kutschbock zu helfen und er wendete eigenhändig für sie das Gespann für den Rückweg.

„Umwerfend, einfach umwerfend", murmelte er, als die leeren Wagen eine halbe Stunde später wieder im Wald verschwanden. „Mit so einer Frau würde ich auch den Wald einer Burg vorziehen. Wobei beides zusammen das höchste aller Gefühle sein muss."

Um den Kopf wieder freizubekommen, ließ er sofort das Öl austeilen und überwachte persönlich, dass sich ein jeder mit Lappen bewaffnete, um den Kampf gegen den Rost aufzunehmen, wie auch er selber.

„Was ist das für ein Wundermittel?", wurde er von einigen gefragt, denen sofort der fremdartige Duft und die grünliche Farbe aufgefallen waren.

„Lady Lilian nannte es Olivenöl. Es ist das wundervollste dieser Sorte, das mir jemals begegnet ist", erklärte Wintrop. „Solch eine Qualität wird an des Königs Hof nur für die besten Speisen verwendet. Es muss Sir James Unsummen gekostet haben!"

„Wir werden es ihm mit einem Sieg danken!", riefen mehrere Männer zugleich, um es sofort hauchdünn als Schutzschicht auf alles Metallische aufzutragen.

Auch James und Lilian polierten eifrig ihre Rüstungen.

„Wie stehen die Chancen für unsere Männer?", fragte er sie.

„Recht gut, wenn sie nichts Unbedachtes tun. Ich werde, falls man uns im Sumpf angreift, die Söldner auf Distanz halten. Meinem Drachenfeuer werden sie nicht viel entgegenzusetzen haben. Sir Wintrop sollte seine Truppen die Feuernester in Gras und Knieholz löschen lassen, damit es nicht zur Katastrophe kommt. Sumpfgas und Torf warten nur darauf, entzündet zu werden. Dann wäre auch ich machtlos."

„Ihr sagt das so eigentümlich."

„Nun, Torf brennt auch in der Tiefe", erläuterte Lilian mit in die Ferne gerichtetem Blick. „Dieser ganze Wald steht auf Torf. Es könnte Jahre und Jahrzehnte darunter brennen. Irgendwann ist das Wasser im Boden verdunstet und dann gibt es keine Rettung mehr für diesen wundervollen Wald. Würde Euer Vater das wissen, dann hätte er mir schon lange auf diese Weise den Garaus gemacht."

James nahm sie in die Arme. „Ich werde gleich morgen früh persönlich den Befehl geben, jedes noch so kleine Feuer außerhalb des Lagers zu löschen, egal wodurch es entstanden sein mag." Dann schaute er sie bekümmert an. „Ihr gebt mir Eure wertvollsten Geheimnisse preis. Geheimnisse, die Euch eines Tages das Leben kosten könnten. Wer sagt Euch, dass ich Euch nicht eines Tages doch verrate?"

„Mein Herz. Es hat selten gesprochen. Über Euch findet es nur gute Worte." Lilian schmiegte sich fest an, schloss die Augen und lauschte dem gleichmäßigen Schlag seines Herzens. „Ihr wisst doch auch nicht, ob das hier nicht alles nur geschieht, weil ich mich an Euerm Vater rächen will."

„Meine zerstückelte Leiche hätte dafür schon genügt", bemerkte James trocken. „Essen wir lieber etwas, sonst vergehe ich ohne Euer Zutun vor lauter Hunger."

Lilian beeilte sich, ihm ein Stück Wildschweinbraten zu bringen, wofür sich James erfreut bedankte. Er hatte den Kopf so voller Kampfesgedanken, dass ihm die Sorge um die eigenen Vorräte glatt entgangen war.

Sie hingegen achtete sehr auf sein leibliches Wohl. Es war keinem gedient, wenn er sich selbst aufrieb. „Möchtet Ihr heute Abend lieber Eure Ruhe haben?", fragte sie, ihm einen Becher Wein anbietend, welchen er mit den Worten ausschlug: „Ich möchte einen klaren Kopf behalten. Es gibt mir mehr Kraft, mit Euch meine Leidenschaft für Euch auszuleben. Jeder Tag könnte derzeit mein Letzter sein und da möchte ich keinen Augenblick versäumen."

In dieser Nacht lebte er diese Leidenschaft besonders intensiv aus. Er wusste, dass die Angreifer bereit zum Abmarsch vor Whitecastle standen. Lilian setzte schließlich ihre Kräfte ein, um ihm zu einem erholsamen Schlaf zu verhelfen. Er merkte nicht, wie sie die Treppe hinunter und als Drache davonhuschte, um den Feind auszuspähen.

Genau dieser Drache weckte zwei Stunden vor Sonnenaufgang mit einem markerschütternden Schrei die Männer im Sumpf. Der Feind war die ganze Nacht hindurchgeritten, um sie im Schlaf zu töten.

James hatte das Signal ebenfalls vernommen. Sofort hellwach, warf er sich in seine Rüstung und riss Sammy aus dem Stall.

„Sie greifen an!" Lilian verwandelte sich zurück, um rasch ihren Harnisch anzulegen, während James schon zu seinen Getreuen galoppierte.

Er traf sie in voller Kampfbereitschaft an.

„Der Drache hat uns glücklicherweise gewarnt!", rief ihm Sir Wintrop entgegen. „Sie stehen schon da drüben, wo das Moor beginnt!"

Sir James gab Order, alle Feuer, die während des Kampfes unweigerlich aufflammen würden, sofort zu löschen und auch glimmende Stängel gründlichst zu tilgen. Dann führte er seine Männer zum Angriff.

Bevor es zum direkten Zusammentreffen kam, stieß der Drache mit einem schrillen Ruf vom finsteren Himmel herab. Er spie sein Feuer nicht auf den Boden, sondern in Kopfhöhe der feindlichen Reiter, unter denen schon bei seinem bloßen Anblick Panik ausbrach. In wilder Hast flohen sie, verfolgt vom geflügelten Tod, der immer wieder Flammen lodern ließ, ohne damit gezielt Schaden anzurichten.

Voller Dankbarkeit überließen ihm die eigenen Männer einen ganzen Hirsch, welchen sie am Abend vorher erlegt hatten. Der Drache fraß ihn an Ort und Stelle innerhalb weniger Augenblicke auf. Gesättigt legte er sich nieder und begann die Männer zu beobachten.

Sir Wintrop fasste sich ein Herz. Er wagte sich bis auf ein paar Schritte an den Riesen heran. „Ich möchte Euch für Eure beeindruckende Hilfe danken."

Der Drache gab blinzelnd ein zufriedenes Schnaufen von sich.

„Darf ich Euern Panzer berühren?", fragte der Ritter vorsichtig.

Sofort schob sich ihm eine der Vorderklauen entgegen.

Sir Wintrop ließ seine Fingerspitzen über die harten Drachenschuppen gleiten und betastete die messerscharfen Krallen. „Überzeugende Waffen", flüsterte er. „Mit Eurer Unterstützung muss es uns gelingen, einen wirklich würdigen Whitecastle, nämlich Sir James, zum Herrn über Burg und Leute zu machen. Ritter James sollte Euer Abbild zukünftig mit im Wappen führen."

„Das wird er tun." James legte ihm eine Hand auf die Schulter. „An jenem Tag, an dem Lady Lilian Greyham of Dragonforest meine Frau wird." Er hielt ihm seine Hand mit dem Wappenring hin.

Wintrop riss die Augen auf. „Sie ist eine Nachfahrin dieses ururalten Geschlechtes, das man für erloschen hielt?"

„Ja, das ist sie. Solange auch nur ein einziger Drache auf dieser Welt lebt, wird dieses Geschlecht weiterbestehen. Ich werde nach dem Sieg mein Bestes tun, dieser Dynastie zu kräftigen Nachkommen zu verhelfen."

Über Sir Wintrops Gesicht flog ein heiteres Lächeln, als der Drache mit unübersehbar funkelnden Augen seine Nase an James' Wange rieb. Der junge Whitecastle war ganz der Mann dazu, mit dem fröhlichen Lachen einer großen glücklichen Kinderschar, den alten Mauern endlich wieder Leben einzuhauchen.

„Mein Wort habt auch Ihr, edler Drache, dass ich jederzeit für Euch und Eure Nachkommen kämpfen werde." Sir Wintrop zog sich mit einer Verbeugung zu Sir James und den Drachen zurück.

Gute Voraussetzungen für langes friedliches Leben, ließ sich Lilian vernehmen.

Das sehe ich genau so, antwortete James, ihr, von den anderen ungesehen, ein liebevolles Lächeln schenkend.

In den nächsten beiden Tagen herrschte Ruhe vor dem Sumpf und die Kämpfer nutzten dies, um in kleinen Gruppen abwechselnd ausgiebig zu schlafen. Auch James und Lilian beschäftigten sich mit ganz alltäglichen Dingen.

Dann griffen die Wächter einen Mann auf, der bis an die Zähne bewaffnet in den Wald eindringen wollte, um „die Hexe" zu töten.

„Hier lebt keine Hexe!", herrschte ihn Sir Wintrop an. „Wenn das so wäre, dann hätte sie sich uns sicher schon gezeigt und ganz bestimmt nicht ungeschoren hier lagern lassen."

Seinen Getreuen befahl er: „Fesselt ihn und achtet gut darauf, dass er nicht fliehen kann! Er darf weder den Wald erreichen noch zurück nach Whitecastle gelangen!"

Bevor Sir Wintrop von sich aus James ansprechen konnte, stellte dieser mit gerunzelter Stirn fest: „Ich habe die Narretei meines Vaters langsam satt! Greifen wir an!"

„Was werdet Ihr mit ihm tun, wenn Ihr seiner habhaft seid?", fragte Lilian leise.

„Das kommt auf die Situation an. Ich werde ihn jedenfalls nicht vorsätzlich umbringen, auch wenn er das mit mir vorhatte. Dann wäre ich keinen Deut besser als er. Soll er an seiner eigenen Bosheit zugrunde gehen!"

„Das lässt sich einrichten." Lilian war nicht gewillt, Details zu verraten. Nur soviel stellte sie klar, dass sie sich nicht an Sir Edward die Finger schmutzig machen oder gar andere zum Mord anstiften werde.

James lachte hellauf. „Manchmal vergesse ich glatt, welch große Zauberin Ihr seid."

„Und das ist gut so. Ich möchte ein ganz normales Leben an Eurer Seite führen."

Noch vor dem Morgengrauen verabschiedete sich James von ihr, die erst später, direkt vor der Burg, auf dem Schlachtfeld erscheinen sollte. Lilian reichte ihm einen Becher. „Trinkt ihn in einem Zug aus. Ich bitte Euch sehr!"

Das Zeug roch fürchterlich, doch James folgte der Aufforderung ohne Zögern. Lilians Tränke wirkten Wunder, das hatte er mehr als ein Mal am eigenen Leibe erfahren.

„Nun bin ich beruhigt", flüsterte sie, ihm einen zärtlichen Kuss mit in die Schlacht gebend.

Als er auf seinem Sammy im Wald verschwand, rüstete sie sich auch zum Kampf.

James hatte inzwischen das Lager erreicht, wo die Männer geharnischt und bewaffnet bereitstanden, um ihm in den Kampf zu folgen. Den Gefangenen hatte man rittlings auf ein Packpferd gefesselt und Wintrops Knappe bewachte ihn scharf.

„Keine Chance?", schmunzelte James.

„Keine, mein Herr!", bestätigte der Knabe mit blitzenden Augen.

James hob die Hand, worauf sich die Reiter in Bewegung setzten. In langer Reihe zogen sie nacheinander durch die sicheren Pfade im Moor, um sich nach dessen Durchquerung in breiter Front zu formieren.

Als sie von den Turmwachen der Burg bemerkt wurden, standen sie schon direkt am Fuße des Berges. Doch niemand kam zum Tor heraus, Sir Edward hatte sich auf eine lange Belagerung eingerichtet.

Dazu waren den umliegenden Bauernhöfen sämtliche Ernteerträge an Feld- und Gartenfrüchten geraubt worden. In den Dörfern gärte der Zorn. Und so schlossen sich die, die bis dahin geglaubt hatten, unparteiisch sein zu können, ausnahmslos dem kleinen Heer Sir James' an.

James blies in sein Horn und auf der Burg erwartete man den Ansturm der Reiter. Weit gefehlt! Die hielten sich außerhalb der Reichweite von Langbögen und Speerschleudern. Nur über dem Feld schien eine finstere Wolke aufzuziehen, die sich schließlich als der Drache entpuppte.

„Schießt die Bestie ab!", befahl Edward mit zitternder Stimme. „Ein Beutel Gold für den, der das Untier erlegt!"

Doch der Drache scherte sich nicht um das Geschrei. Er stieg in die Wolken auf und fuhr an völlig anderer Stelle im Sturzflug nieder. Sofort brannte jegliches Gehölz am Berg. Die lodernden Flammen nahmen den Eingeschlossenen die Sicht, Zielen war fast unmöglich und so machte sich der Drache beinahe unbehelligt davon.

Ein paar Pfeile erreichten zwar ihr Ziel, prallten aber an dessen hartem Panzer ab.

Gute Arbeit, lobte James. *Lenkt bitte die Wachen weiter ab. Ich werde mit 20 Männern durch den geheimen Tunnel in die Burg eindringen.*

Laut zu Sir Wintrop: „Übernehmt hier den Befehl, ich führe die besten Kämpfer auf geheimen Pfaden in die Burg. Der Drache wird Ablenkungsmanöver fliegen. Stürmt erst die Burg, wenn Ihr mein Horn von droben hört!"

James stellte seinen Trupp zusammen, dann ritt er mit ihnen davon. Als die Sonne unterging, sandte Sir Wintrop einen verzweifelten Blick zu dem Drachen, der die Besatzung der Burg unbeirrt mit Feuer belegte.

Der Riese hatte die bangen Gedanken des Feldherrn schon lange gespürt und landete nun ganz in seiner Nähe.

„Was mag mit Sir James geschehen sein?", fragte Wintrop sofort.

Der Drache schüttelte den Kopf.

„Ach, Ihr könnt ja nicht sprechen", murmelte Wintrop schuldbewusst. „Dann muss ich Euch andere Fragen stellen. Also: Ob sie wohl noch am Leben sind?"

Der Drache nickte heftig zur Bestätigung.

Rasch versammelten sich auch die anderen Männer um die beiden.

„Oh! Sind sie schon in der Burg?"

Diesmal schüttelte der Drache den Kopf.

„Aber sie kommen voran?!"

Wieder ein Nicken.

„Gut. Dann bin ich beruhigt. Ich danke Euch! Wir werden jetzt lagern …"

Der Drache schnaufte unwillig, wobei er vehement den riesigen Kopf verneinend bewegte.

„Wir sollen weiter bereit sein?"

Ein kurzes Nicken, dann erhob sich der Drache, wartete, bis sich die Männer entfernt hatten, und startete einen Angriff, der im Dunkel der hereinbrechenden Nacht noch grandioser wirkte als bei Tage.

Versuchten die Verteidiger Feuer anzuzünden, um in der Finsternis etwas sehen zu können, blies sie der Drache von irgendwoher aus. Er schien überall gleichzeitig zu sein. Dann begann es wie aus Kübeln zu regnen und Feuermachen wurde völlig unmöglich.

Verblüfft stellten Sir Wintrops Leute fest, dass das Unwetter ausschließlich über der Burg tobte. Ehe sie sich von ihrer Überraschung erholt hatten, krachte es mörderisch auf dem großen Turm.

Der Drache hatte die Speerschleuder aus ihrer Verankerung gerissen und in den Burghof gestürzt, wo sie soeben mit lautem Knall zerbarst. Dann tobte das totale Chaos innerhalb der Mauern.

Der Drache warf alles, was er mit Klauen und Maul greifen konnte, aus der Höhe des Wehrganges an die Flanke des Berges – Streitäxte, Speere, Schwerter, Lanzen, Schilde und Söldner, die nicht schnell genug in einem der Gebäude verschwinden konnten.

Immer wieder loderten die alles verzehrenden Drachenflammen.

Eine halbe Stunde nach Mitternacht erklang das lang ersehnte Hornsignal und Sir Wintrop galoppierte mit den Seinen hinauf, wo der Drache das Tor in Schutt und Asche gelegt, die Zugbrücke aber geschont hatte.

Nun kam es zum großen Hauen und Stechen innerhalb der vielen Gebäude. Bis nach Sonnenaufgang tobte der Kampf, dann hatten die Männer Sir James' gesiegt.

Sir Edwards Ende

Jetzt wurde auch das ganze Ausmaß sichtbar. Es gab keinen, der nicht verletzt worden wäre. Sir Wintrop hatte einen Dolchstich in den rechten Oberarm bekommen, der genau zwischen den Platten seiner Panzerung eingedrungen war.

Sir James war durch einen Lanzenstoß aus dem Hinterhalt niedergestreckt worden, als er gegen zwei andere mit dem Schwert focht. Im Augenblick lag er noch bewusstlos in seinem Blut, denn Sir Wintrops Knappe hatte Mühe, die Riemen der Rüstung zwischen den Stofffetzen des Gambesons und blutigem Fleisch zu lösen.

Der Drache stieß einen gellenden Schrei aus, als er das durch ein Fenster gewahrte. Er hob mit mächtigem Flügelschlag ab. Kurz darauf galoppierte Lady Lilian in den Burghof. Sie sprang vom Pferd und eilte an das Lager, auf welches man Sir James gebettet hatte.

Sir Wintrop staunte, wie ruhig und besonnen die junge Frau reagierte, obwohl sie sah, dass James fast auf den Tod verwundet war.

„Bringt mir kochendes Wasser und ein paar saubere Tücher", bat Lilian.

Wintrops Knappe rannte in die Küche und trieb die Mägde an. Lilian reinigte die Umgebung der noch immer blutenden Wunde. Dankend nahm sie die Schüssel mit dem Wasser entgegen. Sie zog ein Fläschchen aus dem Beutelchen an ihrem Gürtel und gab zehn Tropfen der blutroten Flüssigkeit hinein.

Sie riss einen Streifen Leinen von einem der Tücher, durchtränkte ihn mit dem Sud und drückte ihn fest in die tiefe Wunde, die sie nun mit einem anderen Tuch verband.

„Ich brauche einen Becher Wein. Am besten starken, roten Wein."

Wieder wieselte John davon. Sein Herr half Lady Lilian mit der unverletzten Hand, ihren Liebsten umzudrehen und weich zu betten. Da war der Knappe auch schon zurück.

Lilian flößte James ein paar Tropfen Wein ein. Stöhnend öffnete er die Augen.

„Lilian!", hauchte er kaum hörbar.

Sie legte ihm einen Finger auf die Lippen. „Psssst. Nicht sprechen. Ihr seid noch zu schwach. Versucht zu ruhen. Ich muss mich noch um Sir Wintrops Wunden kümmern."

James schloss gehorsam die Augen.

Lady Lilian reichte dem verletzten Wintrop den Weinbecher. „Trinkt! Dann könnt Ihr die Schmerzen besser ertragen." Sie versorgte den Dolchstich mit der gleichen Sorgfalt und fixierte Wintrops Arm in einer Schlinge.

Der Ritter wischte sich den kalten Schweiß von der Stirn und dankte ihr von ganzem Herzen. Noch nie hatte er so schnell Linderung erfahren.

Sie winkte den Knappen heran, deutete auf die umherliegenden Waffen und sprach: „Du wirst die beiden bewachen und notfalls mit deinem Leben verteidigen!"

„Das schwöre ich, Herrin!"

Sie griff nach Dolch, Schwert und Schild, der James gehörte. „Ich bin in einer Stunde wieder hier.

Solltest du wirklich Hilfe brauchen, dann pfeife laut. Das kannst du doch? Oder?"

Er steckte zwei Finger in den Mund und demonstrierte, wie gut er das beherrschte.

„Bestens!" Ohne sich noch einmal umzudrehen, verließ Lilian den Raum.

„Wohin geht sie?", murmelte John, seinen Herrn erstaunt anschauend.

„Ich habe keine Ahnung. Sie scheint aber sehr genau zu wissen, was sie tut. Auch ist sie durchaus des Waffenhandwerks mächtig."

„Wirklich?"

„Hast du nicht die Rüstung unter ihrem Kleid bemerkt?"

„Nein. Ich …"

Sir Wintrop winkte schmunzelnd ab. Der Junge hatte offenbar nur das hübsche Gesicht der Dame beobachtet. „Du bist offensichtlich auf bestem Wege, ein Mann zu werden. Schöne Frauen können tödlich sein, weil man alles andere bei ihrer Anwesenheit vergisst."

„Ach herrje! Bloß nicht!" Der Knappe wurde blass.

Nun begann Wintrop zu lachen. „Also doch."

James öffnete die Augen. „Wo ist Lady Lilian? Ich glaube, sie vorhin gesehen zu haben."

„Mit Euren Waffen in der Burg unterwegs", gab Wintrop Auskunft.

James wollte aufspringen. Sofort raste der Schmerz durch seinen Körper, sodass er nicht mal den Kopf anheben konnte. Aufstöhnend blieb er liegen.

„Wie geht es Euch?", fragte Wintrop besorgt.

„Ich lebe. Ansonsten fühle ich mich wie ein aufgespießter Eber."

„So ähnlich sah es auch aus", seufzte Wintrop und erzählte, wie man ihn gefunden habe, und dass wie aus dem Nichts Lady Lilian in den Hof geritten kam, die ihm das Leben rettete.

„Wer befehligt im Augenblick die Männer?", überlegte James, weil Wintrop mit einem dicken Verband neben ihm saß.

Die Antwort bekam er im selben Moment. Denn Lilians Stimme erklang vor den Fenstern: „Sperrt die Gefangenen in den Kerker! Aber kümmert Euch um ihre Wunden! Ihr da! Ihr sichert die Zugbrücke!"

Der Knappe war mit einem Satz am Fenster und spähte hinaus. Lady Lilian trug einen kompletten Harnisch, hatte das Visier ihres Helmes hochgeklappt und teilte sämtliche Arbeiten auf dem Burghof ein. Aus den Augenwinkeln bemerkte sie ihn. „Alles in Ordnung?"

„Alles in Ordnung! Sir James ist aufgewacht", berichtete er.

„Ich komme sofort rein!" Sie winkte den Küchenjungen heran, gab ihm einige Anweisungen und stieg unter den bewundernden Blicken der Herren die Treppe hinauf.

Sir Wintrop zuckte zusammen, als sie ihn plötzlich ansprach. „Verzeiht, ich habe Euch nicht kommen hören."

Lilian lächelte. „Ach, das ist ein altes Übel. Schon als kleines Kind habe ich alle erschreckt, weil ich wohl nicht genug Gewicht habe, um hörbar auftreten zu können."

James schmunzelte. Eine durchaus brauchbare Erklärung für lautloses Heranschweben. Sir Wintrop war es nicht mal in den Sinn gekommen, dass man die schweren Eisenschuhe der Rüstung in jedem Fall hätte hören müssen.

Selbst die Hunde in der Burg schafften es nicht, sich völlig geräuschlos anzuschleichen. Bei ihnen war das leise Klappern der Krallen deutlich zu hören.

Ich werde lautes Gehen lernen müssen, hörte James in seinem Kopf.

Tut das, Liebe meines Lebens. „Lilian, danke für Euer Kommen und alles, was Ihr für uns getan habt", sagte er laut. „Was ist draußen los und welche Befehle habt Ihr gegeben?"

„Zuerst die wichtigste Nachricht: Euern Vater habe ich im Turmzimmer mit dem dicken Fenstergitter eingeschlossen. Er hat mich nur in meiner Rüstung mit geschlossenem Visier gesehen. Die anderen Befehle dürftet Ihr gehört haben.

Die Brandschäden durch die Drachenflammen sind gering und sollten bis zum Einbruch des Winters zu reparieren sein. Die Bauern erhalten noch heute ihre geraubten Früchte zurück. Das Tor wird bis zum Einbruch der Nacht provisorisch ersetzt. Sammy steht unverletzt im Stall und in Kürze wird es etwas zu essen geben."

„Keine weiteren Fragen", seufzte James. „Ich übertrage Euch offiziell die Befehlsgewalt, bis ich wieder klar denken und Sir Wintrop seinen Arm bewegen kann.

Er wird Euch beratend zur Seite stehen, falls Ihr wirklich Fragen zur Burg haben solltet. *Was ich mir aber nicht vorstellen kann.*

Lilian und Wintrop nickten.

Ich werde Euerm Vater dann, als Dienstmädchen mit dem Essen, meine Aufwartung machen.

Ach! Jetzt habe ich den Sinn Eurer Worte zu seinem Schicksal endlich verstanden. Ich möchte nicht in seiner Haut stecken.

Ich, ehrlich gesagt, auch nicht.

Es klopfte. Zwei Burschen trugen einen Tisch und Stühle herein. Timothy, der Koch, brachte persönlich das Essen, nachdem eine Magd eingedeckt hatte.

„Ich habe Euer Lieblingsessen bereitet", erklärte er James, in ausgelassenem Speck mit Zwiebeln angeröstete Kartoffeln auftafelnd.

„Hm, es duftet köstlich!", lobte James. „Ich werde nur etwas Hilfe brauchen."

Lilian und der Knappe betteten ihn vorsichtig etwas höher. James verzog das Gesicht.

„Ich werde Euch nach dem Essen neu verbinden müssen", stellte Lilian besorgt fest.

Das hinderte sie aber nicht daran, ihm die Happen gut gemischt in den Mund zu schieben. Zwischendurch sprach sie selber dem leckeren Mahl zu. „Er kocht ausgezeichnet."

„Dieses Lob wird ihn freuen. War ich doch bisher der Einzige, der die einfacheren Gerichte genau so zu schätzen wusste, wie gefüllte und gespickte Braten."

Eine Stunde später durchdrang ein grauenvoller Schrei die alten Mauern.

Lilian hatte sich die Kleider einer Dienerin geborgt und strebte mit einem Essenkörbchen dem Turmzimmer zu. Ein Ritter begleitete sie, schloss auf und nach ihrem Eintreten die Tür.

Sir Edward stand, die Hände um die Eisengitter gekrallt, am Fenster und starrte in den Burghof. Er schaute sich kurz um. „Stell den Fraß hin und verschwinde!"

„Wie Ihr befehlt, mein Herr."

Edward fuhr zusammen. Diese Stimme! „Dreh dich um, ich will dein Gesicht sehen!"

Die „Magd" blieb stehen und wandte sich mit gesenktem Blick um.

„Schau mich an! Ich will wissen, wer du bist!"

„Nur eine Magd, in den Diensten Eures Sohnes." Sie hob den Kopf.

„Neeeeiiiiiiiiiiinnnnn!" Edwards Schrei gellte durch die ganze Burg.

„Oh doch! Ihr könnt übrigens ganz beruhigt essen. Wir haben nicht vor, Euch zu vergiften." Sie gab dem Ritter vor der Tür das vereinbarte Klopfzeichen.

Zurück blieb ein bebendes Bündel Angst, das soeben den Schock seines Lebens bekommen hatte. Denn damit, dass Lilian ihren Wald verlassen haben könne und genau wie damals aussehe, hatte er niemals gerechnet.

Mit zitternden Händen riss er den Weinkrug vom Tisch und trank ihn in kürzester Zeit leer.

Lilian, die an James' Bett Wache hielt, hörte ihn die ganze Nacht wimmern und toben. Sie registrierte es völlig emotionslos, was sie selbst etwas erstaunte.

Hin und wieder tupfte sie den Schweiß von James' Stirn, dem es von Stunde zu Stunde schlechter ging. Vielleicht war es ja auch das, was ihre ganze Aufmerksamkeit so beanspruchte, dass Rachegedanken gar keine Chance hatten.

Sir Wintrop erschrak am Morgen gewaltig, als er nach James schaute. „Gibt es denn gar keine Hoffnung?"

„Nicht viel. Ich brauche dringend einige Kräuter, wenn er die nächsten Stunden überstehen soll."

„Was ist es? Wo kann ich es finden?"

„Eure Aufgabe ist es, James' Stirn zu kühlen, bis ich wieder da bin. Ich muss den Drachen rufen, damit er mich in den Wald bringt, wo einzig und allein die richtigen Pflanzen wachsen." Lilian eilte aus hinaus.

Ein paar Minuten später meldete der Knappe: „Soeben ist der Drache erschienen!"

„Fliegt, Drache! Fliegt! Fliegt so schnell Ihr könnt!", flüsterte Sir Wintrop.

Die verwandelte Lilian schoss wie ein Pfeil davon, erreichte das Häuschen im Wald, packte einen großen Beutel mit Kräuterbündeln und Tinkturen voll und startete sofort wieder. Sie landete auf dem Hauptturm, schaute sich kurz um und rannte, immer mehrere Stufen überspringend, die Wendeltreppe hinunter.

„Öffnet das Fläschchen!", rief sie, es John zuwerfend.

Dann kippte sie den gesamten Inhalt des Säckchens auf den Tisch. Wintrop assistierte auf Zuruf. Lilian goss den Inhalt des Fläschchens in eine Schale, gab die ausgesuchten Kräuter hinein und ließ sie ein paar Minuten ziehen.

Die Flüssigkeit dickte ein und nahm eine giftgrüne Farbe an. Zugleich stieg ein süßlicher Geruch auf, der bei den Männern heftige Übelkeit hervorrief. Lilian drehte James auf den Bauch und nahm den Verband ab.

Die Wunde sah schrecklich aus. Sir Wintrop gab bei diesem Anblick alle Hoffnungen auf. Lilian zog den Stoffpfropfen aus dem tiefen Loch. Sie strich die stinkende Masse in die klaffende Verletzung, ehe sie alles mit einem frischen Leinentuch abdeckte.

Der Knappe ging ihr wieder zur Hand, um den jungen Ritter bestmöglich in die Kissen zu betten. Sofort atmete James gleichmäßiger, die Schweißausbrüche hörten auf und Lilian zerrieb ein paar andere Pflanzen, welche sie mit Wein zu einem duftenden Elixier mischte, das sie James tropfenweise einflößte.

Sir Wintrop schaute voller Bewunderung zu. „Ihr seid die beste Heilerin, die ich je erlebt habe!"

„Freut mich aufrichtig, dass Ihr mich deshalb nicht als Hexe bezeichnet", murmelte Lilian.

„Hexe?!!!" Sir Wintrop schüttelte wild den Kopf. „Ihr seid eine Zauberin, eine gute Fee, eine weise Kräuterfrau, ein Geschenk des Himmels …"

„Genug, genug! Noch steht nicht fest, dass mein liebster Schatz wieder gesund wird."

„Wenn es so wäre, dann könntet Ihr nichts dafür. Mehr als das hier, kann man sicher nicht versuchen!" Sir Wintrop verneigte sich vor Lady Lilian.

„Danke, edler Herr. Ich bin so oft auf Unverständnis gestoßen, dass ich mich in den Wald zurückgezogen habe, um der ganzen Welt zu entfliehen."

„Ich werde ein Loblied auf Eure Künste singen!"

„Kommt, ich lege Euch auch gleich einen neuen Verband an. Es sind noch ein paar Reste der Paste in der Schale, die die Heilung sehr beschleunigen dürften."

„Sieht gut aus!", freute sich der Ritter, als er freien Blick auf seine Wunde hatte.

Wenig später strich Lilian das Heilmittel auf und deckte es gut ab. „Tragt den Arm aber bitte noch zwei Tage in der Schlinge."

„Ich verspreche es!" Sir James hob sogar die Schwurhand.

Gebrüll ertönte aus dem Turmzimmer.

„Ich werde nachschauen", seufzte Lilian.

„Soll ich Euch begleiten?"

„Wenn Ihr mögt."

Der alte Whitecastle bekam einen regelrechten Anfall, als Lilian das Zimmer betrat. Er duckte sich hinter den Tisch, stammelte wirres Zeug und warf schließlich sogar mit einem leeren Krug nach ihr.

„Ihr solltet Euch schämen." Sir Wintrop schlug beim Hinausgehen mit einem lauten Knall die Tür zu. „Nicht zu fassen, dass ich diesem ... diesem ... diesem Unhold einmal treu gedient habe! Stirbt Sir James, werde ich es den alten Whitecastle büßen lassen!"

„Waltet nicht im Zorn", bat Lilian. „Seine Anfeindungen treffen mich nicht mehr."

„Euer Wunsch ist mir Befehl." Sir Wintrop seufzte tief.

Als sie zu James' Zimmer kamen, lag dieser in tiefem Schlaf und zum ersten Mal sah sein Gesicht nicht mehr so blutleer aus. Der Knappe saß am Krankenlager. Auch er wirkte etwas entspannter als in den letzten Stunden.

„Wo sind Eure Ländereien, Sir Wintrop?", fragte Lilian plötzlich.

Der Angesprochene hob beinahe hilflos die gesunde Hand. „Es gibt sie nicht. Mein Vater hatte sie vor drei Jahren volltrunken als Turnierpreis gesetzt."

„Und alles verloren", beendete Lilian mit tonloser Stimme die Erklärung.

Das bekümmerte Nicken des Ritters wirkte unendlich deprimiert. „Die Söhne müssen oft für die

Dummheiten ihrer Väter büßen. In den darauffolgenden Jahren hatte es keine Möglichkeiten gegeben, irgendjemandes Land in ehrenhaftem Kampf zu erringen."

„Eure Zeit wird kommen", hörte er Lady Lilian prophezeien, worauf ein winziges Lächeln über sein Gesicht huschte.

„Das wird sie", wisperte James mit geschlossenen Augen.

„Ihr seid wach?", riefen alle drei erfreut.

„Schon eine ganz Weile." James gelang sogar aus eigener Kraft ein winziger Positionswechsel im Bett. „Ist noch ein Tröpfchen des heilsames Trankes da?"

Lilian eilte davon. „Ich lasse Euch eine ganze Kanne Tee brühen, dem ich etwas zumischen werde. Da könnt Ihr nach Herzenslust trinken!", rief sie über ihre Schulter zurück.

James lächelte. „Ich habe derartig Durst – ich könnte glatt einen ganzen Brunnen trockenlegen. Aber sagt, Sir Wintrop, wie geht es Euch?"

„Nicht übel. Nur hat sie mir verboten, jetzt schon den Arm aus der Schlinge zu nehmen. Nachdem, was ich bei Euch gesehen habe, werde ich mich auch sehr hüten, zuwiderzuhandeln."

Lilian hörte James' leises Lachen bis auf den Gang vor dem Zimmer. Entsprechend glücklich trat sie ein. „Unüberhörbare Fortschritte", freute sie sich, die Kanne abstellend. Dann wählte sie sorgfältig die Kräuter aus, die den banalen Huflattichaufguss aufwerten sollten.

Bald schon hob James die Nase. „Hmmm, das nenne ich einen Trank!"

Schnell brachten sie ihn in halb sitzende Position. Er versuchte sogar, mit beiden Händen nach dem Becher zu fassen.

„Wird wohl noch nichts", gab er schließlich auf. „Wie stehen die Chancen, mich jemals wieder richtig bewegen zu können?"

Lilian setzte ihm den Becher an die Lippen. „Das wird die Zeit zeigen."

Sir Wintrop knirschte mit den Zähnen.

Ein Turmwächter erschien. „Herr, Euer Vater hat das gesamte Mobiliar zertrümmert."

In James' Augen trat ein stählerner Glanz. „Dann muss er auf dem Boden auf seiner Matratze liegen. Versucht die Trümmer zu beseitigen, ehe er damit noch auf jemanden losgeht!"

„Er hat einen Krug nach Eurer Liebsten geworfen", hakte Wintrop sofort ein.

„Das hält mich aber nicht davon ab, die Männer jetzt zu unterstützen. Gehen wir!" Lilian folgte der Wache zum Turmzimmer.

Als das irre Geschrei plötzlich in klägliches Jammern überging, grinste James. „Sie ist angekommen."

Dabei war Lilian gleich neben der Tür stehen geblieben und richtete wortlos den durchdringenden Blick ihrer strahlend blauen Augen auf den Tobenden. Zwei Männer trugen die Bruchstücke hinaus und richteten auf dem Fußboden das Lager ein. Edward wagte nicht, zu widersprechen.

Er kauerte in einer Ecke, greinte unverständliches Zeug und rammte immer wieder seine Stirn an die rauen Steine.

„Er richtet sich selber", war Lilians einzige Erklärung, als sie zurückkam.

Sie sollte sich auch nicht geirrt haben. Noch vor dem Abend kam der Wächter erneut. „Sir James, Euer Vater ist tot. Er ist ihm Wahn gegen die Wand gerannt und hat sich den Schädel gespalten."

„Legt ihn in einen einfachen Sarg und tragt ihn ohne jeglichen Pomp in den hintersten Winkel der Familiengruft", wies James an. „Was sich noch in seinem Kerkerzimmer befindet, verbrennt."

„Lilian, wäret Ihr so lieb, Vorbereitungen zu treffen, die sterblichen Überreste meiner Mutter hier mit allen Ehren bestatten zu lassen?"

„Natürlich, mein Herr. Ich werde sofort einen prunkvollen Sarg in Auftrag geben."

„Ihr, Sir Wintrop, könnt mir auch ein wenig zu Hand gehen. Es gilt, eine grandiose Hochzeit vorzubereiten."

„Oh, James!", rief Lilian überrascht. „Wollt Ihr denn nicht erst einmal gesund werden?"

„Nein. Ich werde zuerst meinen Schwur an Euch erfüllen. Dann habe ich tausend Gründe, ganz schnell wieder auf die Beine zu kommen."

Er blinzelte dem Knappen zu, der sich ein anzügliches Grinsen nicht hatte verkneifen können.

Inzwischen verbreitete sich wie ein Lauffeuer die Kunde, der alte Whitecastle habe sich selber aus dem Leben befördert. Die Menschen zogen in Scharen zur Burg, um dem neuen Herrn zu huldigen.

James ließ sich schließlich in den großen Saal tragen, um dort persönlich die Untertanen zu begrüßen. Lady Lilian und Sir Wintrop wichen dem völlig Wehrlosen ihm nicht von der Seite.

Erfreut vernahm der neue Burgherr immer wieder Dankbezeugungen der Bauern an seine Braut, wegen der zurückerhaltenen Ernten.

Zwei der reichsten Bauern, Speichellecker Sir Edwards, waren mit Sack und Pack geflohen, wie man ihnen kundtat.

Ein kurzer Blickwechsel. Dann gab Sir James öffentlich bekannt: „Sir Wintrop, ich schenke Euch die beiden Güter für Eure treuen Dienste."

Der Beschenkte kniete nieder und erneuerte noch einmal seinen Schwur, jederzeit mit seinem Leben für Sir James Whitecastle, die Seinen und das Geschlecht der Drachen zu stehen.

Erfüllte Schwüre

In den nächsten zwei Wochen herrschte auf der Burg gigantische Betriebsamkeit. Die Brandschäden wurden repariert, James ließ einiges nach Lilians sehr verständlichen Wünschen umgestalten und er selber begann, sich wieder im Gebrauch seiner Arme zu üben.

Lilian überwachte mit Argusaugen, dass er sich nicht zu viel zumutete. Die Heilung schritt gut voran. Als er das erste Mal wieder ein Schwert in die Hand nahm, strahlte er vor Freude regelrecht auf.

So kam es also, dass er am Tage seiner Trauung neben Lady Lilian im Prunkharnisch zu Pferd zum Heiligtum kam. Lilian trug einen orangefarbenen Traum aus Samt und Seide. Als sie der Priester miteinander verband, war jeder Platz besetzt und an den Wänden standen unzählige Menschen, die die Hochzeit hautnah erleben wollten.

Dann gab es auf dem Burghof ein Volksfest mit Spielleuten und Gauklern. James hielt die ganze Zeit über Lilians Hand, aus Furcht, sie könne plötzlich verschwinden.

Das wird nicht geschehen, hörte er die Antwort auf seine inneren Ängste. Sie küsste ihn unter dem Beifall der Versammelten.

Zu sehr später Stunde zogen sie sich zurück, um die Hochzeitsnacht zu genießen. Lilian legte ihren prunkvollen Schmuck ab. Die Kette mit dem blutroten Rubin reichte sie James. „Zerstört ihn!"

„Wie???"

„Zerstört ihn! Schon ein Kratzer genügt."

James wunderte sich über die seltsame Bitte, zog aber seinen Dolch. Er führte die Schneide gleichmäßig über den funkelnden Stein, der tatsächlich eine feine Schnittlinie zeigte.

„Damit ist besiegelt, dass ich am Tag Eures Todes auch sterben werde." Lilian warf sich an seine Brust. „Lasst uns die Zeit bis dahin mit Liebe und Glück füllen."

James fühlte, dass dies nun nicht mehr änderbar und Lilians innigster Wunsch gewesen war. Obwohl noch nicht wieder ganz genesen, widmete er ihr in dieser Nacht all seine Kraft. Zumal es das erste Mal seit Wochen war, dass er ihren schlanken Körper mit allen Sinnen genießen konnte.

Am Morgen erschienen beide mit so strahlenden Gesichtern am Tisch, dass keiner Zweifel daran hegte, sie hätten sich erstmalig so nah miteinander befasst. Sir Wintrop saß dem glücklichen Paar gegenüber, prostete ihnen zu und sah nicht weniger zufrieden aus.

Er hatte einen Verwalter für seine beiden Güter bestimmt und ritt jeden Morgen zur Burg, wo er sich täglich um die Ausbildung der Knappen und das Training der Ritter kümmerte. Dieser Bitte seines Herrn hatte er sofort und mit dem größten Vergnügen zugestimmt.

Ganz selbstverständlich fungierte er auch in anderen Fragen als verlängerter Arm Sir James' und seiner liebreizenden Gattin, Lady Lilian.

An dem Tag, als der prachtvolle Sarg für Lady Ann fertig war, ließ er einen Wagen anspannen und bestimmte noch sechs Männer, die ihn und die Whitecastles begleiten sollten.

Lilian warf einen nachdenklichen Blick zum Fenster hinaus. „Ich sollte den Ritt auf meinem Zelter der holprigen Fahrt auf diesem Wagen vorziehen."

James begriff nicht sofort. Nach ein paar Sekunden riss er sie mit einem Jubelschrei, den man sowohl in der Burg als auch auf dem Hof hörte, in die Arme. „Ich bin auch für den Zelter!", sagte er schließlich.

Er öffnete das Fenster und rief hinaus: „Lasst das Lieblingspferd meiner Frau satteln!"

Wintrops Knappe wuselte davon, um dies persönlich zu tun. So, wie für ihn die Lage aussah, bereitete man ihn darauf vor, eines Tages als Ritter auf Sir James' Burg leben zu dürfen. Dafür lohnte es sich doppelt, bei jedem noch so kleinen Wink sofort zu springen.

James hob Lilian so vorsichtig auf das Pferd, als müsse er einen ganzen Korb roher Eier reisesicher unterbringen. Wintrop stutzte, dann zog ein verstehendes Lächeln über sein Gesicht. „War der Jubelruf für das, was ich denke, wenn Ihr, meine Herrin, dem ruhigen Pferd den Vorzug vor dem Wagen gebt?"

„Was denkt Ihr denn?", schmunzelte Lady Lilian.

„Nuuuuun … na jaaaa … an … an … an", Sir Wintrop wurde sogar rot, worüber Lilian wirklich herzlich lachte. „An einen Stammhalter!" Schnell fügte er hinzu: „Oder eine reizende kleine Lady, die sicher so wunderschön wie ihre Mama wird."

James begann nun ebenfalls zu lachen. „Da hat er sich aber gewunden, um die rechten Worte zu finden! Aber Ihr habt recht, Sir Wintrop, im nächsten Jahr seid Ihr der persönliche Leibwächter unseres Kindes. Wem könnten wir wohl mehr vertrauen?"

„Ich danke Euch!" Wintrop verneigte sich so tief, wie es der Hals seines Pferdes zuließ.

„Ihr werdet Euch auch darauf einstellen müssen, Kinderdienst zu haben", erklärte James dem Knappen.

Der blinzelte fröhlich: „Keine Sorge, mein Herr, solange ist es noch nicht her, dass ich selbst ein kleines Würmchen war. Mir werden schon die rechten Spiele einfallen."

Lilian blinzelte fröhlich zurück. Sie konnte sich John gut in dieser Rolle vorstellen. Der werde es genießen, Dinge, die ihm als Knappen verboten waren, als Spielpartner per Befehl tun zu dürfen.

Sowie die Silhouetten des Nebelwaldes in der Ferne auftauchten, bemächtigte sich der Reisegesellschaft eine gemäßigtere Stimmung. Auf dem alten Lagerplatz vor den ersten Bäumen ließ man die Begleitmannschaft zurück.

Mit in den Wald hinein durften nur Sir Wintrop und John, der sich der großen Auszeichnung durchaus bewusst war.

Der allgegenwärtige Nebel dämpfte alle Geräusche. John kam der Wald beinahe unheimlich in dieser Stille vor. Die langen Bartflechten der Bäume bewegten sich träge, wenn ein kaum spürbarer Windhauch sie streifte. Vögel schien es nicht zu geben.

Wie damals, als Sir Wintrop zum ersten Mal hier war, lag nur der Teil der Lichtung mit dem Grab in hellem Sonnenschein. John wendete das Gespann, dann hob er zusammen mit Sir Wintrop den Sarg von der Ladefläche, um ihn genau neben das Grab zu stellen.

James griff zur Schaufel und trug vorsichtig die Erdschichten ab, bis das gesamte Skelett freilag. Lilian reichte ihm ein großes Leinentuch.

„Helft mir!", bat James, das Tuch mit den beiden Männern vorsichtig unter der Toten durchziehend. Dann schlug er es oben und unten ein, legte die beiden Seiten darüber und gemeinsam hoben sie die sterblichen Überreste aus der feuchten Erde direkt in den Sarg.

Lilian hatte inzwischen einen Strauß wundervoller Blumen am Rande der Lichtung gepflückt, welchen sie der Toten mit wehmütigem Blick auf die Brust legte, ehe man den Deckel des Sarges schloss.

Bis zum Lagerplatz fiel nicht ein einziges Wort. Jeder hing seinen Gedanken nach, über das, was soeben geschehen war. Nach einer kleinen Stärkung ritten sie sofort wieder nach Whitecastle zurück.

Voran die Herren James und Wintrop, die Lady Lilian in die Mitte genommen hatten. Dahinter John mit dem Wagen, gefolgt von der Begleitmannschaft.

James schaute mehrfach fragend zu Lilian, die über etwas intensiv nachzudenken schien und dabei so ihre Gedanken abgeschirmt hatte, dass er nicht zu ihr vordrang. Plötzlich hob sie den Kopf. „Wenn es ein Mädchen wird, möchte ich es Mary-Ann nennen."

„Ich werde nichts dagegen haben", versprach James und wiederholte flüsternd: „Mary-Ann. Lady Mary-Ann of Whitecastle and Dragonforest. Ja. Ja, das klingt richtig gut."

„Ihr macht mir ganz den Eindruck, als zöget Ihr eine Tochter einem Sohn vor", staunte Lilian.

James spitzte genüsslich die Lippen. „Ich gehe davon aus, dass ich sowohl Söhne als auch Töchter haben werde."

„Oh, gleich mehrere!" Lilian hob amüsiert eine Augenbraue.

James grinste harmlos. „Ich werde mir größte Mühe geben."

Kann ich mir bestens vorstellen, dachten Sir Wintrop und John zugleich. Lilian fiel es nicht leicht, sich jegliche Reaktion darauf zu verbeißen. Aber es musste nun wirklich keiner außer James wissen, dass sie des Gedankenlesens mächtig war.

Der ahnte zwar, was in ihr vorging, begann aber trotzdem schallend zu lachen, was ihr wiederum die unverfängliche Möglichkeit gab, einzustimmen.

Ich glaube, Eure Mutter würde es mögen, wenn sie diesen ungewöhnlichen Leichenzug erleben könnte.

„Ja, an diesem Tag liegen große Freude und tiefes Leid so eng beieinander, dass man es nicht trennen kann", antwortete James laut. „So soll auch die Freude darüber, meiner Mutter endlich eine würdige Ruhestätte im Kreise meiner Ahnen geben zu können, die Trauer deutlich übertreffen."

Am Abend erreichte der Zug das Dorf zu Füßen der Burg und James ließ den Sarg über Nacht in der heiligen Halle aufbahren. Gemeinsam mit Sir Wintrop hielt er Mahnwache, während John seine Herrin zurück zur Burg begleitete.

Natürlich hatte sich schon überall das Gerücht verbreitet, Lady Lilian sei schwanger. Timothy zerriss sich beinahe, um ihr trotz der späten Stunde, ein paar Leckereien zu bringen, die sie auch nicht ablehnte. So war er auch der Erste, der die Bestätigung für die Vermutungen aus allererster Hand bekam.

„Oh, ich werde, wenn es soweit ist, den besten Brei kochen, den man auf dieser Welt finden kann!", schwärmte er, rasch in seine Küche zurückkehrend, denn für den nächsten Tag wurden viele Gäste erwartet.

Unter ihnen auch der Vater Lady Anns und einige Verwandte. In deren Brust schienen zwei Herzen zu schlagen – eines für den jungen Sir James, das andere gegen das Geschlecht der Whitecastle.

Lilian hielt sich möglichst weit im Hintergrund, während James die Lage offenbar in starkem Griff hatte. Dass man die Tote in der Halle aufgebahrt hatte, zeigte den Verwandten, wie sehr dem Sohn daran gelegen war, seine Mutter in allem zu rehabilitieren.

Schon am Abend zuvor, vor dem Portal des Gebäudes, hatte er den Priester gebeten, den Bann zurückzunehmen, mit dem sie ihr Mörder hatte belegen lassen.

„Auch wenn Ihr Euch weigert, mich als Enkel zu betrachten, so ist und bleibt sie meine Mutter", hatte er den Vater Lady Anns bei der Begrüßung wissen lassen. Es war das erste Mal, dass die Männer privat aufeinandertrafen, obwohl sie sich bei anderen Gelegenheiten schon oft gesehen, aber nie ein Wort gewechselt hatten.

Mit den Worten: „Meine Frau hat seit Jahren das geheime Grab gepflegt. Vergesst das nicht!", ließ er ihn mit seinen Gedanken allein.

Die Bevölkerung stand Spalier bis zur Gruft und keinesfalls, weil man sie dazu gezwungen hätte. James ließ die vielen Blumengrüße mitnehmen. In einem Meer aus Blüten bettete man Lady Ann zur letzten Ruhe.

Während des Leichenschmauses in der Burg fragte Anns Vater recht laut Lilian: „Ihr seid doch eine Greyham of Dragonforest, habt Ihr nicht manchmal Angst in diesen Mauern? Dass man Euch genau so vergiften könnte, wie es meiner Tochter widerfahren ist?"

Als die meisten völlig erstarrt saßen und überlegten, ob die Worte eine offene Drohung enthielten oder einfach nur unbedacht dahin gesagt waren, trat John neben Lady Lilian.

„Ihr gestattet, meine Herrin?" Er spießte mit einer sauberen Gabel ein Häppchen von ihrem Teller und steckte es sich in den Mund.

„Was tust du?", fragte sie überrascht.

Er schaute sie fest an, dann in die Runde. „Ab diesem Augenblick werden meiner Herrin keine Speisen und kein Trank gereicht werden, wovon ich nicht zuvor gekostet habe! Wenn ich sie mit meinem Leben schützen kann, dann werde ich das tun!"

Ein Raunen ging durch den Saal.

Sir James erhob sich. Er ließ sich sein Schwert bringen. „Knie nieder, Knappe John! Ich schlage dich hiermit feierlich zum Ritter." Er berührte ihn an der Schulte mit dem Schwert.

„Euer Mut und Eure Loyalität, Sir John, sind das, was Euch auszeichnet. Ihr werdet als der Jüngste in unsere Chroniken eingehen, der jemals zum Ritter geschlagen wurde. Man bringe ihm ein Gedeck!"

Als sich der junge Mann erhob, applaudierten ihm die Getreuen Sir James' stehend und auch die Gäste schlossen sich ausnahmslos an.

Seine selbst gewählte Aufgabe für seine Herrin erfüllte Sir John auch tatsächlich getreu für die nächsten Jahre.

Im Augenblick aber nahm er gerade zum ersten Mal seinen Platz direkt an der Seite seiner Herrin ein und begann, ihr persönlich vorzulegen.

Sir James ließ es sich trotzdem nicht nehmen, dem Vater seiner Mutter auch eine Antwort zukommen zu lassen. „Ich habe eine Frau geheiratet, die zwar einem uralten Geschlecht angehört, aber keinen nennenswerten Grundbesitz ihrer Familie in die Ehe bringt. Und selbst wenn, dann wäre das für mich kein Grund, die Mutter meines Kindes umzubringen.

Ich hatte diese Burg verlassen, um nie mehr hierher zurückzukehren. Dabei wäre es auch geblieben, hätte uns mein Vater nicht mit Waffengewalt angegriffen und zum Handeln gezwungen.

Dass ich alle, die treu zu mir stehen, nun auch notfalls mit Waffen verteidigen werde, könnt Ihr Euch an fünf Fingern abzählen. Und die Person, die hier den meisten Schutz verdient hat, ist meine Frau, die mein Kind unter dem Herzen trägt.

Ihr habt die Wahl, normale Verhältnisse, die ich Euch anbiete, anzunehmen oder weiterhin zu grollen, wenn Euch das mehr beliebt."

Der alte Lord of Blackstone, Anns Vater, sprang auf. Doch nicht etwa, um den Saal zu verlassen, wie viele glaubten. Nein, er ging auf James zu, der sich ebenfalls erhob, und zog ihn stumm an seine Brust. Dann küsste er Lady Lilians Hand. „Verzeiht mir."

Jubel brandete auf. Mit diesem Ende hatte keiner gerechnet. Der Leichenschmaus ging nahtlos in ein Freudenfest über.

Sir Blackstone beschloss, die Nacht in der Burg zu verbringen und erst am nächsten Tag nach Hause zu reiten. James ließ in Windeseile Zimmer für die Gäste richten.

„Ich glaube, das ist Euer Verdienst", flüsterte Lady Lilian Ritter John dankbar ins Ohr.

Ihr Geschenk dafür, und zum Ritterschlag, bekam er in der Nacht. Sie ließ ihm für zwei Tage, oder besser gesagt Nächte, eine der hübschesten Dirnen der nahen Stadt in die Kammer bringen, die ihn bis in die Morgenstunden in dem unterwies, was ein ganzer Mann noch wissen sollte.

Aufschwung der Dynastie

Am Morgen des folgenden Tages schickte die Sonne ihre wärmenden Strahlen genau in den Rittersaal, wo Mägde und Knechte für das Frühstück auftafelten. Sir James führte seine Frau am Arm zu ihrem Platz. Sir John übernahm es, den Stuhl zurechtzurücken, vorzukosten und ihr auch sonst jeden Wunsch von den Augen abzulesen. Sir Wintrop setzte sich neben James.

Immer wieder blieben die Blicke des alten Blackstone an Lilians ungewöhnlich blauen Augen hängen. „Ihr seht jemandem zum Verwechseln ähnlich", murmelte er schließlich.

Lilian nickte. „Das hat man mir schon oft gesagt. Die Frauen aus dem Hause Greyham sollen sich alle sehr ähnlich gesehen haben. Zumindest haben es mir die Alten stets so erzählt. Wenn Ihr das auch findet, dann muss es wohl stimmen."

Blackstone wischte mit einer Handbewegung die Erinnerungen vom Tisch. „Ach, lassen wir die Vergangenheit endlich ruhen. Habe ich eigentlich schon gesagt, dass ich mich auf meine Urenkel freue?"

James ließ beinahe seinen Becher fallen, so überrascht war er. „Ihr freut Euch auf die Urenkel?", stotterte er sichtlich verwirrt.

„Ja, ich weiß, dass das ein bisschen plötzlich für Euch kommt. Ann war mein einziges Kind. Ich habe letzte Nacht viel Zeit zum Nachdenken gehabt. Ich bin ja auch der Letzte meiner Linie. Sie sind alle", er nickte zu den anderen Gästen hinüber, „nur weitläufige Verwandte, die mich auf dem schweren Gang hierher begleitet haben.

Man hat es mir oft gesagt, nur wollte ich es nicht hören, dass Ihr so positiv aus der Art der Whitecastles geschlagen seid. Ich freue mich wirklich auf ein Urenkelchen.

Und ich bin dem Clan Greyham dankbar, dass ich mein Kind nun an einem Ort weiß, wo es nicht vergessen wird. Was mag wohl aus dem jungen Mädchen geworden sein, dass Edward der Hexerei bezichtigte, als es die Leiche meiner Tochter in Sicherheit brachte?"

„Man sagt, sie sei weit fortgewandert und habe lange Zeit allein gelebt, ehe sie ihr ganz großes Glück fand", erzählte Lilian mit einem warmherzigen Lächeln.

„Das ist gut", freute sich Sir Blackstone.

James drückte unter dem Tisch ganz fest Lilians Hand. Blackstone schien wirklich jeglichen Groll begraben zu haben. Trotzdem blieben alle vier in erhöhter Alarmbereitschaft, denn zu oft war jeder von ihnen schon betrogen worden.

Als der Augenblick des Abschieds nahte, sagte der zukünftige Urgroßvater: „Auf Wiedersehen, nicht lebt wohl! Meine Burg wird Euch immer offen stehen. Lasst es mich wissen, wenn die Geburt Eures Kleinen gefeiert werden kann."

Dann trabte er, gefolgt von den anderen, gemächlich davon.

„Er meint es wirklich ernst", erklärte Lilian schließlich.

James nahm sie in den Arm. „Das Gefühl habe ich auch."

In den folgenden Monaten setzten James und Wintrop alles daran, John, den blutjungen Ritter, zu einem gefürchteten Kämpfer auszubilden. Holte er sich bei einem Turnier eine blutige Nase, hatte seine Herrin Mittel parat, ihn rasch wieder auf die Beine zu bringen.

Es dauerte auch gar nicht lange, dann boten ihm mehrere Herren an, ihre Söhne als Knappen zu ihm zu geben. John lehnte in wohlgesetzten Worten ab. Er hatte einen Schwur getan und davon würden ihn Knappen nur ablenken.

Als persönlicher Leibwächter des jeden Augenblick erwarteten whitecastleschen Nachwuchses wollte er sich nicht noch um die Ausbildung anderer kümmern.

Eines Morgens, die Sonne war noch nicht einmal aufgegangen, weckten ihn Befehle, die Sir James anderen auf dem Hof durch das Fenster erteilte. Im Bruchteil eines Wimpernschlages war John aus den Federn und in seinen Kleidern.

Sofort schaute er nach, was sich ereignet haben könnte, denn Sir Wintrops Stimme konnte er auch vernehmen.

„Nichts Schlimmes", versuchte ihn Sir James zu beruhigen, der dabei ziemlich nervös wirkte und Johns Unruhe eher anfachte. „Ich habe nach der Hebamme rufen lassen", fügte er deshalb noch hinzu, ehe er wieder im Schlafgemach zu seiner Frau verschwand.

John sprang beiseite, sonst hätte ihn die Magd mit der Wasserschüssel glatt über den Haufen gerannt. Ihr folgte eine andere mit sauberen Tüchern und schließlich traf auch noch die Hebamme ein. Der junge Ritter zog es vor, sich zu Sir Wintrop auf den

Hof zu begeben und einige Runden Schwertkampf zu absolvieren.

Mitten im Gefecht öffnete sich das Fenster und Sir James rief überglücklich in den Hof: „Ich habe eine Tochter!"

John ließ das Schwert sinken und konnte gerade noch den Kopf einziehen, um dem letzten Schlag seines Gegners zu entgehen. *Ein Mädchen*, hämmerte es in seinen Gedanken.

Er würde also in den nächsten Jahren doch mit einem Mädchen spielen. Eigentlich war das ja auch völlig egal. Wichtig war, dass er die Kleine vor jeglichem Unheil beschützte.

Die Jubelrufe der Ritter und Knappen lockten auch Timothy hervor. Sich die Hände reibend, trieb er die Mägde und den Küchenjungen an, ein Festmahl vorzubereiten. Denn daran, dass es am nächsten Tag eine wahrhaft grandiose Feier geben werde, zweifelte niemand.

Unter der Herrschaft Sir James' gab es immer einen Grund, sich feiernd zusammenzufinden. Man dankte es ihm mit absoluter Treue – Sir James rief und alle erschienen.

Eine halbe Stunde später galoppierte ein Bote zum Tor hinaus, der die frohe Kunde nach Ellington zu Sir Blackstone bringen sollte.

Sir Wintrop deutete eine scherzhafte Verbeugung zu Sir John an. „Ihr werdet in den nächsten Jahren eine Aufgabe haben, die einen Sack Flöhe hüten gleichkommt."

John lachte amüsiert. „Ihr wisst doch, dass mich schwierige Aufgaben besonders reizen."

Sir Wintrop enthielt sich einer Erwiderung. Zwar hatte John in den letzten Monaten diverse Erfahrungen mit dem anderen Geschlecht gesammelt, aber nicht die Spur einer Ahnung, wie es sich anfühlte, wenn Amors Pfeil den dicksten Panzer durchdrang und gleichzeitig das Wissen darum hinterließ, dass die aufkeimende Flamme mit allen Mitteln erstickt werden musste.

Wenn die Kleine auch nur annähernd so hübsch werden würde wie die Mama, dann wäre John mit größter Sicherheit einer der ersten Kandidaten, die in tiefe Verzweiflung fielen.

Als John zum ersten Mal Lilians Tochter sah, stellte er fest, dass sie die gleichen strahlend blauen Augen hatte. Sir James' leuchtete das Glück so aus dem Gesicht, dass er hätte, glatt die ganze Burg damit erleuchten können.

Lady Lilian kümmerte sich mit etwas Unterstützung durch eine Kinderfrau selbst um ihr Baby. Timothy bekam den Auftrag, einen Sud aus verschiedenen Pflanzen zu brühen und John überwachte mit Argusaugen, dass nicht ein einziges Blatt zu viel oder zu wenig in den Kessel kam. Er brachte die Kanne auch persönlich bis an die Tür des Wöchnerinnenzimmers.

„Ihr habt doch nicht etwa davon gekostet?", fragte Lilian beunruhigt.

„Das nicht, aber ich habe bei der Zubereitung danebengestanden und mitgezählt. Das ist fast so, als hätte ich vorgekostet."

Lilian schüttelte amüsiert den Kopf. John war bei Weitem der findigste Ritter auf der Burg. Kein Wunder, dass ihn James und Wintrop immer wieder mit Aufgaben betrauten, an denen andere kläglich gescheitert wären.

So wachte er am nächsten Tag bei der Taufe der Kleinen zwar nicht im Harnisch, aber trotzdem gut bewaffnet an der Wiege. Er hatte einen Dolch hinten am Gürtel unter seinem Umhang verborgen und einen Zweiten im Stiefel stecken.

Urgroßvater Blackstone musste wohl noch in der Nacht seine Handwerker zur Verzweiflung getrieben haben, denn er brachte seiner Urenkelin ein wundervolles schneeweißes Schaukelpferd als Geschenk mit.

Zwar musste das Pferd noch ein Weilchen auf seine Reiterin warten, zeigten aber, wie sehr sich der alte Lord freute. Er versprach auch, sobald die Kleine das richtige Alter habe, ihr ein ausgezeichnetes Reitpferd in der gleichen Farbe mitzubringen.

John horchte auf. Das roch nach Abenteuer. Allerdings ging das für ihn schon los, als die Kleine zu krabbeln anfing. Dabei entwickelte sie Geschwindigkeiten, die ihm den Schweiß auf die Stirn trieben.

Ein Jahr später gesellte sich noch ein Brüderchen, William, dazu. Als er krabbelte, lief Mary-Ann schon wie ein Wiesel. Nun hatte John wirklich Mühe, zumal sie meist auch noch in verschiedene Richtungen davon huschten.

James grinste vergnügt, Lilian lächelte still und Wintrop lachte immer lauthals. John fing die Ausreißer ein, blinzelte gut gelaunt in die Runde und das Spiel begann von vorn.

Mary-Ann quietschte jedes Mal vor Freude, wenn er sie in die Luft warf und sicher wieder auffing. Manchmal ließ sie dann ihre winzigen Fingerchen durch sein Gesicht wandern, zupfte an seinem Schnurrbart und versuchte am Ende, die Schnur seines Umhanges in ihren Mund zu stopfen.

William krallte sich meist an seinem Kragen fest und es bereitete schon einige Mühe, den festen Griff seiner Finger zu lösen, ohne ihm dabei wehzutun.

Mary-Ann klebte wie ein Schatten an John. Erschrak sie vor etwas, dann warf sie sich in seine Arme. Und auch wenn sie Kummer hatte, weil William sie neckte, lief sie sofort zu ihrem großen starken Ritter, der nicht selten die richtigen Worte finden musste, damit die Tränen endlich versiegten.

Lilian warf manchmal James Blicke zu, die dieser mit einem hilflosen Schulterzucken kommentierte. Dabei waren die Kleinen gerade einmal vier und fünf Jahre alt.

Langsam dämmerte es auch John, dass es recht bald sehr schwer werden würde, nein zu sagen, wenn ihn die goldgelockte Mary-Ann mit unschuldigen Augen anschaute. Bisher war es ihm aber immer gelungen, ihr nicht mehr durchgehen zu lassen als ihrem Bruder.

Der ging weniger auf Kuschelkurs, obwohl er sich liebend gern von John durch die Gegend tragen ließ, statt selbst zu laufen. Hatte er Unsinn angestellt, dann nahm er mit gesenktem Kopf die Schelte an, bemüht, beim nächsten Mal gehorsamer zu sein.

Manchmal nahm er auch Strafen auf sich, obwohl seine große Schwester die Dummheiten ausgeheckt hatte. John wusste das und ließ es ihn nicht so hart büßen. Und irgendwann stellte er beide das erste Mal deswegen zur Rede.

Dass er es ihrem Vater berichtete, ahnten die beiden nicht. Mary-Ann merkte aber rasch, dass Mutter ihr gegenüber deutlich strenger reagierte. Da half es auch nicht, Ritter John flehende Blicke zuzuwerfen.

Nach außen hin schien der den schmachtenden Augenaufschlag der inzwischen 13-jährigen Schönheit nicht einmal zu bemerken. Nur ganz tief in ihm keimte langsam das Wissen, dass sein Eispanzer nur noch Fassade war.

Dann kam jener Tag, an dem er seine Herrin um ein dringendes Gespräch bat. James war mit Sohn und Tochter zur Jagd geritten, begleitet von Sir Wintrop und mehreren Treibern.

Sir John in Nöten

Lilian rief John zu sich, als sich der Trubel auf dem Hof etwas gelegt hatte. „Ihr wolltet mich sprechen? Ich höre!"

John atmete tief durch. „Ich möchte meinen Dienst bei Euch quittieren."

Lady Lilian, die durch ihre Gabe, Gedanken lesen zu können, eigentlich schon immer vorher wusste, was auf sie zukam, sprang völlig überrumpelt auf. „Niemals! Ich verbiete Euch, solche Gedanken überhaupt zu haben!"

John wurde aschfahl im Gesicht. „Ich bitte Euch sehr", murmelte er verzweifelt.

Lilian erinnerte sich an die Blicke Mary-Anns in den letzten Tagen und atmete tief durch. „Habt Ihr etwas getan oder ist es die Furcht, etwas zu tun, was uns missfallen könnte?"

„Das Letztere", sagte John mit hängendem Kopf.

„Es geht also um Mary-Ann", stellte Lady Lilian in den Raum.

John verfärbte sich wie eine reife Tomate und nickte.

„Wo liegt das wirkliche Problem?"

Der junge Ritter rieb sich mit beiden Händen das Gesicht. „Das eine ist ihre Schönheit. Aber dann ist da noch etwas anderes … etwas, das ich nicht erklären kann. Eine Kraft oder irgendwas, das sie ziemlich gezielt einsetzt, um meine Entscheidungen zu manipulieren. Ich fühle dann, dass ich erhebliche Mühe habe, das zu artikulieren und zu tun, was ich für richtig halte.

Sie ist noch fast ein Kind und doch versucht sie, mich zu Dingen zu bringen, die ich nicht will." John schaute seine Herrin mit solch einer Verzweiflung an, dass diese sehr nachdenklich wurde.

„Wenn alle wieder da sind, dann werden James und ich in Eurem Beisein mit Mary-Ann sprechen. Ihr werdet Dinge erfahren, die niemals einem anderen Menschen offenbart werden dürfen. Wenn Ihr dann immer noch der Meinung seid, Ihr müsstet Euern Dienst quittieren, dann werde ich Euch nicht zurückhalten."

John kniete nieder. „Ich danke Euch, Herrin."

Sie hat also ihre Hexenkräfte entdeckt. Jetzt wird es richtig interessant. Lilian schaute John nach, bis er die Tür hinter sich schloss. Ein junger stattlicher Ritter – es war nicht schwer, Mary-Ann zu verstehen.

William hingegen würde noch ein paar Jahre brauchen, ehe sich die ersten Mädchen nach ihm umdrehten. Aber dann, Lilian musste schmunzeln, würden sie wohl reihenweise in Ohnmacht fallen, wenn er ihnen auf einem Turnier ein Lächeln schenkte.

In Sir John hatte er einen Lehrer für das Waffenhandwerk, zu dem er ehrlichen Herzens aufblickte. Schon das war ein Grund, diesem das Fortgehen auszureden.

Lilian kam nicht dazu, ihren Gedanken zu Ende zu bringen, denn lauter Hufschlag erklang auf der Zugbrücke. *Was, jetzt schon?* Sie trat ans Fenster. In der Tat waren die Jäger zurück und hatten überreiche Beute gemacht.

Das ging nicht mit rechten Dingen zu. Höchste Zeit, ein sehr ernstes Wort mit Mary-Ann zu reden!

James merkte sofort, dass auch in der Burg etwas nicht stimmte. John half Mary-Ann mit geradezu versteinerter Miene vom Pferd. Selbst ihre lustigen Grimassen konnten ihm heute kein Lächeln entlocken. Auch Sir Wintrop wurde aufmerksam.

Ein kurzes Nicken von seinem Herrn und er schlug William einen Gang zur Bibliothek vor, um sich mit Heraldik zu befassen. Mary-Ann fühlte sich unbehaglich.

Da erschien auch schon ihre Mutter. Mit gerunzelter Stirn sagte diese: „Junge Dame, sofort in Vaters Arbeitszimmer!" James und John winkte sie, ihr ebenfalls auf der Stelle dahin zu folgen.

Was John in den nächsten zehn Minuten erfuhr, werde er sein Leben lang nicht mehr vergessen. Erst dann kam sein Problem zur Sprache. Nun verfinsterte sich auch James' Gesicht zusehends.

John glaubte schon, er sei der Grund dazu, als James drohte: „Mein liebes Fräulein, solltet Ihr mir allen Ernstes meinen besten Ritter vergraulen, dann lege ich Euch eigenhändig übers Knie und treibe Euch diese Mucken aus!

Sollte Sir John in einigen Jahren ohne Eure Zauberkraft zu dem Entschluss kommen, Euch freien zu wollen, dann werde ich ihm keine Hindernisse in den Weg legen.

Wie tödlich es für Euch sein kann, wenn jemand von Euern Kräften erfährt, werden wir Euch ein andermal berichten."

Damit war Mary-Ann für den Augenblick entlassen und schlich reumütig zu ihrem Zimmer.

Lilian wandte sich an John. „Wie lautet Eure Entscheidung? Oder wollt Ihr noch eine Nacht darüber nachdenken?"

„Ich bleibe", war die knappe Antwort. John verneigte sich sehr tief vor Lilian und zog sich ebenfalls zurück.

Lilian schmiegte sich an James' Brust. „Er wird sie bekommen, nicht sie ihn. Er hat Charakter und das nötige Gespür, mit ihren Kräften umgehen zu können."

„So soll es sein."

Schon beim Abendbrot verhielt sich Mary-Ann so, dass niemand Grund zur Klage hatte. Sie unterließ auch alle Spielchen, wenn Sir James mit ihr und ihrem Bruder ausritt oder sie im Bogenschießen unterrichtete.

Einzig ihre Treffsicherheit war ungewöhnlich, aber daran gab es nichts zu kritisieren, wie alle fanden.

John war sich seiner Gefühle für sie durchaus bewusst, aber auch der Verantwortung, die er für sie hatte.

Mit fast 16 erreichten Mary-Anns Kräfte einen neuen Stand und Lilian gebot John, sie zum Haus im Nebelwald zu begleiten, damit sie sie fernab der Menschen erproben konnte. Mary-Ann war noch nie dort gewesen, würde das Häuschen aber zielsicher finden. Soviel stand fest.

Sie bekam eine Frist von vier Wochen.

Sir John nahm zwei Packpferde und genügend Proviant mit. William schaute ihnen wehmütig nach, als sie zwischen den Feldern in der Ferne verschwanden. Gern wäre er mit ins Abenteuer gezogen.

Ihm gewährte Lilian eine besondere Gunst. Er durfte den Drachen sehen und sogar dessen Schuppenpanzer berühren. Als William mit seinem Vater auf einem Jagdausflug war, rauschte es plötzlich über den Baumwipfeln und genau neben ihnen landete die riesige Echse.

Sie sog laut hörbar Luft in ihre Nüstern und erspähte sofort die Jagdbeute. William schenkte ihr ohne Zögern den kapitalen Hirsch, welchen er frisch erlegt hatte. Was war schon eine Jagdtrophäe gegen das Erlebnis, einen leibhaftigen Drachen zu erleben.

Die beiden Reisenden durchquerten zur selben Zeit den Sumpf und tauchten in die kalten Nebel des Waldes ein. Mary-Ann lenkte ihr Pferd auf den kaum sichtbaren Pfad zwischen den Bäumen. Sir John blieb mit den beiden Packpferden dicht hinter ihr, um sich nicht zu verirren. Am späten Nachmittag erreichten sie den Rand der Lichtung.

Mary-Ann sprang vom Pferd, streckte ihre Arme dem Himmel entgegen und ließ den Nebel verschwinden.

„Unglaublich", murmelte John beeindruckt. Er stieg ebenfalls ab, um die Pferde zum Haus zu führen, das viel größer war, als er es sich vorgestellt hatte. Der Brunnen war randvoll mit Wasser, frisches Heu lag in dem kleinen Stall, in welchen er nun die vier Pferde führte.

Mary-Ann hatte bereits die ersten Säcke ins Haus getragen, als er zurückkam. Aus dem, von Dienern umsorgten, Burgfräulein war in wenigen Augenblicken eine Kräuterfrau geworden, die das Leben im Wald gewohnt zu sein schien.

John holte Holz, sie heizte den großen Herd an, der auch wohlige Wärme für die Nacht geben werde. John staunte, wie selbstverständlich Mary-Ann die Arbeiten im Haus erledigte, obwohl sie mit Sicherheit noch nie selbst einen Topf in der Hand gehabt und erst recht kein Essen gekocht hatte.

„Habt Ihr ihm Verhaltensregeln mit auf den Weg gegeben?", wollte Lilian abends von James wissen.

„Nein. Ich vertraue ihm blind, wie ich es schon immer und gut daran getan habe. Unsere kleine Hexe weiß, was ihr blüht, wenn sie ihn durch ihre Kräfte auf Abwege führt. Sie wird sich hüten, Euch zuwiderzuhandeln."

Die *kleine Hexe* teilte soeben einen kräftigen Eintopf aus, den sie rasch aus allen verfügbaren Zutaten gekocht hatte. Der Duft war köstlich und nach dem ersten Löffel ging auf Johns Gesicht die Sonne auf.

„Hmm, ich glaube, so halte ich es vier Wochen aus. Köstlich. Einfach köstlich."

„Wäre nur noch die Frage mit dem Schlafen zu klären …"

Sir John winkte ab. „Ich bin es gewohnt, auch mal tagelang auf blankem Boden mit einer dünnen Decke zu liegen. Im Heerlager darf man nicht wählerisch sein. Ich werde mir schon ein gemütliches Eckchen suchen."

Damit, dass er in den Stall ins Stroh auswandern werde, hatte Mary-Ann nicht gerechnet.

„Hauptsache trocken und warm", war sein ganzer Kommentar.

Sie verschwand mitunter für Stunden im Wald, brachte aber immer brauchbare Dinge mit – mal Pilze, mal Beeren, meist aber große Pflanzenbündel, die sie trocknete oder zu duftenden Salben verarbeitete.

John saß daneben, reichte zu und staunte. Besonders aber dann, wenn Mary-Ann mitten auf der Lichtung stand und es regnen ließ.

„Jetzt wisst Ihr, woher der Ausdruck Wetterhexe kommt."

„Ich halte es wie Euer Vater, der dafür die Worte Zauberin, Fee oder Herrin des Waldes gebrauchen würde, wie übrigens auch Sir Wintrop."

„Ihr beide verehrt meine Mutter sehr."

„Das tun wir. Sie ist eine sehr weise Frau."

Mary-Ann öffnete den Mund, ohne etwas zu sagen und winkte ab, als John fragend schaute.

Hin und wieder zog John auf die Jagd. Er lernte es rasch, sich selbst im dicksten Nebel zu orientieren. Es gab so viele markante Wurzeln und halb verrottete Bäume, dass man den rechten Weg mit etwas Übung finden konnte.

So gelangte er eines Tages auch an den Erdspalt, in welchem sich der Drache einst verborgen hatte. Nur lag so viel Laub auf der Stelle, dass er ihn nicht sah und auch nicht ahnte.

Ehe sich John irgendwo festhalten konnte, schlug er auf dem Boden der Höhle auf, wo er benommen liegen blieb.

Gegen Abend begann sich Mary-Ann, ernsthafte Sorgen zu machen. So lange war John noch nie weg geblieben. Als die Nacht hereinbrach, hakte sie eine Laterne von der Wand und begann nach ihm zu suchen.

Sie war viel zu aufgeregt, um sich dabei wirklich auf ihre Kräfte konzentrieren zu können. Schließlich blieb sie stehen, sandte einen tiefen Seufzer zum Himmel und murmelte: „So geht das nicht. Ich muss ruhig bleiben. Fühle nach seiner Aura, hat Mutter gesagt. Solange er lebt, umgibt sie ihn. Also los!"

Mary-Ann stellte die Laterne ab. Sie machte ihren Geist frei von jedem Gedanken und lauschte mit allen Sinnen in die Nacht. Ein ganz schwaches Signal kam direkt aus ihrer Nähe. Also wandte sie sich sofort diesem Punkt zu.

Das blakende Licht ihrer Laterne schälte den klaffenden Riss im Boden aus dem Dunkel.

„Oh nein. John. John?!"

Keine Reaktion. Aber da unten hatte sie ihn gefühlt. Also versuchte sie, hinunterzuklettern. Nachdem sie aber fast auch noch in den Spalt gestürzt wäre, gab sie dieses Vorhaben auf.

Vor Wut über sich selber stieß sie einen gellenden Schrei aus. In ihrem Kopf begann es zu rauschen, das Licht drehte sich vor ihren Augen in einem rasenden Wirbel und dann konnte sie plötzlich bis auf den Grund der Grotte schauen.

Das letzte Geheimnis

Statt sich Mut zuzuflüstern, gab ihre Kehle ein gefährliches Fauchen von sich. Mary-Ann fasste sich an den Hals und erstarrte. Vorsichtig hob sie eine Hand. Nur kamen ihr keine Finger vor Augen. Eine olivgrüne lederige Drachenschwinge schob sich ins Blickfeld.

Mary-Ann begriff schlagartig, was es mit den Erzählungen vom hilfreichen Drachen aus dem Nebelwald auf sich hatte. Ihre Mutter war das geliebte und zugleich gefürchtete Wesen. Und nun standen ihr die gleichen Kräfte zur Verfügung.

Sie fauchte noch einmal, dann schob sie sich langsam in den Erdspalt, spannte ihre Flügel auf, um nicht ganz hineinzurutschen und hob mit der krallenbewehrten Klaue vorsichtig Sir John heraus.

Mit den Zähnen packte sie die Laterne, und mit beiden Klauen hielt sie den noch immer bewusstlosen John, sehr darauf bedacht, nur nicht zuzudrücken. Denn ihr Griff hätte ihm sofort alle Knochen gebrochen. Dann hob sie mit rauschenden Flügelschlägen ab.

Kaum zurück im Häuschen, schleppte sie ihr Bettzeug herbei, um ihn gleich neben dem Herd warm und gut sichtbar zu betten. Jetzt begann sie ihn zu entkleiden und erschrak. Es grenzte schon fast an ein Wunder, dass er sich nicht das Genick gebrochen hatte.

Quetschungen, ein ausgerenkter Arm, Schürf- und Risswunden – eigentlich das volle Programm für einen im Turnier unterlegenen Ritter. Wenigstens regte sich langsam wieder Leben. Mary-Ann begann, die Wunden zu säubern und fachgerecht zu verbinden. Das Wissen, wie alles zu machen sei, steckte ganz tief in ihr drin.

„Mary-Ann", quetschte John zwischen den aufgeplatzten Lippen hervor und es klang sehr dankbar. „Wie habt Ihr es geschafft, mich aus dem Loch zu ziehen?"

„Der Drache hat mir geholfen", erwiderte sie lächelnd. „Ihr wart geradenwegs in seine Höhle gestürzt."

„Dann möchte ich Euch beiden danken."

Trotz der kleinen Unterhaltung setzte sie emsig ihre Arbeit fort und kam, nachdem sie den Oberkörper verbunden hatte, in Regionen, die ihm sicher nicht behagten. Zumindest nicht zum jetzigen Zeitpunkt und in dieser Situation.

Kurzerhand deckte sie ihn so zu, dass nur noch die Beine herausschauten, die sie nun mit einer Tinktur bestrich, damit die Blutergüsse schneller heilten.

Zuletzt reichte sie ihm eine Fleischbrühe und frisches Fladenbrot. Seinem Tee setzte sie unbemerkt ein paar Tropfen Baldrian zu, die ihn anschließend tief und fest schlafen ließen.

Auf der Burg war es nicht unbemerkt geblieben, dass etwas geschehen sein musste. Lilian schreckte auf und hauchte: „Sie hat sich verwandelt."

James zuckte zusammen: „Was??? Jetzt schon? Was ist passiert?"

„Das werden wir erst erfahren, wenn die beiden wieder hier sind. Ich habe mir geschworen, sie nicht zu belauschen." Lilian drehte sich herum und schlief auch sofort wieder ein.

Ob das nun gut oder schlecht war, würde sich noch zeigen. James lag jedenfalls noch bis zum Morgen wach.

Und noch jemand blieb die ganze Nacht wach – Mary-Ann, aus Furcht, es nicht zu bemerken, wenn John sie brauchte.

Es müsse ein trostloses Leben sein, ihn, den immer gut gelaunten Ritter, nicht in ihrer Nähe zu haben. Er war anders als die vielen, denen sie reihenweise die Köpfe verdrehte, die große Sprüche machten, und John doch niemals hätten das Wasser reichen können.

Er hatte als Einziger bemerkt, welche Macht sie ausspielen konnte, wenn sie ein Ziel erreichen wollte. Ihr imponierte, dass er sich dagegen gewehrt hatte. Andere waren Spielzeug, dieser hier war ein Mann.

„Werdet bitte schnell gesund", flüsterte sie.

Das kaum hörbare Wispern weckte John. „Sitzt Ihr schon lange neben mir?", fragte er verblüfft.

„Schon die ganze Nacht", gab Mary-Ann zu, um gleich darauf zu fragen: „Wie fühlt Ihr Euch?"

„Dank Euch und dem Drachen recht gut." John gelang es sogar, sich am Tisch abstützend, auf die Beine zu kommen. Nur hatte er nicht daran gedacht, dass er unbekleidet war.

Mary-Ann quittierte sein abgrundtiefes Erschrecken mit einem amüsierten Blinzeln und den Worten: „Zieht Euch an, Herr Ritter, es geziemt sich nicht, nackt vor einer Dame zu erscheinen." Dann drückte sie ihm lächelnd seine Kleider in die Hand und ging hinaus.

„Oh je, oh je, oh je", stöhnte er, mühsam versuchend, mit sich einer Hand anzuziehen. Der wieder eingerenkte Arm ließ sich einfach nicht bewegen. Es war zum Verzweifeln. Endlich entschloss er sich, seinen Stolz zu vergessen, und Mary-Ann um Hilfe zu bitten.

Sie erschien auch sofort, nachdem sie seinen Ruf vernommen hatte. „Verzeiht mir bitte. Ich habe Euch ja erst in solch eine Situation gebracht."

„Ihr könnt nun wirklich nichts dafür, dass ich nicht auf den Weg geachtet habe."

„Das meinte ich auch nicht. Ich habe schlicht nicht damit gerechnet, dass Ihr es wirklich schafft, aufzustehen. Sonst hätte ich Euch ein Hemd übergestreift." *Aber der Anblick ohne Hemd war nicht übel.*

Sir John kniff die Augen zusammen und schüttelte den Kopf. Ihm war, als habe er Mary-Anns Stimme vernommen, obwohl die die Lippen geschlossen hielt. Vor allem das, was er vernommen haben wollte, konnte er sich nur einbildet haben.

Weil sie ihm völlig unbefangen weiter zur Hand ging, bekam er glatt ein schlechtes Gewissen wegen dieser Gedanken.

„Sagt ganz einfach, wenn Ihr mich braucht. Vergesst das Burgfräulein. Das gibt es hier nicht. Nur die Kräuterfrau oder die Heilkundige werdet Ihr in diesem Wald finden." Sie ging wieder hinaus, um die Pferde auf die Wiese zu lassen.

Zurück blieb John, der deutlich spürte, Mary-Ann inzwischen nicht nur wegen ihres Aussehens mehr als nur zu mögen. Als ihm das Wort Liebe in den Sinn kam, begann sein Herz zu hämmern.

Er folgte ihr hinaus, um sich wenigstens etwas nützlich zu machen. Vor der Tür gewahrte er die riesigen Drachenspuren, die sich tief in die feuchte Erde gedrückt hatten. Sein Blick streifte die Laterne an der Wand. John stutzte. Warum hatte der Griff Bissspuren der Drachenzähne. Und die waren so deutlich, dass es nichts anders sein konnte.

„Ich bin nicht sicher, ob Ihr die Wahrheit vertragen könnt", hörte er Mary-Ann hinter sich. „Andererseits seid Ihr und meine Eltern die Einzigen, die mich beschützen könnten."

John fuhr herum.

Mary-Ann stand auf der Wiese, legte den Kopf in den Nacken und stieß einen durchdringenden Schrei aus. Eine dunkle Wolke ballte sich um ihre Gestalt zusammen, die immer deutlicher die Züge eines Drachen annahm. Sekunden später endete der Spuk und Mary-Ann kam lächelnd auf John zu.

Der fasste sich an den Kopf. „Dann gibt es also zwei Drachen."

Mary-Ann nickte. „Erstaunlich, wie gelassen Ihr das alles zur Kenntnis nehmt."

„Nur äußerlich", wiegelte John ab. „Den anderen Drachen habe ich ja selber beim Sturm auf die Burg erlebt. Jetzt begreife ich auch, warum man ihn und Eure Mutter nie zusammen gesehen hat. Kein Wunder, wenn sie eins sind. Habt Ihr Euch schon oft verwandelt?"

„Gestern, um Euch zu retten, das erste Mal. Ich wusste nicht, dass ich diese Fähigkeit habe. Aus Zorn über mich selber, weil ich keinen Weg fand, Euch aus diesem Spalt zu holen, bin ich so wütend geworden, dass ich mich plötzlich in Gestalt des Drachen wiederfand.

So ging es natürlich ganz schnell. Und weil ich keine Klaue für die Laterne frei hatte, weil ich Euch möglichst schonend tragen wollte, musste ich sie mir zwischen die Zähne klemmen."

John nahm Mary-Anns Hand. „Wenn ich jetzt dürfte, was ich möchte …"

„Dann bäte ich Euch um einen zärtlichen Kuss", beendete sie den Satz von ihrer Sicht aus.

John nickte begeistert.

Die letzten vier Tage nutzte er, um wieder einigermaßen allein zurechtzukommen. Mary-Ann hatte ihm verboten, den Arm aus der Schlinge zu nehmen und das hielt er auch getreulich ein. Im war noch deutlich vor Augen, wie Lady Lilian Sir James und Sir Wintrop geheilt hatte. Die beiden hüteten sich auch, gegen die Anweisung zu verstoßen und hatten gut damit getan.

Auf das täglich zweimalige Einsalben der größeren Blessuren freute sich John regelrecht und noch viel mehr auf einen Tag in genau acht Wochen – auf den 16. Geburtstag von Mary-Ann.

Am Morgen des Abreisetages sattelte sie mit John die Pferde, verstaute die Kräuterbündel und Tinkturen, schaute sich noch einmal um und gab das Zeichen zum Aufbruch. Sie ritt an der Spitze des kleinen Zuges. Aber nur, weil nebeneinander noch nicht genug Platz auf dem Weg war.

Schon kamen die letzten Bäume in Sicht, der allgegenwärtige Nebel zog sich zurück. Der Weg wurde breiter, sodass Mary-Ann John neben sich aufschließen ließ. Direkt am Rande der Nebelzone hörte er deutlich: *John, ich liebe Euch.* Worauf er Mary-Ann geradezu forschend ansah.

„Es ist die Wahrheit und nichts als die Wahrheit", sagte sie, ihm zublinzelnd. „Ihr habt Euch auch damals nicht getäuscht, als Ihr in dieser unangenehmen Situation stecktet."

„Könnt Ihr etwa auch vernehmen, was ich denke?"

„Mitunter. Vielleicht liebe ich Euch gerade deswegen, weil bei Euch Gedanken und Taten immer übereinstimmen."

Mary-Ann im Glück

„Dann werdet Ihr sicher schon wissen, was ich in ein paar Wochen zu tun gedenke."

„Ihr habt viele Pläne", antwortete sich ausweichend.

Johns Mundwinkel zuckten. „Ich kann Euch weder nennenswerten Landbesitz noch andere Reichtümer bieten."

„Aber Ihr habt doch eine kleine Burg", stotterte Mary-Ann. „Die ist doch um ein Vielfaches größer als das Häuschen im Wald. Und drei Bauernhöfe sind auch auf Euerm Land. Außerdem seid Ihr ein geachteter Mann. Man hört auf Euer Wort."

Dann setzte sie leise und ziemlich traurig hinzu: „Ich weiß, dass Ihr in Bälde heiraten wollt. Sicher ist Euch ein anderes Mädchen versprochen. Hoffentlich macht sie Euch wirklich glücklich."

Jetzt hielt Sir John das Pferd an. „Wie, ein anderes Mädchen?"

Mary-Ann zog die Nase hoch und wischte eine Träne weg.

Diesmal begann John zu lachen. „Wenn Ihr schon Gedanken lest, dann wenigstens alle. Dann wüsstet Ihr nämlich, dass ich an Euerm Geburtstag um Eure Hand anhalten werde." Er hielt sich den Mund zu. „Ach herrje! Verplappert. Das sollte eigentlich eine Überraschung werden. Na, wenigstens weiß ich jetzt, dass ich Euch nicht ganz gleichgültig bin."

Mary-Ann wedelte ganz wild mit beiden Händen. „Ich habe nichts gehört. Ich werde mich an jenem Tag so sehr freuen, als habe ich nie etwas davon vernommen. Großes Ehrenwort! Und bis dahin freue ich mich ganz heimlich ganz gewaltig."

Hexlein, dachte John amüsiert.

Mary-Ann kicherte vergnügt.

Sie beschlossen, bis dahin wirklich keinen merken zu lassen, dass sie über dieses Thema gesprochen hatten. Mary-Ann wurde wieder zum Burgfräulein unter dem persönlichen Schutz ihres Ritters.

John half Mary-Ann vom Pferd und führte sie am Arm in den Palas zu ihren Eltern. „Ich bringe Euch Eure Tochter wohlbehalten zurück", sprach er.

Lilian lächelte hintergründig, als sie seinen fixierten Arm betrachtete. „Euch, mein Lieber, scheint es weniger gut ergangen zu sein."

„Handfeste Auseinandersetzungen mit einer widerspenstigen jungen Dame?", witzelte Sir James.

„Eher das Unvermögen im Nebel zu überleben", entgegnete Sir John mit einer angedeuteten Verbeugung.

Mary-Ann hob eine Augenbraue. „Er hat es vorgezogen, sich kopfüber in die Drachenhöhle zu stürzen. Wäre uns der Drache nicht wohlgesonnen gewesen, dann stände Sir John heute sicher nicht hier."

William sprang auf. „Ihr habt ihn auch gesehen? Ist er nicht wundervoll?"

„Das ist er", bestätigte Sir John, beiden Frauen dankbar zunickend.

Mary-Ann erzählte haarklein, was alles geschehen war. In Anwesenheit ihres Bruders natürlich nicht, welche Rolle sie dabei gespielt hatte, außer, dass sie John gepflegt, nachdem ihn der Drache vor ihre Tür gelegt hatte. Auch die Sache mit dem fehlenden Hemd ließ sie, sehr zur Beruhigung Sir Johns, aus.

„Ihr liebt ihn", stellte Lilian fest, als sie mit Mary-Ann die Kräuterbündel sichtete. „Sonst hättet Ihr Euch nämlich noch nicht verwandeln können."

Mary-Ann ließ vor Schreck glatt alles aus der Hand fallen.

„Ist schon gut. Ihr spielt beide hervorragend Theater und ich werde bis dahin ganz brav mitspielen. William wird aus allen Wolken fallen. Denn er ahnt buchstäblich gar nichts."

„John weiß, dass wir beide die Drachen sind", platzte Mary-Ann heraus.

„Irgendwann musste er es merken, er ist um Längen klüger als alle anderen. Er hat mir vorhin ja auch gezeigt, darüber informiert zu sein."

Mary-Ann erzählte daraufhin von den verräterischen Bissspuren an der Laterne.

„Seht Ihr! Ich sag doch, dass er alle anderen aussticht. Es ist schon gut so, wie es ist." Lilian streichelte die Hand ihrer Tochter.

Am Morgen ihres Geburtstages, zu dem man auch den sehr betagten Sir Blackstone erwartete, kleidete sich Sir John in sein wertvollstes Festtagsgewand. Alle, die ihm über den Weg liefen, staunten. Er hätte jeden Prinzen in den Schatten stellen können.

Selbst dem alten Blackstone fiel es auf. „Man könnte meinen, Ihr hättet heute Geburtstag", sagte er. „Nobel, nobel."

Nach dem Mittagessen, als sich der große Trubel etwas gelegt hatte, kniete John vor seinem Herrn nieder. „Sir John, ich möchte Euch herzlich um die Hand Eurer Tochter bitten."

Mary-Ann wurde tatsächlich rot und fieberte der Antwort entgegen.

Bringen wir ihn mal in Bedrängnis, hörte Lilian James wispern und laut: „Was könnt Ihr ihr bieten?"

John wiederholte, ohne nachdenken zu müssen, jene Argumente, die Mary-Ann am Waldrand angeführt hatte und schloss mit den Worten: „Und dann habe ich noch ein Herz voller Liebe, dass ich ganz ihr schenken möchte."

„Das überzeugt mich am meisten, dass Ihr der Richtige seid!", rief James erfreut. „Wollen wir doch mal hören, was Eure Angebetete dazu zu sagen hat."

Mary-Ann strahlte: „Herz und Verstand, gepaart mit einem schmucken Äußeren und Gütern, um zufrieden leben zu können. Wer könnte diese Gründe einfach vom Tisch wischen?"

„Das heißt also ja, wenn ich das recht verstehe?", schmunzelte James.

„Ja, ja und nochmals ja!", jubelte Mary-Ann.

Wie es ihre Mutter vorausgesagt hatte, blieb William vor Staunen der Mund offen stehen.

Blackstone winkte das glücksstrahlende Pärchen zu sich heran. „Ich bin ein alter Mann, der Eure Hochzeit vielleicht nicht mehr erlebt. Ich schenke Euch Blackstone Castle und alles, was dazugehört. Dann hat ein angesehener Ritter auch einen angemessenen Grundbesitz."

Und einen unglaublichen Einfluss bei Hofe, hörte James Lilians überaus erfreute Stimme.

John, der dies auch wusste, kniete vor Sir Blackstone nieder, Mary-Ann küsste ihres Urgroßvaters Hand.

„Wer hätte das damals geahnt, als ich einem halb verhungerten Waisenknaben ein Dach über dem Kopf gewährte", staunte Sir Wintrop.

Aber, wie so oft, lagen Freud und Leid bei den Whitecastles sehr eng beieinander. Urgroßvater Blackstone starb an den Strapazen der Heimreise und die Whitecastles brachen mit mehreren Rittern auf, um ihn würdig in der Familiengruft seiner Burg zu bestatten. Er hatte als letzten Willen noch verfügt, dass die Hochzeit auf keinen Fall verschoben werden solle.

Der Befehl des Königs

Man erfüllte auch seinen Wunsch, nur wurde die Feier im übernächsten Monat nicht so prachtvoll ausgestattet, wie es eigentlich geplant gewesen war. Zudem plagten Lilian dunkle Vorahnungen, die sie nicht wirklich erklären konnte.

James seufzte. „Die Erbschaft weckt Neider, wir sollten alle auf der Hut sein."

Mary-Ann war viel zu glücklich, um irgendwas anderes zu fühlen. Sie schritt neben John zum Traualtar und brach in Tränen der Erleichterung aus, als der Priester erklärte: „Nun seid Ihr Mann und Frau."

Der Kuss für die strahlende Braut vertrieb auch endlich die Anspannung bei John. Im großen Rittersaal der Burg ließ Sir James schließlich im Namen des Paares auftafeln, dass es eine Art hatte. Spielleute und Gaukler wechselten einander ab und vor der Küche wurden reichlich Almosen verteilt. William lehnte auf dem Wehrgang neben einer Schießscharte und beobachtet das bunte Treiben von oben.

Dabei macht er eine Entdeckung. Im blakenden Licht der Laterne einer kleinen Absteige vor den Toren der Burg hielt ein Reiter in den Farben des Königs an. Er schien auch gar nicht zur Burg zu wollen, denn er klopfte und führte, als er ein paar Worte mit dem Besitzer gewechselt hatte, sein Pferd in den Stall.

Merkwürdig, dachte William. Und wie er so darüber nachgrübelte, befiel ihn Unbehagen. Er zog es vor, seinen Vater in Kenntnis zu setzen.

Der erstarrte. „Habt Ihr Euch auch nicht geirrt?"

„Keineswegs! Der Reiter trug eine zweifarbige Hose, deren linkes Bein rot und das rechte schwarz war. Seinen schwarzen Kapuzenumhang zierten breite rote Streifen an allen Rändern. Irrtum völlig ausgeschlossen."

„Habt Ihr ein Wappen erkannt?"

„Nein, dazu war der Blickwinkel zu ungünstig. Ich habe ihn von schräg vorn gesehen."

„Gut." Sir James beruhigte sich etwas. „Ginge es um Krieg, dann wäre er sicher geradenwegs zu uns gekommen. Trotzdem ist es ganz offensichtlich etwas Unangenehmes, womit er uns aber nicht den Abend verderben will. Haltet Augen und Ohren offen!"

„Das werde ich. Schon um meiner Schwester willen. Heute ist ihr Tag und den soll nichts überschatten." William zog sich zu den Rittern zurück.

Zurück zogen sich auch Sir John und Lady Mary-Ann, nur eben völlig, um sich endlich einander widmen zu können. Dem erfahrenen John lag viel daran, seine junge Frau nicht durch übergroße Eile und Ungestüm zu verschrecken. Also ließ er sich, mit ihr auf dem Armen, langsam ins Bett sinken und begann dieses wundervolle Geschenk gemächlich auszupacken. Das Lösen der vielen Schnürbänder und Schleifen zelebrierte er gleichsam als Ritual, das Mary-Ann sehr gefiel. Sie genoss die Wärme seiner Hände und seines Körpers, als er sich endlich zu ihr legte.

John merkte schnell, dass sie sich im Fluss der Leidenschaft treiben ließ und jegliche Hexenkraft so weit entfernt blieb, wie Sonne und Mond. Wie oft er am Ende seine Gier nach ihr stillte, hätte er nicht sagen können, nur dass irgendwann die Sonne aufging und Mary-Ann mit einem Blinzeln sagte: „Zu spät, um jetzt noch zu schlafen. Ich freue mich auf die Fortsetzung heute Abend!"

Keiner von beiden ahnte, dass dies ein unerfüllbarer Wunsch sein sollte.

Noch während das Frühstück gereicht wurde, erschien der Bote des Königs. Sir James öffnete die versiegelte Schriftrolle. Schon nach den ersten Worten verfinsterte sich sein Gesicht. „Der König befiehlt uns, morgen mit allen verfügbaren Kämpfern bei Hofe zu erscheinen. Wir müssen also noch heute losreiten."

Lilian fasste nach Mary-Anns Hand. John warf seiner Liebsten einen überaus wehmütigen Blick zu. Es stand durchaus im Bereich des Möglichen, dass die vergangene Nacht die erste und letzte gemeinsame war und er seine junge Frau zur Witwe machte.

Solche Sorgen verbannt aus Euern Gedanken! Ruft nach mir, wenn Ihr in ernsten Nöten steckt.

Ich danke Euch, dachte er sehr intensiv, wohl wissend, dass sie es empfangen konnte und nickte mit geschlossenen Augen.

Eine ähnliche telepathische Nachricht wie John schien auch Sir James empfangen zu haben, denn er reagierte auf genau die gleiche Weise.

Eine Stunde später versammelten sich acht Ritter mit ihren Knappen und etwa 300 bis an die Zähne bewaffnete Fußsoldaten vor den Toren der Burg Whitecastle. Zu ihnen gesellten sich nun noch Sir James, Sir John und Sir William, für den es der erste Feldzug werden und ihm vielleicht den Ritterschlag einbringen sollte.

Sir Wintrop blieb zurück, um Frauen und Burg zu schützen. Er ahnte ja nicht, dass die beiden zierlichen Damen notfalls allein Burg und Ländereien gegen alle Angreifer verteidigen konnten. So, wie sie auf dem höchsten Turm standen und ihren Männern nachschauten, würden sie in den nächsten Tagen und Wochen viel Trost und Zuspruch brauchen.

Noch besorgter wurde er, als die zwei am nächsten Tag abwechselnd auf den Turm stiegen und stumm in sich gekehrt schienen. Was für Uneingeweihte wie tiefste Depression aussah, war schlicht eine intensive gedankliche Kommunikation mit dem jeweiligen Gatten, um informiert zu bleiben und ihm den Rücken zu stärken.

„Irgendetwas stimmt nicht", erklärte Lilian nach dem Letzten, diese Gänge ziemlich beunruhigt. „Es heißt, man sei noch nicht angekommen und höre Schlachtenlärm aus zwei verschiedenen Richtungen."

Spähflug, entgegnete Mary-Ann.

Heute Nacht, wenn alle schlafen. Ich will wissen, was dort geschieht!

Mary-Anns Nicken fiel knapp und unverfänglich für die anderen aus. Sie werde Sir Wintrop und die Wachen schon ablenken, um Mutter den Start aus unmittelbarer Nähe zu sichern. Ein paar finstere Wolken, die den Mond verdecken sollten, mussten doch unbemerkt zu zaubern sein.

„Ihr seht sorgenvoll aus", bemerkte Sir Wintrop.

Lilian schaute auf. „Ist das denn ein Wunder, wenn Gatte, Sohn und Schwiegersohn in einen Kampf gezogen sind, den nicht einmal der König näher erklären konnte?"

„Wünscht Ihr Unterhaltung oder möchtet Ihr den Abend allein verbringen?", fragte Wintrop zuvorkommend.

126

„Ich werde mich zurückziehen und zu schlafen versuchen", erklärte Lady Lilian.

„Oh je!", seufzte Mary-Ann, wobei sie sehr traurig drein schaute. „Wäret Ihr so lieb, Sir Wintrop, mir noch ein wenig Gesellschaft zu leisten? Ich würde sicher kein Auge schließen können, ginge ich jetzt schon zu Bett."

„Aber natürlich, Mylady, ganz der Ihre!" Wintrop orderte Wein und ein paar Knabbereien, um Mary-Ann zu erfreuen.

Die blinzelte ihrer Mutter lächelnd zu und verwickelte den Ritter in eine angeregte Unterhaltung.

Lilian huschte davon, wobei ihre Füße in der Tat wieder einmal nicht den Boden berührten. Augenblicke später stand sie auf dem Turm, streckte die Hände in den Himmel, um kurz darauf als Drache zwischen den Wolkenbergen zu verschwinden, die sich urplötzlich zusammengeballt hatten.

Ich bin unterwegs, hörte es Mary-Ann in ihrem Kopf wispern.

Lilian, nicht gezwungen, sich an Wege und Straßen zu halten, näherte sich innerhalb einer Stunde dem Gebiet, in welchem sie ihre Familie und deren Ritter vermutete. Sie traf auch wirklich auf ein Heerlager, nur war das erheblich größer als es hätte sein sollen und sie verstand auch kein Wort von dem, was gesprochen wurde.

Sie stieg höher hinauf und gewahrte in einigen Kilometern Entfernung noch andere, weniger zahlreiche Lagerfeuer. Sie konnte auch deutlich die Auren von James, William und John fühlen. Die beiden Männer schliefen, von einigen Nachtwachen behütet, die um das Lager patrouillierten. William ölte seinen Harnisch, weil er keinen Schlaf finden konnte.

Ein drittes Heerlager fand Lilian direkt vor den Toren der Königsburg. Es schnitt den, dem König zu Hilfe Eilenden, den Weg ab. Die Kämpfer, derer von Whitecastle, standen zwischen zwei feindlichen Heeren, die zahlenmäßig weit überlegen waren.

Lilian erschrak gewaltig, nur durfte sie sich erst einmischen, wenn sie um Hilfe gebeten wurde. Sie kreiste weit oben, um das gesamte Terrain überblicken zu können. William schien inzwischen auch eingeschlafen zu sein. Aber er hätte ihre Gedanken ja doch nicht empfangen können.

In der größten Not versuchte sie, ihren schlummernden Gatten zu kontaktieren, in der Hoffnung, er werde sich am Morgen an seinen vermeintlichen Traum erinnern. Dann flog sie eilig davon, um Mary-Ann ihre Beobachtungen mitzuteilen.

Die bemerkte das Nahen des Drachen und ließ sich von Sir Wintrop bis an die Tür zu ihren Gemächern begleiten. Lilian gelang es zwar nicht, beim ersten Versuch bis auf den Turm zu kommen, weil ausgerechnet in dem Augenblick zwei Wächter von da ins Land spähten, dafür konnte sie sich beim zweiten Anflug an den Schießscharten der äußeren Mauer festkrallen.

Zurückverwandelt blieb sie stehen, bis die Wächter näherkamen und ihr, völlig erstaunt darüber, dass sie ohne wärmende Kleidung in dieser Kälte auf den Mauern wandelte, einen Umhang um die Schultern legten.

Für Lilian war es ein Leichtes, perfekt die völlig Durchgefrorene zu spielen. Immerhin war es ein recht langer Weg vom Wohngebäude bis zu jener Stelle.

Sie ließ sich ins Haus geleiten und Sir Wintrop beeilte sich, ihr einen Kräutertee brühen zu lassen. Inzwischen gab Lilian ihr Wissen an Mary-Ann weiter.

„Oh, nein! Müssen wir denn wirklich warten, bis es vielleicht schon zu spät ist?", fragte die völlig aufgelöst.

„Müssen wir nicht. Reitet nach Blackstone. Ruft die Männer zusammen. Ihr seid ihre Herrin. Nutzt, wenn alle Stränge reißen, Eure Hexenkraft."

Mary-Ann sprang auf. „Sir Wintrop! Lasst meine komplette Rüstung wintertauglich bereitlegen! In einer halben Stunde erwarte ich Vollzug."

„Gut so", flüsterte Lilian. „Wenn es Euch danach drängen sollte, führt die Männer bis in den Kampf."

„Das werde ich." Mary-Anns Augen nahmen einen harten Glanz an. „Und ich werde als Drache zuschlagen, sobald mich nur ein Zweifel unserer Männer erreicht."

„Wer soll Euch begleiten?", wollte Wintrop wissen.

„Keiner." Mary-Ann weckte einen Knappen, der ihr beim Anlegen des Harnischs und beim Satteln des Pferdes helfen sollte.

„Sie ist wahrlich Mutters Tochter", stellte der Ritter halblaut fest.

„Das will ich meinen", entgegnete Lilian lächelnd. „Wenn Mary-Ann die Burg verlassen hat, dürft Ihr Euch zur Ruhe begeben. Die Nacht war aufregend genug."

Darauf mussten sie nicht lange warten. Mary-Ann galoppierte auf einem riesigen schwarzen Wallach mit geflochtener Mähne zum Tor hinaus.

„Sie reitet Thunderstorm?!" Sir Wintrop rieb sich die Augen. „An den trauen sich nicht einmal die Männer heran!" Er schaute hinterher, bis die Dunkelheit Ross und Reiterin verschluckte.

Lilian nickte zufrieden. „Sie ist eine Frau, was im rechten Augenblick zehn Männer aufwiegen kann."

Der wilde Rappe war genau der Richtige, um die lange Strecke mit nur einer Pause laufen zu können. Er musste seiner Herrin schon jetzt zu Füßen liegen, denn sonst hätte er sie nicht in seine Nähe, geschweige denn auf seinen Rücken, gelassen.

Thunderstorm machte seinen Namen alle Ehre. Am Abend des nächsten Tages trug er seine kühne Reiterin bereits den Berg nach Blackstone hinauf.

Die Dienerschaft lief herbei, Boten riefen die Vasallen der umliegenden Güter zusammen und schon zwei Stunden später brachte Mary-Ann ihre Forderungen zu Gehör. Sie verkniff sich das Wort Bitte, um es gegen Lehenstreue, Loyalität und Ehre zu ersetzen.

Nur zwei Ritter widersetzten sich. „Es ist Selbstmord in diesen Kampf zu ziehen, zu dem uns nicht der König ruft."

Mary-Ann musterte beide von Kopf bis Fuß, wobei ihre Blicke etwas Sezierendes hatten. „Feiglinge, dann wärmt Euch inzwischen am Kamin. Wir sprechen uns wieder, sobald ich aus dieser Schlacht zurückkehre. Und dass ich zurückkehren werde, könnt Ihr heute schon als Schwur ansehen!" Sie deutete barsch mit der Hand zur Tür hinaus.

Den verbleibenden Herren flößte das entschiedene Auftreten ihrer jungen Herrin Vertrauen ein. Offensichtlich wusste sie etwas, das ihnen noch verborgen war. Zudem hatte sie Mut und Kühnheit bewiesen, bei Nacht den beschwerlichen Ritt allein zu wagen, um Hilfe für die Ihren zu finden.

„Wir folgen Euch!", schworen sie. „Morgen früh werden wir kampfbereit vor den Toren der Burg auf Euch warten."

Mary-Ann dankte ihnen und zog sich mit einem leichten Nachtimbiss in eines der Gästezimmer zurück. Immerhin war sie heute zum ersten Mal als Herrin in ihrer eigenen Burg, die einmal ihrem Großvater gehört hatte und noch nicht auf die neuen Besitzer eingerichtet worden war. Gleich zwei Wachen postierten sich vor ihrer Tür, um sie bis zum Morgen zu beschützen.

Die Stallburschen standen mit großen Augen, und nicht minder großem Respekt da, wo Thunderstorm angebunden war. Seine Reiterin hatte ihn eigenhändig abgezäumt, mit Stroh trocken gerieben und versorgt.

Auch jetzt funkelte die Angriffslust in den Augen des Rappen, er biss und keilte nach ihnen aus, wenn sie ihm auch nur einen Schritt zu nahe kamen.

Einer brachte es auf den Punkt: „Ein wundervolles Ross, welches das Temperament des Teufels im Leib hat. Haltet euch bloß fern, sonst schlägt es euch den Schädel ein und bricht euch alle Knochen."

Eine starke Allianz

Noch vor dem Morgengrauen erschreckte Lady Mary-Ann die Wachen, indem sie völlig lautlos die Tür öffnete, wie es auch ihre Mutter zu tun pflegte. Allerdings mussten sich die beiden nichts vorwerfen, denn sie hatten ihren Dienst treu verrichtet.

Der kleine Hinweis: „Es könnte öfter vorkommen, dass mich keiner hört, gewöhnt Euch am besten schon daran", ließ die Männer schließlich schmunzeln.

Mary-Ann, die eine Gedankenantwort dazu empfangen hatte, drehte sich noch einmal lächelnd um. „Als bildhübsches Burggespenst hat mich noch niemand bezeichnet."

„Oh, mein Gott!", hauchte der Ertappte. „Verzeiht mir, Herrin, wenn Ihr könnt. Ich bitte Euch sehr."

Sein Kamerad hatte Mühe, nicht lauthals aufzulachen. Mary-Ann blinzelte ihnen verschmitzt zu und setzte ihren Weg in den Palas fort. Der Zweite schlug seinem völlig perplexen Wachpartner auf die Schulter. „Definitiv süß. Gegen solche Gespensterbesuche habe ich nichts einzuwenden. Sir John kann sich glücklich schätzen, dieses Prachtweib zu besitzen."

„Vor allem ist sie in keiner Weise bösartig. Sonst wären jetzt schon die Schritte des Kerkermeisters zu hören", stammelte der Erste, noch immer leicht geschockt.

Lady-Ann nahm im Gambeson an der Tafel der in der Burg ansässigen Ritter Platz, als habe sie es nie anders getan. „Spart Euch die Etikette für Friedenszeiten auf", hielt sie die Dienerschaft zurück, ihr regelrecht auftafeln zu wollen.

Sie zog ihren Dolch, wie alle anderen, und schnitt den gerösteten Speck in mundgerechte Häppchen. Nebenbei informierte sie die Herren über die Verteilung der Heere auf dem Schlachtfeld, von der man ihr berichtet habe.

Einwände wischte sie mit den Worten beiseite: „Ihr kennt doch sicher das Geheimnis der Whitecastle?"

„Ihr meint den Drachen?"

„Die Drachen, mein Lieber, die Drachen", betonte Mary-Ann, Zeige- und Mittelfinger hebend.

Verblüffte Gesichter ringsum und mehrere in Siegeswillen geballte Fäuste.

Mary-Ann erhob sich, steckte den Dolch in die Lederscheide: „Folgt mir, meine Herren! Retten wir, was noch zu retten ist!"

In voller Rüstung sattelte sie ihren Thunderstorm, der die anderen Pferde gewaltig überragte. Ein mutiger Stallbursche half ihr auf den Riesen und wünschte ihr alles Gute für den Kampf.

Auf dem Marsfeld vor der Burg hatten sich fast 400 gut bewaffnete Berittene versammelt, wie Mary-Ann mit tiefer Zufriedenheit feststellte und die sie mit einem Handzeichen zum Abmarsch aufforderte. In langer Reihe folgten ihr die Kämpfer und die Packpferde mit dem Proviant.

Dank der Spähflüge ihrer Mutter führte sie ihr Heer über Pfade, die sonst keiner für möglich gehalten hätte. Dies brachte ihr die Hochachtung der Männer ein.

Am zweiten Tag stießen die beiden Ritter, die sie als Feiglinge verachtet hatte, mit 100 weiteren Männern zu ihnen. Sie waren den deutlichen Spuren des Heeres gefolgt und hatten einen wahren Gewaltmarsch hinter sich. Mary-Ann nahm die Treueschwüre mit sichtbarer Freude entgegen.

Um die Pferde der Neuankömmlinge zu schonen, zogen sie etwas langsamer, aber leiser weiter. So gelang es ihnen sogar, beinahe unbemerkt am ersten Heerlager der Feinde vorbeizukommen. Die vier Späher wurden mit Pfeilschüssen für immer zum Schweigen gebracht, ehe sie ihre Beobachtungen melden konnten.

James glaubte zu träumen, als man ihm meldete, es näherten sich unzählige Reiter unter dem Banner der Blackstones. Als er Thunderstorm erkannte, war die Verblüffung perfekt. Welchem Recken mochte es wohl gelungen sein, den wilden Wallach unter seinen Willen zu zwingen?

Er ging ihnen mit John und William die letzten Meter entgegen. „Ihr seid uns mit Euren Männern wahrlich willkommen, mein Herr."

„Ich will es doch hoffen, nur den *Herr* nehmt bitte zurück." Mary-Ann öffnete das Visier ihres Helmes, worauf alle drei beeindruckt die Köpfe schüttelten.

„Ihr habt sie alle vereint, unglaublich", staunte John.

Mary-Ann blinzelte ihrem Gatten zu. „Sie konnten meinem weiblichen Charme nicht widerstehen."

Der lachte herzlich. „Gut, das lasse ich gelten."

„Wie hoch sind die Verluste?", fragte Mary-Ann sofort, die Verletzungen ihres Bruders kritisch betrachtend.

„Wir haben rund ein Drittel unserer Männer verloren", knirschte James mit den Zähnen. Sie greifen uns seit Tagen von zwei Seiten an. Wenn sie uns niedergerungen haben, wollen sie dem König den Rest geben.

„Das ist der Grund, weshalb ich persönlich ein Heer aufgestellt habe", verriet Mary-Ann. „Einer unserer Drachen hat Euch täglich beobachtet ..."

„Ahhhh! Daher wusste ich immer, wo sie als Nächstes angreifen werden!", rief James. „Ich glaubte schon fast, das Zweite Gesicht zu besitzen. Ohne seine Informationen wären wir wohl schon aufgerieben worden."

„Morgen werden wir sie das Fürchten lehren", versprach Mary-Ann. „Ich bin auf die entsetzten Gesichter erpicht, wenn zwei Drachen zuschlagen."

„Sie werden wirklich beide kommen und mit uns kämpfen?", staunte William.

Mary-Ann schmunzelte. „Natürlich. Einer ist ja schon da und beobachtet unbemerkt, was hier geschieht."

James und John wechselten amüsierte Blicke, denn William war nach wie vor ahnungslos, was es mit den Drachen wirklich auf sich hatte.

„Ruht Euch aus", schlug John seiner klugen und tapferen Frau vor. „Ihr habt einen langen Ritt hinter Euch und morgen wird ein harter Tag."

Mary-Ann stimmte zu. *Sie werden noch vor dem Morgengrauen angreifen,* verriet sie ihm, in sein Zelt schlüpfend.

John informierte James, der befahl, dass die Wachen zu verdreifachen seien. Dann legten sich auch die beiden Befehlshaber zur Ruhe. John schloss die fest schlummernde Mary-Ann schützend in die Arme.

Wie sie es vorausgesagt hatte, schlugen die Wachen noch vor Sonnenaufgang Alarm. Mary-Ann ließ sich von William auf Thunderstorm heben und führte ihre Männer in die Schlacht. John stand James zur Seite. Im Kampfgetümmel verlor er rasch seine Frau aus den Augen, die mit dem Schwert niedermähte, was ihr Rappe nicht schon mit den Hufen zermalmt hatte.

Als man Thunderstorm mit einem Pfeil verletzte, um ihr den Garaus machen zu können, setzte sie alles auf eine Karte: Sie ließ sich vom Pferd fallen und stand als fauchender Drache auf.

Das unvermutete Erscheinen der Bestie sorgte für namenloses Entsetzen und Chaos unter den Feinden. Von den Kämpfern der Whitecastles und Blackstones freudig begrüßt, ließ sie weithin ihr alles verzehrendes Feuer lodern.

Vom Himmel schoss ein zweiter Feuerstoß herab, dem der andere Drache folgte.

„Jetzt machen wir sie fertig", James überließ das Schlachtfeld den Drachen und wandte sich mit dem Heer vorwärts, um dem König zu Hilfe zu eilen.

William erschrak gewaltig, als Thunderstorm ohne seine Reiterin an ihm vorbei galoppierte. Ihm gelang es, das Ross seiner Schwester einzufangen und am Zügel mit sich zu nehmen.

„Keine Sorge, Mary-Ann geht es gut!", rief ihm John zu. „Kümmert Euch um ihr Pferd. Es wird Euch gehorchen."

Genau so traf es auch ein. Der Rappe ließ sich sogar von William untersuchen und verbinden, während die beiden Drachen ein Blutbad unter den Feinden anrichteten. Es stank erbärmlich nach verbranntem Fleisch und versengtem Haar.

Hin und wieder schnappten die riesigen Echsen einfach zu, wobei sie ihre Opfer mit ihren messerscharfen Zähnen entzwei bissen. Mary-Ann war doppelt geschützt. Hatte sie sich doch mitsamt ihres Harnischs verwandelt.

Und sie rächte sich auch furchtbar dafür, dass man ihren Gatten gleich am Tag nach der Hochzeit von ihrer Seite gerissen hatte. Flucht zwecklos, sie hinterließ nur noch verbrannte Erde.

Um sich zu stärken, rissen die beiden Drachen ein verendetes Pferd in Stücke. Zwar konnten sie mit vollem Magen nicht fliegen, was aber auch im Augenblick nicht nötig war, denn die Kämpfe ruhten bis zum nächsten Morgen.

Sie folgten den Ihren gemächlich zu Fuß, bis die Lagerfeuer in Sichtweite kamen, wo sie sich auf den Boden hockten und warteten, bis James und John herankamen.

Ich fliege zurück, hörte es James von Lilian wispern. *Morgen Früh bin ich pünktlich wieder da, wenn es zum Endkampf geht.*

„Ich danke Euch." Er streichelte ihren riesigen Kopf zwischen den Hörnern und schaute zu, wie sie mit rauschenden Flügelschlägen abhob.

Das nutzte Mary-Ann, sich zurückzuverwandeln. John zog sie einfach in seine Arme und küsste sie ab, als wären sie allein. James ließ nicht einmal ein gekünsteltes Hüsteln hören. Er gönnte ihnen von ganzem Herzen ihr Glück.

Im Lager verbreite sich rasch die Kunde, Lady Mary-Ann sei mit den Drachen in den Kampf geflogen. Sie wurde bei ihrer Rückkehr auch sofort von allen Rittern umringt, die sich selbst davon überzeugen wollten, dass sie wieder da sei.

Ihre Herrin, über und über mir fettiger Asche bedeckt, blutverschmiert, aber gut gelaunt, hatte sogar

137

noch zwei abgebrochene Pfeilspitzen im Brustharnisch stecken.

„Ich bin eine Whitecastle of Blackstone", sagte sie stolz, als sich alle vor ihr verneigten. „Ich habe tapfere, kampferprobte, loyale Ritter an meiner Seite. Genug Gründe, eine Schlacht zu gewinnen, die eigentlich verloren schien.

Man wird auch ein Loblied auf Euch singen, meine Herren Ritter, wenn es uns morgen gelingt, die Macht unseres Königs zu stärken."

John drückte unbemerkt ihre Hand. *Ihr seid eine hervorragende Diplomatin, meine Liebe.*

Man hat mir ja keine Wahl gelassen, als man Euch von meiner Seite riss. Ich versuche eigentlich nur, Neidern und Zweiflern das Wasser abzugraben.

Das dürfte Euch gründlich gelungen sein. John winkte einen Feldschmied heran, sofort den Harnisch Myladys auszubessern.

William reichte seiner Schwester ein feuchtes Tuch, damit sie sich wenigstens die schlimmsten Kampfspuren aus dem Gesicht wischen konnte. Für mehr war weder Zeit, noch genügend Wasser vorhanden.

„Habt Ihr Hunger?", fragte er, ihr ein Stück Fleisch reichend.

Sie lehnte dankend ab. „Ich habe schon ein halbes ..." Beinahe hätte sie das Wort Pferd angehängt. Sich an den Kopf fassend, als überlege sie, vollendete sie den Satz: ... Fladenbrot gegessen."

„Und das reicht?"

„Danke, es hat wirklich gereicht." Mary-Ann schmunzelte.

William betrachtete sehr nachdenklich die beiden Pfeilspitzen, die ihren Harnisch durchschlagen hatten, ohne sie ernsthaft zu verletzen. Er drehte sie zwischen den Fingern hin und her und grübelte. Nicht einmal ihr Gambeson sah aus, als sei er getroffen worden. Zwar starrte er vor Schmutz und Asche, war aber völlig unversehrt.

„Die Blutergüsse reichen auch schon", bemerkte Mary-Ann daraufhin, obwohl da keine waren. Wie hätte sie ihm erklären sollen, dass sie einer der Drachen gewesen war und sie der Schuppenpanzer geschützt hatte. „Wie verkraftet Ihr den Feldzug? Krieg ist ja doch etwas anders, als bei einem Turnier Ritter vom Pferd zu stechen."

William hob etwas hilflos die Schultern. „Da habt Ihr recht. Die ersten beiden Tage waren die Hölle … Schreie, Blut, zerhacktes Fleisch, das einmal Menschen waren … dann fügt man sich in das Unvermeidliche. Irgendwann hört man auch auf, zu zählen, wie viele Feinde man niedergestreckt hat." Er zog den blutigen Verband an seiner Hand fester.

„Man sagt, Ihr habt überaus tapfer gekämpft."

„Freut mich, zu hören. Ich möchte auch keinesfalls der Schandfleck des Clans sein. Erst recht nicht, wo ich mit eigenen Augen gesehen habe, dass meine Schwester ein Heer in die Schlacht geführt hat. Als Mann wäret Ihr einer der besten Ritter, die sich ein König wünschen kann."

„Und als Frau?", blinzelte Mary-Ann.

William stutzte, dann wurde er dunkelrot, was auch das flackernde Lagerfeuer nicht kaschieren konnte.

Mary-Ann begann zu lachen. „Schlagfertigkeit ist wahrlich nicht Eure Stärke." Sie erhob sich, um schlafen zu gehen. „Wundert Euch morgen bitte nicht, wenn Thunderstorm wieder allein zu Euch

139

kommt. Mein Platz in diesem Kampf ist bei den Drachen."

„Ich beneide Euch."

„Das müsst Ihr nicht. Eines Tages, wenn Ihr ein geachteter Ritter seid, werdet Ihr es verstehen."

Sir William

Am nächsten Morgen griffen die Ritter der White-castle und Blackstone das Heer vor den Toren der Stadt an. In vorderster Linie wieder Lady Mary-Ann auf ihrem gefürchteten Rappen. Sie hatten einem der getöteten Feinde einen Schild abgenommen, der größer, leichter, aber auch fester als der Ihre war.

Bis in die Mittagsstunden tobte der Kampf. Keiner ahnte, dass sich ein verwegener Trupp der Feinde Zugang zur Burg verschafft und den König gefangen genommen hatte. Als man schon glaubte, ohne die Drachen einen Sieg zu erringen, zerrten ihn die Fremden auf die Zinnen des höchsten Turmes und drohten, ihn in den Abgrund zu stürzen, erkläre man sich nicht als besiegt.

Das ist meine Aufgabe, hörte John seine Frau sagen und kurz darauf laut an ihren Bruder den Befehl: „Folgt mir, Sir William!"

Dann stoben auch schon zwei Rösser über die Ebene. Hinter ein paar Häusern außerhalb der Stadtmauern zügelte Mary-Ann ihr Pferd.

„Absteigen!", forderte sie und William gehorchte. „Ihr werdet ein anderes Reittier bekommen."

Einen Wimpernschlag später hockte der Drache vor ihm und deutete energisch auf den Platz hinter seinem Hals. William hatte nicht einmal begriffen, was hier soeben geschehen war, nur dass er rasch handeln musste, um den Giganten nicht zu verärgern. Also nahm er augenblicklich seinen Platz ein und hielt sich an den Hörnern, des Drachen fest.

Der startete im gleichen Augenblick, stieg senkrecht an der Mauer auf und mähte mit einem Feuerstoß die geschockten Männer auf dem Turm nieder. Nur die beiden, die den gefesselten König hielten, verschonte er.

William gewahrte aus den Augenwinkeln, wie der zweite Drache heranflog, und auf dem Schlachtfeld zu wüten begann. „Gebt den König frei und wir verschonen Euch!", rief der junge Whitecastle.

„So, wie unsere Kameraden gerade auf dem Schlachtfeld? Niemals!" Sie stießen ihren Gefangenen in die Tiefe.

Mary-Ann ließ sich wie ein Stein fallen, wobei es William, der sich nicht fest genug hielt, von ihrem Rücken warf. Mit beiden Klauen fasste sie zu und erwischte sowohl den König als auch ihren Bruder, bevor die sich irgendwo das Genick brechen konnten.

Den einen hatte sie am Rücken gepackt, den anderen am Bein. Zwar trugen beide Verletzungen durch ihre scharfen Krallen davon, aber die fielen nicht weiter ins Gewicht, wenn es um Leben oder Tod ging. Vorsichtig legte sie die Männer ab und verschwand.

„Ihr habt mir das Leben gerettet, junger Mann", bedankte sich der König. „Wer seid Ihr?"

„Ich bin William of Whitecastle. Der Dank gebührt aber meiner Schwester Lady Mary-Ann of Whitecastle and Blackstone. Sie hat den Drachen zu Eurer Rettung hierher geführt. Ach, da kommt sie auch schon!"

Der König schaute zweimal hin. Das Pferd glaubte er zu kennen. Thunderstorm hatte man vor zwei Jahren aus seinen Ställen verbannt, weil es niemand schaffte, den bösartigen Satan zu zähmen. Nun kam ein zierliches Frauenzimmer auf ihm geritten, als sei es das Normalste auf der Welt.

„Wenn ich dieses Bild sehe, dann glaube Euerm Bruder aufs Wort, dass Euch auch die Drachen gehorchen, Mylady." Er verbeugte sich vor ihr, so weit es der verletzte Rücken zuließ. „Ist es ein vermessener Wunsch, solch ein wundervolles geflügeltes Wesen einmal berühren zu dürfen?"

„Mitnichten, mein König. Ich werde den schwarzen Drachen rufen, denn, wie es aussieht, ist der Kampf um Eure Burg zu Ende." Mary-Ann nahm mit ihrer Mutter Kontakt auf, die kurz darauf mit rauschenden Schwingen im Burghof landete und für einen Auflauf der gesamten Besatzung und Dienerschaft sorgte.

Der spätere Einzug der siegreichen Feldherren und ihrer Ritter gestaltete sich zu einem Triumphzug.

Der König bemerkte schnell, dass die Heldin des Krieges jene Frau war, der er möglicherweise sogar die Hochzeitsnacht verdorben hatte. Dass Sir John ihm zu gehorchen hatte, stand außer Frage. Nur verbarg sich hinter jedem Mann meist eine Frau, deren Gedächtnis mit äußerster Präzision Geschehnisse archivierte. Wenn es sich dazu noch um eine Amazone handelte, wie Mylady, dann war äußerstes Taktgefühl gefragt.

Also wandte sich der König bei Tisch zu ihr hinüber und fragte eher scherzhaft, womit er sich denn vom Vorwurf, ein Freudentöter zu sein, reinwaschen könne.

Mary-Anns strahlend blaue Augen blitzten schelmisch. „Ich hätte schon eine Idee. Nur weiß ich nicht, ob meine Bitte angemessen ist. Wie wäre es mit einem Ritterschlag für meinen Bruder, der bei Eurer Rettung mit dem Drachen geflogen ist. Nie zuvor ist er solch ein Wagnis eingegangen. Für Euch hat er sein junges Leben aufs Spiel gesetzt und beinahe verloren."

Der König nickte, erhob sich und zog sein Schwert. „Kniet nieder, William of Whitecastle!"

Der verdatterte William sprang auf und gehorchte. Wie ein Traumwandler nahm er den Schlag zu einem Ritter des Königs entgegen. Mary-Ann blinzelte ihrem Vater und ihrem Gatten kaum merklich zu.

„Habt Ihr keine Bitte für Euch selbst?" Der König versuchte in ihren Augen zu lesen, in denen er deutlich das Bild eines Drachens erkannte. Es mutete so real an, dass er sich sogar zum Fenster umdrehte, ob die Echse nicht doch auch am Himmel zu sehen sei und sich hier nur spiegelte.

Flüsternd erteilte er seinem Kammerherrn einen Befehl. Als dieser zurückkam, trug er ein prachtvolles Geschmeide in den Händen. Der König nahm es entgegen und legte es Mary-Ann um den Hals.

An Sir John gewandt. „Beschützt Eure wundervolle Gemahlin gut. Vielleicht drängt es mich eines Tages, sie Euch zu entführen."

Sir John schmunzelte. „Mein König, wenn Ihr das so offen bekennt, werdet Ihr es sicher nicht tun. Zumal Ihr wisst, wer sie noch bewacht." Dabei vollführte er mit den Armen einige angedeutete Flugbewegungen.

„Müsst Ihr so tief in einer frischen Wunde bohren?", murmelte der König, sich wieder auf seinen Platz setzend.

„Ja. Als Ehemann der betreffenden Dame", raunte John zurück.

Worauf der König ein gespielt mürrisches Gesicht zog.

Ich glaube, Eure Position beim König ist fester, als die meines Großvaters gewesen war. Er wird Euch in den Rat einbeziehen. John hörte Mary-Anns Worte, obwohl sie sich angeregt mit einem der Ritter unterhielt.

Das wird er ganz bestimmt – schon um Euch in seiner Nähe zu haben.

Eifersüchtig?

Ein wenig. Johns Augen sprühten beinahe fröhliche Funken.

„Ihr strahlt so …", bemerkte James neugierig.

„Weil ich und Ihr etwas haben, was dem König auch sehr gefällt", gab John flüsternd und ziemlich amüsiert Auskunft.

Beide grinsten, denn die Mutter stand der Tochter trotz des Alters im Aussehen nicht nach. Fremde hielten sie oft für Schwestern.

William gesellte sich zu der Gruppe um Mary-Ann und den König, der sich von gestandenen Rittern haarklein berichten ließ, wie es die junge Burgherrin geschafft hatte, alle zu vereinen, selbst die, die ihr am Anfang nicht wohlgesonnen waren. Auch, wie sie die kleine Armee auf unbekannten Pfaden sicher und schnell ans Ziel geführt hatte, wollte er im Detail wissen.

Als man ihm erzählte, sie sei von mindestens zwei Pfeilen getroffen worden, huschte sein Blick über ihren Harnisch, der in der Tat nur notdürftig mit ein paar Hammerschlägen repariert worden war.

„Wie stelle ich es an, Eurer Schwester einen neuen Harnisch zu verehren, ohne dass sie und ihr Gatte Anstoß daran nehmen?", wandte er sich an William.

„Oh je! Das fragt Ihr ausgerechnet einen, der bis vor einer Stunde noch nicht einmal als Mann galt", stotterte William überrascht. „Aber wenn Euch wirklich an meinem Rat gelegen ist, dann tut ihnen offen kund, was und warum Ihr es zu tun gedenkt. Meine Schwester würde den Braten Meilen gegen den Wind riechen."

„Danke für den Hinweis", lachte der König. „Ihr habt mir gleich noch einen gegeben, womit ich Euch erfreuen kann. Lasst ein, wer heute Nacht vier Mal an Eurer Kammer klopft, und genießt es."

„Kammer?" William schaute dem König nachdenklich hinterher.

„Das war eine Einladung", klärte ihn John leise auf. „Und wenn ich Euch einen guten Rat geben darf, dann legt auf Körperpflege heute Abend besonderen Wert, bevor Ihr Euch zur Ruhe legt." Er ließ William stehen, der nicht den Funken einer Ahnung hatte, was geschehen werde.

James erfuhr von seinem Schwiegersohn sofort die Neuigkeit, damit es nicht erst zu Problemen käme, die vermeidbar waren. „Nun ja, ich kenne da noch andere, die von Meisterinnen ihres Faches in ein paar Stunden in allem unterrichtet wurden, was in einem Schlafkämmerlein passieren kann, wenn sich die Tür geschlossen hat", schmunzelte James.

„Irgendwie kenne ich solche Leute auch", witzelte John, mit seinem Schwiegervater noch einen Becher Wein trinkend. „Das ist der Letzte für heute …"

„… schließlich warten eheliche Pflichten auf Euch", vollendete James den Satz mit einem Blinzeln, worauf John begeistert nickte.

Sir William zog sich zurück, als das Gros der Ritter ihre Zelte vor den Toren der Stadt aufsuchte. Im

146

Gegensatz zu ihnen hatte er weniger getrunken, weil er es Knappe nicht gewöhnt war, zu bechern, bis man unter dem Tisch lag. Zudem hatten Vater und Mutter stets auf gute Manieren geachtet und zügellose Gelage gänzlich aus ihrer Burg verbannt.

Also war ihm auch nicht entfallen, was ihm Sir John angeraten hatte. Er beeilte sich, es in die Tat umzusetzen und wenigstens mit blütenreiner Haut zu Bett zu gehen, weil die Kampfkleidung noch immer vor Schmutz starrte.

Als er gerade das Talglicht ausblasen und die Augen schließen wollte, klopfte es tatsächlich vier Mal.

„Es ist offen, tretet ein!", rief er neugierig.

Die Tür öffnete sich einen Spalt und herein schlüpfte eine junge Frau in der Tracht der hiesigen Dirnen. William war augenblicklich hellwach. Schlagartig fielen ihm auch einige Dinge ein, von denen die Männer im Zeltlager gesprochen hatten, wenn sie sich unbeobachtet fühlten.

Auch hatte mancher Knappe schon Erfahrungen gemacht, die ihm gänzlich fehlten und zu denen ihm der König mit seinem Geschenk verhalf.

„Ihr seht mich in unpassender Bekleidung, wäre glatt gelogen", bemerkte William, als er die erste Überraschung verdaut hatte. „Ratlos beschreibt meine Situation eher."

Die Tür abschließend, erklärte sie: „Um dem ein Ende zu setzen, hat man mich herbeordert." Sie ließ sich auf der Bettkante nieder und schaute ihn lächelnd an. „Ihr habt wundervolle blaue Augen, wie ich sie noch nie gesehen habe. Es wird mir ein Vergnügen sein, Euch ein paar andere Wunder zu offenbaren."

Gleichzeitig begann sie, die Schnüre ihres Kleides zu lösen, wobei sie sich von William assistieren ließ. Mit jedem Zentimeter, der von ihrem Körper zum Vorschein kam, wuchs dessen Begeisterung.

Schließlich streichelte er mit Hingabe die warme zarte Haut, da wo sie ihn mit wenigen Bewegungen hin dirigierte. Schauen, staunen, genießen und Erfüllung finden – wieder und immer wieder und jedes Mal auf eine andere Weise.

William kostete das großzügige Geschenk des Königs aus, bis die Morgensonne erste Lichtfinger über den Horizont sandte. Seine wundervolle Bettgenossin kleidete sich rasch an und wandte sich zum Gehen. An der Tür hielt sie kurz inne. „Wenn Ihr wieder einmal hier seid, lasst von Euch hören. Für Euch werde ich immer Zeit haben. Lebt wohl."

„Nicht lebt wohl – auf Wiedersehen!", versprach William, dann beeilte er sich mit dem Anziehen, um nicht durch Unpünktlichkeit aufzufallen.

„Ich hoffe doch, dass das Geschenk Eurem Geschmack entsprach?", fragte der König bei Tisch.

William verbeugte sich. „In jeder Weise. Ich danke Euch von ganzem Herzen, mein König."

Familiengeheimnisse

Als die Truppen ihre Zelte abbrachen, erschien der König mit einigen Begleitern, um den Heerführern noch einmal zu danken. Dabei überreichte er auch Mary-Ann einen neuen Brustharnisch, wie er es am Vorabend angekündigt hatte.

Sie nahm ihn lächelnd entgegen. „Wenn Euch Euer Weg an Blackstone vorüber führen sollte, seid Ihr jederzeit willkommen, mein König."

„Mein Weg wird mich auf jeden Fall nach Blackstone führen", verriet er. „Ich habe vor, Euerm Gatten zwei der wundervollen Hirsche, die es nur dort gibt, abzujagen. Und das auch noch im wahrsten Sinne des Wortes."

„Solange Ihr nicht auf die Drachen jagt, werde ich Euch nicht davon abhalten." Mary-Ann neigte leicht den Kopf zum Abschiedsgruß. Dann hob sie ihr Schwert. „Abmarsch!"

Die Ritter und Soldaten ihres Vaters folgten. Ihnen schloss sich John an, um Mary-Ann nicht in irgendeiner Weise versehentlich die Autorität abzugraben. Ihr stand es zu, das Heer nach einem Sieg, der ihr Werk war und welchen es normalerweise nicht gegeben hätte, nach Hause zu führen.

Der König stand nach seiner Rückkehr in die Burg noch lange am Fenster und schaute den abziehenden Truppen nach. „Welch eine Frau!", schwärmte er.

Einer seiner Berater nickte. „Ihr solltet aber bei der Anbetung aus der Ferne bleiben, wenn Euch Land und Leben lieb sind."

„Ja, da habt ihr recht. Sie wäre durchaus in der Lage, im Zorn alles niederzurennen. Aber man wird ja wohl noch träumen dürfen?"

„Zu brennen, mein Herr, zu brennen!"

Der König seufzte. „Auch das. Von ihren Drachen werden wir wohl auch noch lange erzählen. Es muss doch ein grandioses Bild sein – sie auf einem dieser geflügelten Riesen ..." Mit einer Handbewegung wischte er die schönen Gedanken beiseite. „Lasst die Toten begraben, Waffen und Rüstungsreste einsammeln. Bis zum Abend sind mir alle Schäden an den Wehranlagen zu melden."

Dass, noch wirklich verwertbare Dinge, bereits die Kämpfer des befreundeten Heeres nach Hause trugen, konnte er sich an wenigen Fingern abzählen.

Lady Blackstone führte inzwischen die Truppen auf dem Weg zurück, auf welchem ihre auch gekommen waren.

Sir James und Sir John hatten nicht einmal geahnt, dass es hier wirklich solch eine Passage zwischen den Hügeln und dem Fluss gab.

„Das spart ganze zwei Tage", staunte James.

John schmunzelte. „Fliegen ist eine tolle Sache."

„Fliegen?" Sir William schaute in die Wolken. „Ja schon, von da oben kann man sicher Wege finden, die anderen verborgen bleiben. Nur, wie bringt man einen Vogel dazu, den Weg zu verraten?"

„Einen Drachen, mein Sohn." James blinzelte ihm zu.

William schaute zur Spitze des Zuges „Ist sie etwa mit einem Drachen geflogen, um die Strecke auszukundschaften?"

„So ähnlich. Wir erzählen es Euch auf Blackstone, wohin unser erster Weg führen wird."

Inzwischen ließ Mary-Ann stoppen und das Nachtlager aufbauen. Hier am Ufer des Flusses bestand auch endlich für alle die Möglichkeit, sich vom groben Schmutz zu befreien, die Wasserbälge zu füllen und Wunden zu kühlen.

Die junge Herrin nahm sich persönlich der Blessuren ihrer Ritter an und manch einer wunderte sich, wie rasch die Schmerzen vergingen und sich klaffende Dolchstiche innerhalb weniger Stunden schlossen. Sie schien wahrlich gegen jedes Gebrechen ein Kräutlein zu kennen.

Auch zwei fast auf den Tod verwundete Soldaten besuchte sie, die, nachdem sie ihnen wenige Tropfen aus einem winzigen Fläschchen eingeflößt hatte, in einen heilsamen Schlaf fielen.

Endlich ließ sie sich mit am Lagerfeuer ihrer Familie nieder. Mit geschlossenen Augen verharrte sie einen Augenblick, um selbst wieder Kraft zu schöpfen. John reichte ihr einen heißen Kräutertrank, welchen er extra für sie gebrüht hatte.

Der Duft veranlasste sie, die Augen zu öffnen. „Oh, das tut gut", seufzte sie nach dem ersten Schluck. „Ich fühle mich, als hätte man mich aufs Rad geflochten."

John streichelte ihre Hand. „Das sehe ich Euch auch deutlich an. Ihr solltet Euch dann gleich zur Ruhe begeben. Ich werde später noch einmal eine Runde gehen und nach unseren Männern schauen."

„Ich gehorche der Stimme der Vernunft." Mary-Ann quälte sich sogar sofort vom Boden hoch und verschwand mit ihrem Becher im Zelt.

„Ich kümmere mich um Thunderstorm", erbot sich William, dessen Stute das einzige Pferd war, das der schwarze Riese inzwischen neben sich duldete,

151

genau, wie er auch nicht mehr nach ihrem Reiter auskeilte.

„Wenigstens weiß er, wie er sich am besten für seinen raschen Aufstieg bedanken kann und bei wem er es wirklich tun muss", murmelte James zufrieden.

John nickte. „Ich glaube, nun liebt er seine Schwester noch mehr. Neugierig bin ich nur, was er nach den brisanten Offenbarungen tun wird."

„Für mich waren die letzten Tage auch Offenbarungen", gab James lächelnd zu. „Mary-Ann ist von einem neckisch veranlagten Burgfräulein zu einer Frau geworden, die Euch mit Mut und Durchsetzungsvermögen in allen Situationen eine würdige Vertreterin ist."

„Nicht nur das. Es beeindruckt mich, und das gebe ich gern zu, wie sie widerspenstige Vasallen gefügig gemacht hat." Johns Gesicht zeigte deutlich einen behaglichen Ausdruck. „Ich mache mir nur Sorgen, dass sie unter den Erlebnissen der letzten Tage zusammenbrechen könnte."

„Mental nicht, nur körperlich scheint sie sich übernommen zu haben", gab James seine Beobachtungen kund.

John atmete tief durch. „Dann werde ich sie ausgiebig verwöhnen, wenn wir wieder zu Hause sind. Ich bin ja gut in Übung, ihr Wünsche von den Augen abzulesen." Er machte jene Bewegung, mit der er sie als Baby oft in den Armen gewiegt hatte.

„Ich bin glücklich, dass Ihr beide für ein ganzes Leben zueinandergefunden habt", verriet James. „Ich habe mir immer gewünscht, dass sie einen Mann wie Euch bekommen möge."

Als William mit Thunderstorm zurückkam, inspizierte John das Lager und begab sich, als er sich überzeugt hatte, dass alle Wachposten ihren Dienst taten, zur Ruhe an die Seite seiner schlummernden Gattin.

Die hatte ihrem Abendtee noch einen Tropfen ihres Wundermittels zugemischt, sodass sie am Morgen völlig regeneriert erwachte. Sie führte den langen Zug der Heimkehrer bis an jene Stelle, wo Sir James einem seiner Ritter das Kommando übertrug, um die eigenen Männer sicher nach Whitecastle zu bringen. Er selber und Sir William schlossen sich den Truppen aus Blackstone an.

Diese erreichten noch am Abend heimatliche Gefilde und immer wieder verabschiedeten sich Männer, deren Ländereien soeben durchquert wurden. Mit rund 20 Mann ritt Lady Mary-Ann bis zur Burg, wo sie mit Jubel empfangen wurde.

Stallburschen, Köche, Mägde, Knechte – alle wuselten durcheinander, um die Badestube startklar zu machen, Essen zu bereiten und sich um die ermatteten Pferde zu kümmern. Thunderstorm hatte offensichtlich in den Kriegstagen seine Lektion gelernt, er ließ sich von den Knechten versorgen, wenn auch äußerst widerwillig. Die Anwesenheit Sir Williams hielt den wilden Rappen zusätzlich im Zaum.

Lady Mary-Ann, nicht im Besitz irgendwelcher Frauenkleider, weil die alle noch in Whitecastle lagen, war bei Tisch, bis auf die fein geschnittenen Gesichtszüge und das goldblonde Haar, kaum von ihren Rittern zu unterscheiden. Einzig, dass sie nicht so becherte, wie diese.

„Wisst Ihr, worauf ich mich am meisten freue?", fragte sie irgendwann. „Auf ein richtiges Bett!", fügte sie schließlich als Antwort lachend hinzu, weil die putzigsten Gedanken geäußert worden waren.

153

Und darin auf Eure Gesellschaft, hörte es John wispern, dem gleich ganze Wolken Schmetterlinge im Bauch herumflatterten. Denn man konnte die wenigen zärtlichen Streicheleinheiten im Zelt, nicht gerade als Erfüllung ansehen.

Es wurde eine heiße Nacht. Sämtliche Strapazen schienen wie weggeblasen zu sein. Seine Verletzungen aus den Kämpfen ignorierte John. Er hatte sie von Anfang an als *Kratzer* bezeichnet, obwohl sie tief waren und schlecht heilten.

Seine junge Frau ließ ihn all das vergessen. Wenn er daran dachte, was ihr hätte geschehen können, dann legte er sich gleich noch mehr ins Zeug. Zudem war da ein kleiner Funke Eifersucht, wenn er an den König dachte, aber auch die Genugtuung in diesem Punkt glücklicher zu sein.

„Wisst Ihr, worauf ich mich ab heute freue?", fragte er sie am Morgen. „Es mir hier mit Euch gemütlich einzurichten."

„Ja, darauf freue ich mich auch." Mary-Ann reichte ihm die Hand, um ihn lustig blinzelnd aus dem Bett zu ziehen.

„Wir haben vor, Euern Bruder heute über Eure Drachenidentität aufzuklären", sagte John beim Anziehen. „Als zukünftiger Herr über Whitecastle sollte er wissen, was es für Familiengeheimnisse gibt, die unter allen Umständen zu schützen sind, selbst wenn es das eigene Leben kostet."

Mary-Ann stimmte zu, blieb aber auf dem Gang zum Palas stehen, um ein Bild ihrer Großmutter sehr auffällig zu betrachten. John warf ihr einen fragenden Blick zu.

Ihr kennt nicht alle Geheimnisse. Solltet als Herr über Blackstone aber lieber davon wissen. Ich werde meinen Vater

154

bitten, Euch einweihen zu dürfen. Er weiß auch nicht, dass ich über alles informiert bin.

John schaute sie so erstaunt an, dass sie beinahe hilflos mit den Schultern zuckte.

Nach der Verabschiedung der Ritter zogen sich die vier ins alte Kabinett des Großvaters zurück, welches nun auch das neue Arbeitszimmer Johns werden sollte.

James stand auf und wanderte ein paar Mal quer durch das Zimmer, ehe er sich an seinen Sohn wandte: „Eigentlich sollte das heutige Gespräch erst in ein paar Jahren stattfinden. Aber die Umstände zwingen mich dazu, es vorzuziehen.

Wie Ihr selbst schon mehrfach betont habt, ist es Eurer Schwester zu verdanken, dass man Euch unerwartet, und eher als alle anderen, zum Ritter geschlagen hat. Aber es ist keinesfalls unberechtigt gewesen. Ihr seid mit dem Drachen geflogen, ohne Rücksicht auf Euch selbst zu nehmen, um dem König das Leben zu retten."

„Den Ritterschlag hätte aber eher der Drache verdient", murmelte William. „Er allein hat im rechten Moment zugefasst und zwei Männer vor dem Tode bewahrt. Wenn ich könnte, dann würde ich es ihm gern so sagen. Ich stehe tief in seiner Schuld."

„Ihr würdet alles für ihn tun?", fragte John.

„Alles!" William hob die Hand zum Schwur.

„Nun, das könnt und müsst Ihr ab heute auch", erklärte James sehr ernst. „Ihr werdet in wenigen Augenblicken unser ganz spezielles Familiengeheimnis um die Drachen erfahren."

Mary-Ann hatte bisher nur zugehört und den Raum taxiert. „Es ist genug Platz. Ihr müsset nur

Tisch und Stühle wegrücken und Euch ganz an die Wand zurückziehen."

Als die Zimmermitte freigeräumt war, legte sie sich zur vollsten Verblüffung ihres Bruders auf den Boden, weil ein stehender oder hockender Drache trotzdem noch mit dem Rücken bis an die Decke gereicht hätte.

Sie stieß einen Schrei aus und verwandelte sich, wobei sie sich regelrecht zusammenringeln musste, um mit dem schuppigen Schwanz nicht die Tür einzudrücken.

William stand wie vom Donner gerührt. Ein Wunder, dass ihm nicht noch der Unterkiefer auf die Schuhspitzen fiel. „Mary-Ann ist der Drache", hauchte er. „Aber dann ... dann ... dann muss Mutter doch der andere Drache sein?!"

„Genau so ist es", bestätigte Sir James, während sich Mary-Ann wieder zurückverwandelte.

William sprang hinzu, half ihr vom Boden auf, kniete nieder und schwor: „Was auch immer geschehen mag, wenn Ihr mich braucht, dann werde ich bereit sein."

„Mutter kann fühlen, wenn ich mich verwandle", verriet Mary-Ann. „Sie hat zudem meinen Ruf vernommen und weiß, dass Ihr nun im Besitz des Geheimnisses seid. Ihr sollt aber noch eines erfahren: Als Drachen können wir nicht sprechen, aber die Gedanken aller lesen.

Unser Vater und mein Gatte sind aber die Einzigen, die unsere Gedanken empfangen und darauf antworten können." Sie hielt inne. „Na ja, eigentlich kann jeder der Männer nur die Gedanken seines angetrauten Drachen hören."

„Womit das geflügelte Wort vom Hausdrachen gleich eine ganz andere Bedeutung erhält", schmunzelte James, worauf alle in herzliches Gelächter ausbrachen.

Als William gegangen war, hielt Mary-Ann ihren Vater zurück. „Meint Ihr nicht, dass es besser sei, John über das Verhängnis zu unterrichten, was wirklich zum Tode Eures Vaters geführt hat und das er zu einem Teil als Knappe miterlebt hat? Der Herr von Blackstone sollte wissen, weshalb mir hier zuerst nicht alle uneingeschränkt die Treue schwören wollten."

James zuckte deutlich sichtbar zusammen. „Wer hat Euch davon erzählt?"

„Meine Mutter. Vergesst nicht, dass auch ich eine Hexe bin. Ob früh sterblich oder für menschliche Verhältnisse fast unsterblich, wird die Zeit zeigen."

John schaute auf. „Unsterblich?"

„Möglicherweise", flüsterte Mary-Ann.

James atmete tief durch, dann berichtete er, auf welche Weise er Lady Lilian und die ganze Geschichte kennengelernt hatte. „Dass sie älter als Mary-Ann aussieht, liegt einzig daran, dass sie meinetwegen ein sterbliches Leben gewählt hat, und, dass wir durch diesen Schwur am gleichen Tag von Euch gehen werden."

„Davon wusste nicht einmal ich", gab Mary-Ann zu.

„Und ich habe gut daran getan, damals sofort die Rolle des Vorkosters zu übernehmen, obwohl ich später erfahren habe, dass sie es schon von Weitem gemerkt hätte, wenn etwas nicht stimmt." John streichelte Mary-Anns Hand. „Ich liebe meinen Drachen, mein Hexlein, mein angetrautes Weib genau so sehr, wie ich aus tiefstem Herzen ihre Mutter verehre. Ich hoffe inständig, dass ich bald wieder ein kleines Hexlein im Arm wiegen kann – ein Hexentöchterlein. Obwohl ich weiß, dass das ein selbstsüchtiger Wunsch ist, weil sie es genau so schwer haben wird, wie Mutter und Großmutter."

„Mit Euch an meiner Seite und einer Familie, die immer hinter uns steht, habe ich keine Angst, einer Tochter das Leben zu schenken." Mary-Ann hauchte John einen Kuss auf die Lippen.

Im neuen Zuhause

John und Mary-Ann baten James, mit ihnen gemeinsam die Burg zu erkunden, und ihnen mit gutem Rat zur Seite zu stehen, falls er veränderungswürdige Dinge entdecke.

„Gibt es Hinweise auf Geheimgänge oder verborgene Räume?", fragte er sofort.

Mary-Ann schüttelte den Kopf. „Ich habe bei den wenigen Besuchen hier nichts gehört und gesehen. Ich sollte wohl meine Kräfte aktivieren, um wirklich klare Antworten zu erhalten."

„Tut das!", ermunterten sie beide Männer synchron.

„Dann werde ich aber schweben", warf sie kleinlaut ein.

John zuckte mit den Schultern. „Na und? Ihr hattet die Wächter ja gewarnt, dass Ihr Euch auch in Rüstung anschleichen könnt."

James schmunzelte so breit, dass auch Mary-Ann lachen musste.

„Hier gibt es übrigens auch eine Folterkammer", erklärte sie scheinbar ohne Zusammenhang.

James wurde schlagartig ernst. „Ich möchte gern ein Gemälde meiner Mutter mit nach Whitecastle nehmen. Lady Lilian hat mir die Bitte nicht ausgeschlagen."

„Wir schlagen sie Euch erst recht nicht ab", entgegnete Mary-Ann.

„Hallo, ist da jemand?!", hörten sie es plötzlich von vorn aus dem Gang rufen.

John hob die Fackel hoch. „Ja, die Blackstones und Sir James of Whitecastle."

„Ahhh, bestens. Hier ist William."

Der junge Whitecastle klang überaus zufrieden. Die drei anderen beeilten sich, zu ihm zu kommen.

Er kniete vor einer Mauer und betastete die grob behauenen Steine. „Hier soll es ein Versteck oder so etwas geben", erklärte er, emsig weitersuchend.

„Wofür? Und wer hat es Euch verraten?" Mary-Ann schaute ratlos zu, wie ihr Bruder jeden Quadratmillimeter der grob behauenen Steine befingerte.

„Ein irrsinniger, zerlumpter Bauer", antwortete William, ohne aufzuschauen. „Wobei er mir ganz und gar nicht irrsinnig vorkam. Sonst würde ich kaum hier knien und Steine streicheln. Er sprach von einem großen Geheimnis, von Verrat und irgendwas von Königsehre, die verloren sei."

Mary-Ann schaute noch ein Weilchen amüsiert zu. „Machen wir es auf meine Art", schlug sie schließlich vor, worauf William sofort aufsprang.

„Gern! Ich habe noch nie …"

„Eine Hexe beim Zaubern gesehen?", vollendete Mary-Ann lachend den Satz.

William wurde puterrot.

„Keine Angst, Brüderchen, das kommt auch nicht oft vor, dass jemand zuschauen darf. Ihr seid also in guter Gesellschaft." Sie ließ sich ebenfalls auf die Knie nieder und den Männern schien, als leuchteten ihre strahlend blauen Augen wie kleine Sonnen auf.

James fühlte sich in das erste Treffen mit Lilian versetzt, deren Augen deutlich durch den zähen Nebel gefunkelt hatten.

Nun kniete ihre gemeinsame Tochter hier und verfügte über die gleiche Magie. Es dauerte auch nur ein paar Sekunden, dann verlangte sie nach einem Dolch. William reichte ihr seinen. Vorsichtig kratzte sie eine dünne Mörtelfuge zwei Steine weiter rechts frei und begann, den Quader herauszuziehen.

John leuchtete mit der Fackel in den Hohlraum. „Da haben wir also doch einen Geheimgang!"

Mary-Ann stöhnte auf.

„Was habt Ihr?" Alle drei Männer beugten sich zu ihr hinunter, um ihr aufzuhelfen. Und jeder merkte deutlich, dass die junge Frau am ganzen Körper bebte.

„Alles in Ordnung", ächzte sie, sich auf Johns Arm stützend.

„Das scheint mir aber ganz und gar nicht der Fall zu sein", erwiderte er beklommen. „Was habt Ihr gesehen?"

„Nichts. Da drunten lauern nur so widerwärtige Energien, dass mir regelrecht übel davon wird. Sie drücken mir das Herz ab."

„Verschließen wir es wieder?", fragte John.

Mary-Ann schüttelte den Kopf. „Nicht, bevor wir wissen, was das da unten ist. Seid so gut, Sir William, und holt für jeden von uns eine Fackel. Bringt bitte auch unsere Schwerter mit. Ich möchte nicht unvorbereitet sein."

William rannte davon, um die Wünsche seiner Schwester zu erfüllen.

„Was vermutet Ihr da unten?" Sir James versuchte, etwas im Fackelschein zu erkennen, das wie eine abwärts geneigte Rampe aussah.

„Eine Gruft. Eine, wie Ihr sie noch nie gesehen habt und wie sie Euch auch niemals wieder vor die Augen kommen wird."

Mary-Anns Stimme klang kratzig. Sie tastete nach Johns Hand, welche sie mit solcher Kraft umklammerte, dass ihm noch unbehaglicher zumute wurde.

James hatte beides bemerkt und machte sich auf unschöne Begegnungen gefasst, zumal William soeben mit einem Knappen erschien, der beim Tragen der Fackeln und Waffen half. Froh, gleich wieder gehen zu dürfen, machte sich der Knabe blitzartig wieder aus dem Staub. Die alten Gänge unter der Burg jagten ihm Furcht ein.

Sir John schickte sich an, als Erster durch die inzwischen mannshoch vergrößerte Maueröffnung zu steigen.

„Nein! Das solltet Ihr mir überlassen", sprach Mary-Ann, einfach an ihm vorbeikletternd. „Ich weiß Euern Mut und Eure Fürsorge sehr zu schätzen. Gebt mir einfach Kraft, indem Ihr Euch nie mehr als zwei Schritte von mir entfernt haltet."

„Das schwöre ich!" John zwängte sich durch die Öffnung und blieb auf Tuchfühlung.

Sir William folgte ihnen als Letzter, weil es sein Vater mit einer Handbewegung so bestimmt hatte.

Nach ein paar Wendelungen des Tunnels blieb Mary-Ann stehen.

„Was habt Ihr?", fragte Sir James.

„Hört Ihr die Stimmen nicht?", erwiderte William überrascht.

Mary-Ann fuhr herum. „Ihr könnt Sie auch vernehmen???"

„Nur Euer Bruder, wie es aussieht", staunte John. „Ich höre nichts."

„Ich auch nicht", meldete sich Sir James. „Könnt Ihr verstehen, was sie sagen?"

162

„Sie rufen nach Mary-Ann und mir", flüsterte William, dem das Grauen einen Schauer über den Rücken jagte, ihn gleichzeitig aber auch anzog. „Sie wollen uns in ihren Reigen aufnehmen."

„Niemals! Lasst mich vorangehen!" John riss Mary-Ann zurück.

Sie rieb ihre Stirn an seiner Wange. „Das hier ist Hexenkram, nicht Sache der Ritter."

Er hielt sie fest. „Und wozu dann die Waffen?"

„Für den Notfall." Mary-Ann wand sich aus seinen Armen, hauchte ihm einen flüchtigen Kuss auf die Nase und führte den kleinen Trupp weiter.

Dann hielt sie plötzlich inne und hob die Fackel hoch über ihren Kopf. Ganze Berge riesiger bleicher Knochen schälte die Flamme aus dem Dunkel.

Dazwischen Mumien. Aber nicht irgendwelche …

„Drachen", hauchte John, als habe er Angst, die Toten zu neuem Leben zu erwecken.

„Sie haben sie in Sicherheit gewiegt und dann eiskalt verraten", hallte Mary-Anns Stimme durch die Grotte aus natürlichem Fels. „Es sind die Überreste der letzten wahren Drachen dieser Welt. Mutter und ich sind nur schwindende Erinnerungen an das, was einmal war.

Gefangen und gebannt hat man sie verhungern lassen. Doch einige Seelen sind noch hier. Das ist also das Geheimnis, wie es die Vorfahren der Blackstones geschafft haben, die Hauptrolle bei Hofe zu spielen, ohne selber jemals einen König stellen zu können.

Sie haben mit fragwürdigem Mut geglänzt und jedwede Drecksarbeit für das Königshaus erledigt. Hätte Mutter das gewusst, dann …"

„… hätte sie meine Mutter tausend Tode sterben und von Blackstone keinen Stein auf dem anderen gelassen", vollendete Sir James den Satz.

Mary-Ann nickte. „Aber das Schicksal hat etwas anderes beschlossen. Ich, zugleich Drache und Blackstone, bin dazu ausersehen, dieses finstere Kapitel endgültig abzuschließen.

Kaum zu glauben, dass ich, ein Drache, einem König aus derselben alten Linie das Leben gerettet habe, für die diese ganze Sippe sterben musste."

William trat neben seine Schwester. „Dieser König hat es nicht befohlen."

Mary-Ann nickte. „Er wusste nicht einmal von ihnen, hat aber ihretwegen Schuld auf sich geladen."

„Ihr werdet ihren Wunsch erfüllen?"

„Das werde ich. Und Ihr? Seid Ihr bereit für solch eine Bürde?"

„Ich bin bereit."

„Worum geht es? Was geschieht hier?" James und John, die noch immer ehrfürchtig die Gebeine bestaunten, wandten sich den Geschwistern zu.

„Der Geist ihres Anführers wird auf William übergehen, wodurch er ähnliche Fähigkeiten wie ich entwickeln wird", erklärte Mary-Ann. „Die anderen beiden haben mich gebeten, ihren Qualen ein Ende zu bereiten, indem ich ihre sterblichen Überreste verbrenne und ihnen endlich Frieden gebe."

James wollte etwas sagen, nur beantwortete Mary-Ann die Frage, ohne dass er sie stellen musste. „William hat weder grundlos die typischen blauen Hexenaugen geerbt, noch ist er ohne Grund so früh zum Ritter geschlagen worden. Er ist würdig und im Geiste stark genug, die schwere Bürde zu tragen, welche ihm gleich auferlegt wird."

164

Sie ließ sich einfach von der Kante in die Höhle fallen, wo sie als Drache landete.

John griff sich mit einer fahrigen Bewegung an die Stirn. Hatte er doch befürchtet, sie werde sich jeden Augenblick das Genick brechen. Im selben Augenblick stürzte sich William rücklings in die Tiefe, wo ihn Mary-Ann mit einer Drachenschwinge auffing.

„Meine Nerven", stöhnte John, als James das Gleiche dachte.

„Werft bitte Eure Schwerter und Dolche herunter!", rief William, der plötzlich auch Mary-Anns Gedanken empfangen konnte.

John ließ sie vorsichtig, mit den Knaufen voran, am Fels entlangrutschen. William sammelte sie ein, um sie zu einem Kreis zusammenzulegen, der groß genug war, dass er darin stehen konnte. Die Spitzen der Waffen zeigten zu ihm, wobei sich immer ein Dolch mit einem Schwert abwechselte.

Mary-Ann fasste mit ihrer schuppigen Klaue nach dem Schädel der größten Mumie. Mit brachialer Gewalt öffnete sie das Maul des Toten, um einen der riesigen Reißzähne herauszubrechen.

William, im Kreis der Waffen stehend, nahm ihn entgegen, um sich mit der rasiermesserscharfen Kante des Zahnes den Unterarm aufzuritzen. Sowie der erste Blutstropfen heraustrat, zog ein blaues Leuchten über den Drachenzahn, ein Nebelhauch löste sich aus ihm, schwebte auf den blutigen Schnitt zu und drang in Williams Körper ein.

Mary-Ann schloss die Schwingen um ihren Bruder.

Als sie sie wieder öffnete, konnten die Männer am Rand der Grotte deutlich das Leuchten seiner Augen sehen, das in der Farbe genau mit dem Nebelschleier übereinstimmte.

„Da!" John wies auf Mary-Ann, der deutlich sichtbar zwei blaue Wölkchen zuflogen.

Sicher die beiden anderen Seelen, die sich so von ihr verabschieden wollten.

Fangt William auf, hörten es die Männer wispern und machten sich bereit. Mary-Ann schnippte ihren Bruder wie eine Puppe mit der Schwinge zu ihnen hinauf.

„Alles in Ordnung?", fragte James besorgt.

„Danke. Mit ging es nie besser", antwortete William mit deutlich tieferer Stimme, als sie gewohnt waren. Dabei schaute er beide neugierig wohlwollend an.

Ihnen dämmerte, dass es der Drache war, der aus ihm sprach und der so Eindrücke von seiner neuen Sippe sammeln wollte.

Zieht Euch etwas in den Gang zurück, hier wird es gleich recht ungemütlich werden.

Alle drei beeilten sich, ein paar Meter vom Rand der Grotte zurückzuweichen, aus der ihnen sofort solche Gluthitze entgegenwallte, dass sie sich auf den Boden werfen mussten.

Außer William. Der stand mit ausgebreiteten Armen, schien im Feuer zu baden und ihnen einen Schutzschild aufzubauen.

„Beeindruckend", wisperte John.

Nach wenigen Augenblicken verstummte das Knacken der Knochen, das Prasseln des Feuers und das Geräusch der schlagenden Schwingen, mit denen sich Mary-Ann Kühlung verschafft hatte.

Ich komme gleich hoch. Versucht, mich festzuhalten.

Alle drei eilten zum Rand des Abgrundes. Hatten sie noch gedacht, der Drache werde gemächlich aufsteigen, so mussten sie erkennen, dass er sich vom anderen Ende der Höhle kräftig in die Luft schwang und genau auf sie zuschoss!

Kurz vor der Öffnung des Tunnels verlor sich die Drachengestalt und Mary-Ann raste als Mensch auf sie zu. William und John packten sie an den Schultern, James gelang es, sie an den Knöcheln zu erwischen, ehe alle vier wie Strohpuppen übereinander kugelten.

Weil Mary-Ann noch etwas benommen liegen blieb, nutzte John die Gelegenheit, sie zärtlich zu küssen. „Ich hoffe doch sehr, dass das für heute die letzte große Aufregung war."

„Nicht ganz", blinzelte sie, ihn so treuherzig anschauend, dass die beiden anderen in dröhnendes Lachen ausbrachen.

„Was habt Ihr denn noch vor?!" John wirkte ehrlich entsetzt.

„Nuuuuuun – Euch zu sagen, dass ich noch vor dem Jahreswechsel zwei entzückende kleine Drachen zur Welt bringen werde!"

Johns stutzte. „Die Wölkchen?"

„Ja und nein", schmunzelte Mary-Ann. „Sie können nur in etwas schlüpfen, das schon da ist. Der große Drache hat es mir verraten, als ich William in meine Schwingen schloss. Natürlich habe ich die beiden gern willkommen geheißen."

Johns Jubelschrei: „Ich bekomme Zwillinge!", ließ die alten Gänge erzittern.

„Die Geburt möchte ich erleben!", grinste James anzüglich, worauf John stotterte: „Wir – wir bekommen Zwillinge. Oh! Ich bin ja so glücklich!"

„Das sieht man", bestätigte James und half den beiden endlich vom Boden auf.

William übernahm die Führung aus der Finsternis hinauf zum Licht. „Frei! Endlich frei!", rief er, als ihm eine kräftige Brise um die Nase wehte. Zugleich wurde er feuerrot. „Oh, Verzeihung."

Mary-Ann lachte übermütig. „Keine Sorge, Ihr werdet es lernen, mit Euerm zweiten Ich zu leben. Und ich kann es voll und ganz verstehen, dass sich solch ein Gefühl nach Jahrhunderten Luft machen muss."

Er nickte sehr ernst. „Ich habe noch etwas zu erledigen. Am Abend werde ich sicher wieder zurück sein. Sorgt Euch nicht."

„Schon in Ordnung Brüderchen. Ich werde immer fühlen, wenn Ihr in Schwierigkeiten steckt."

Sir William deute eine Verbeugung an und eilte davon.

„Was hat er vor?", wollte Sir James wissen.

„Weiß ich nicht", gab Mary-Ann lächelnd zu. „Vielleicht testen, was er jetzt kann. Vielleicht auch etwas, dass sich unserer Gedankenwelt völlig entzieht. Möglich ist auch, dass der Drache in ihm einfach nur in Stille zu einer wirklichen Einheit mit ihm verschmelzen will. Denn im Augenblick agieren sie alles andere als synchron."

Im Zeichen des Drachen

William war zwar auf der Suche, aber nicht nach seinen neuen Fähigkeiten. Er versuchte, den Landstreicher zu finden, der ihn auf die Spur des Geheimnisses der Blackstones gebracht hatte.

„Spätestens morgen ist er wieder hier und bettelt um Almosen", erklärte der feiste Wirt einer Schenke. „Außerdem hat er seinen alten Filzlappen liegen lassen, den er *Hut* nennt."

„Gebt ihn mir!", bat William.

„Gern, junger Herr." Der Wirt fasste das graue unförmige Etwas mit spitzen Fingern an.

William dankte und steckte den traurigen Rest einer Kopfbedeckung in seinen Gürtel. Kaum außer Sichtweite der Häuser zog er ihn hervor und nahm wie ein wildes Tier Witterung auf, indem er ausgiebig daran roch.

Dann ging alles ganz schnell: Nase in den Wind, ein paar Mal tief einatmen und der unsichtbaren Duftspur folgen.

Vor einem riesigen Heuschober blieb er stehen. „Komm raus! Ich weiß, dass du da drin steckst!"

„Bitte nicht schlagen, Herr!", tönte es völlig verzweifelt von drinnen. Dann tauchte der staubige Haarschopf des Bettlers auf. „Ich wollte nicht stehlen. Ich habe nur ein Lager für die Nacht gesucht."

„Dann komm mit, ich werde dir eins auf der Burg geben."

„Nein, nein, nicht in den Kerker werfen! Bitte nicht! Ich bin kein Dieb!" Der Mann fiel vor William auf die Knie.

William hockte sich neben ihn. „Ich will dir nichts Böses. Erkennst du mich nicht?"

„Doch, an Euren ungewöhnlichen Augen. Ihr seid der junge Ritter William of Whitecastle. Ihr habt gestern in der Nähe gestanden, als mich alle einen närrischen Trottel schimpften. Und Ihr habt ihnen geboten, mich in Ruhe zu lassen."

„Na also! Komm schon! Ich fress' dich nicht auf! Sei vernünftig, du weißt, dass ich andere Mittel hätte, dich zum Mitgehen zu bewegen.

Vielleicht begleitest du mich ja als Dank, weil ich dir deinen Hut mitgebracht habe."

„Oh, edler Herr!" Der Bettler strahlte, als ihm William den zerknautschten Filz in die Hand drückte. „Euch folge ich überallhin."

„Warum nicht gleich so!" William marschierte Richtung Burg, ohne sich noch einmal umzudrehen. Er fühlte genau, dass ihm der Mann mit wenigen Schritten Abstand folgte.

Kurz vor der Zugbrücke ließ er ihn zu sich aufschließen, um ihn sicher durch den Trubel im Burghof zu bringen. Als sie das Küchengebäude passierten, dem der Bettler einen wehmütigen Blick zusandte, weil es absolut verführerisch daraus duftete, schaute Mary-Ann aus dem Fenster. „Offenbar hat William gefunden, wen er suchte. Er kommt mit einem Mann herein, auf den die Beschreibung passt, unser hilfreicher Bettler zu sein."

„Wenn er es ist, ist ihm für heute ein Platz an unserem Tisch sicher!", rief John.

Kurz darauf öffnete sich die Tür und William führte den Fremden herein. „Ich habe einen Gast mitgebracht, dem ich für heute Nacht ein Dach über dem Kopf versprochen habe."

Der Fremde verneigte sich vor allen sehr tief.

„Nimm Platz!", sagte Mary-Ann, auf einen Stuhl in ihrer Nähe deutend. „Die Gäste meines Bruders sind auch unsere Gäste.

Der Bettler zuckte freudig überrascht zusammen.

„Sind die Stroh- und Heuhalme im Haar Absicht oder Zufall?", fragte sie ihn.

„Zufall, weil mich Euer Bruder in einem Heuhaufen fand. Obwohl ich weiß, dass man mir nachsagt, nicht ganz richtig im Kopf zu sein", fügte er traurig hinzu.

„Mein Bruder ist anderer Meinung, und da du verstanden hast, worauf ich anspielte, gehe ich auch davon aus, dass du sehr wohl im Vollbesitz deiner geistigen Kräfte bist."

„Danke, Herrin."

Jemand rief vom Hof herauf nach Sir James. Der steckte den Kopf zum Fenster hinaus.

„Die Turmwache meldet einen Reiter mit dem Wappen der Whitecastle!"

„Nur einen?"

„Ja, er galoppiert, als sei der Teufel hinter ihm her!"

„Hoffentlich ist zu Hause alles in Ordnung?", murmelte James besorgt.

William und Mary-Ann wechselten einen amüsierten Blick. Sie konnten beide fühlen, wer da sein Pferd abhetzte. Und in dem Augenblick, als das Geschirr aufgetragen wurde, sprang der Reiter vom Pferd, warf einem Stallknecht die Zügel zu und eilte die Treppe des Haupthauses hinauf.

„Lilian!" James riss seine Frau überglücklich in die Arme.

Lady Lilian lachte. „Das könnte Euch so passen! Tausend Siege feiern und mich zu Hause warten lassen!"

Sie schloss alle in die Arme. Bei William fuhr sie überrascht zurück. „Was ist das?!"

Auch die Umarmung für Mary-Ann endete in einem erstaunten Ausruf.

„Es ist genau das, was Ihr denkt", lachten John und William.

„Aber wie?"

„Das erfahrt Ihr alles aus allererster Hand", versprach William lächelnd.

„Eure Stimme!" Lilian schüttelte immer wieder den Kopf.

„Tiefer Bass würde ich sagen", witzelte James.

Lilian drohte ihm lächelnd mit dem Finger.

„Die zukünftige Doppel-Großmutter Whitecastle hat einen langen Weg hinter sich, man trage das Essen auf!", rief John hinaus.

Lilian lachte herzlich. „John, so kenne ich Euch gar nicht. Und diesen Gast müsst Ihr mir auch noch vorstellen." Sie deutete auf den Bettler, der sich am liebsten in einer Fußbodenritze verkrochen hätte.

„Ihn habe ich eingeladen, auch wenn ich seinen Namen nicht kenne", erklärte William. „Er ist der Schlüssel zu den Veränderungen, die Ihr bemerkt habt. Nur weiß er nichts davon, wird es aber sicher am heutigen Abend oder in den nächsten Tagen erfahren.

Ich werde ihn mit nach Whitecastle bringen und als persönlichen Bediensteten in Lohn und Brot nehmen."

Der Fremde sprang auf, um sich vor William auf die Knie zu werfen. „Ich schwöre, dass ich Euch bis zu meinem letzten Atemzug treu dienen werde."

„Aber bis dahin musst du erst einmal richtig zu Kräften kommen. Iss tüchtig und ziere dich nicht. Denk daran, du bist mein Gast." Mary-Ann ließ ihm ein großes Stück Braten auf den Teller legen, noch bevor alle anderen etwas erhielten.

Unbemerkt beobachtete sie den Mann, der schon wesentlich bessere Jahre erlebt haben musste. Seine Umgangsformen ließen darauf schließen, dass er Burgen auch schon von innen gesehen haben musste und nicht als irgendwer.

Als er nach seinem Becher fasste und der verschlissene Ärmel nach oben rutschte, gewahrte sie eine dicke Narbe an seinem Handgelenk.

„Aus einem Krieg?", fragte sie flüsternd.

„Nein, aus der Folterkammer dieser Burg."

Schlagartig wurde es still und der Fremde totenbleich.

„Hat man dich gemartert, um dir die Geheimnisse der Drachen zu entreißen?"

Der Mann nahm eine fast wächserne Blässe an und fasste sich ans Herz. „Woher wisst Ihr das?", hauchte er, sicher, sein letztes Stündlein habe geschlagen.

„Beruhige dich", bat William. „Wir sind deinen Hinweisen gefolgt."

„Ich war betrunken", versuchte der Bettler zu erklären.

William lachte. „So betrunken, dass du erst davon gesprochen hast, als du sicher warst, dass ich allein es hören konnte."

Mary-Ann hakte ein. „Wir sind deinen Hinweisen gefolgt und haben das finstere Geheimnis gelüftet."

173

„Ihr habt Skelette gefunden?", fragte der Bettler flüsternd.

„Auch. Aber dank dir sind nicht alle Drachen vernichtet. Du stehst unter ihrem und unserem Schutz." Mary-Ann hob grüßend ihren Becher.

Der Fremde antwortete mit einem glücklichen Lächeln.

„Wie heißt du eigentlich?"

„Jack."

„Jack, wie bist du darauf gekommen, dass Sir William vertrauenswürdig ist, ihm solch ein Geheimnis zu verraten?", fragte Lady Lilian.

„Ich habe vom Krieg gehört, von den Drachen aus Whitecastle und, dass Sir William auf dem Rücken eines dieser Drachen gesessen hat, um den König zu retten. Ich wusste, dass Lady Mary-Anns Heer erfolgreich gekämpft hat. Auch, dass sie es war, die die Drachen in die Schlacht gerufen hat. Wem hätte ich sonst vertrauen sollen, wenn nicht ihr oder ihrem Bruder?"

„Kannst du eine Waffe führen?", wollte Mary-Ann wissen.

Ein zaghaftes Nicken als Antwort.

„Welche?"

„Schwert, Dolch, Morgenstern, Lanze, Langbogen." Jacks Mundwinkel zuckten.

Sir James zog erstaunt die Augenbrauen hoch. „Welchem Clan entstammst du?"

„Ich bin ein Brennigan."

„Jack Brennigan of Wildforest, der älteste Sohn des hingerichteten Lord Brennigan", ließ sich Lilian vernehmen. „Geächtet, weil man seinen Willen nicht brechen konnte." Sie zeigte auf seine Handgelenke.

„Ihr werdet nicht als Diener in unsere Burg einziehen."

„Als mein Vertrauter", erklärte Sir William. „Ich bin Euch zu großem Dank verpflichtet."

„Man wird Euch noch heute neu einkleiden!" Sir John ließ nach dem Kammerherrn rufen.

William begleitete Jack in der Nacht noch an den Brunnen, um ihm neugierige Gaffer und Frager vom Hals zu halten, als der sich mit Wonne endlich wieder einmal gründlich waschen konnte. Dankbar streifte er die frische Kleidung über.

An der Tür zur Schlafkammer verabschiedete sich William. „Gute Nacht. Diese Kammer ist Euch bestimmt, solange wir zu Gast in Blackstone sind. Genau, wie es der Platz bei Tisch an meiner Seite ist."

„Gute Nacht und Dank für Eure Güte." Jack schloss die Tür. Lange stand er da und betrachtete das kleine Zimmer. Lange zehn Jahre war es her, als er zum letzten Mal in einem richtigen Bett geschlafen hatte.

Vor dem Einschlafen faltete er noch einmal die Hände: „Edle Drachen, ich bin sicher, Ihr vernehmt meine Worte. Seid nicht böse, weil es ein persönlicher Wunsch ist. Ich bete, dass sich meine vergrabenen Waffen und der Harnisch noch in ihrem Versteck befinden und überdies voll einsatzfähig sind. Alle guten Geister mögen Euch, die Whitecastles und Blackstones schützen."

Suchen wir halt danach, hörten Mary-Ann und Lilian Williams Stimme. *Es wird mir ein Vergnügen sein.*

Das schafft Ihr auch allein, kam es von beiden Frauen zurück.

Ganz sicher tun wir das. Lachend berichtete William, wie er die Spur zu Jack gefunden hatte.

Jack wurde munter, als die Wachen das große Tor öffneten. Rasch schwang er die Beine aus dem Bett, um sich am Brunnen waschen zu gehen. Danach ließ er die Arme kreisen, machte ein paar Kniebeugen und versuchte, den Kopf auf den Schultern zu rollen.

„Klingt nicht gut", hörte er William hinter sich, dem das Knacken und Knirschen nicht entgangen war.

„Eingerostet", seufzte Jack, mühsam die Schulterblätter bewegend.

„Ihr wollt trainieren?"

Bekümmertes Nicken.

„Gehen wir es langsam an. Zuerst wird sich jemand um Euch kümmern, der weiß, wie man Verspannungen rasch wieder geschmeidig bekommt. Dann unternehmen wir beide einen Ausritt dahin, wo Ihr Eure Waffen vermutet …"

Jack zuckte zusammen. „Woher …?"

„Aus Euerm eigenen Mund, mein Lieber." William blinzelte und zog den Drachenzahn aus der Gürtelhalterung. Dann legte er einen Zeigefinger an seine Lippen und steckte den Zahn wieder ein.

Jack schüttelte erstaunt den Kopf. Er hatte die Tasche an Williams Gürtel für das Lederfutteral eines überaus wertvollen Trinkhornes gehalten. Aber das, was tatsächlich darin steckte, war mehr als die vergoldeten Trinkhörner aller Ritter auf Erden wert.

Er folgte ihm hinter die Wohngebäude, wo auch schon die anderen Ritter ihren morgendlichen Trainingskampf absolvierten.

William hielt ihm ein hölzernes Trainingsschwert hin. „Wollt Ihr es probieren?"

„Gern!" Jack fasste zu und stellte sich ihm zum Kampf, wohl wissend, dass ihn William nicht zu sehr fordern werde.

Nach wenigen Augenblicken begannen Jacks Augen zu glänzen. Er hatte nichts verlernt. Es fehlten nur Kraft und Schnelligkeit.

„Das wird wieder", versprach Sir James, der den beiden interessiert zugesehen hatte.

„Mit ein bisschen Übung könnt Ihr auf Whitecastle eines Tages mich im Kampf ersetzen", ließ sich John vernehmen.

Bester Laune erschienen die Männer am Frühstückstisch. Die beiden Damen schauten Jack neugierig entgegen. Nur der magere Körper erinnerte noch an den zerlumpten Bettler vom Vortag.

Jack hatte sich die Haare gewaschen, Strähne für Strähne entwirrt, geordnet und zusammengebunden, sowie den Bart gestutzt.

Die wohlwollenden Blicke der Damen quittierte er mit einem winzigen Lächeln.

„Nicht unsympathisch", blinzelte Lilian Mary-Ann zu.

„Dann stellt Euch das Ganze am Besten noch in Plattenharnisch, mit Federbusch auf dem Turnierhelm vor", warf William fröhlich ein.

„Ja, dann fallen unsere Fräulein reihenweise in Ohnmacht", bemerkte James.

Jack bekam einen leichten Anflug von Röte.

„Auch das steht Euch ausgezeichnet." Mary-Ann setzte ihr bezauberndstes Lächeln auf.

John schmunzelte still vor sich hin. Jack würde bei seinem Einzug in die Burg sicher für Aufsehen sorgen. Wenn der erst ein paar Pfunde mehr auf den

Rippen hätte, wäre er sicher das ultimative Objekt der weiblichen Begierde.

„So, nun lasst den armen Jack endlich in Ruhe essen, sonst kippt er mir dann vom Pferd!", rief William.

„Das wird nicht geschehen", erklärte Mary-Ann. „Dieser Krug dort, auf dem kleinen Tischchen, enthält eines meiner kleinen Wundermittelchen. Vergesst nicht, ihn mitzunehmen, Sir Jack."

„Herzlichen Dank! Ich werde ihn ganz bestimmt nicht stehen lassen." Jack beschloss, den Gürtel durch den Henkel zu ziehen, um ihn direkt bei sich zu haben.

Alter Glanz und neue Ehre

Eine Stunde später stand Jack an der Pferdekoppel, um sich aus der Herde ein Tier auszuwählen, welches ihm Sir John zum Geschenk machen wollte.

Nur drei Pferde reagierten sofort auf seine schnalzenden Laute, von denen zwei auch herantrabten. Jack wählte jenes Tier, das nicht zurückschreckte, als er es streicheln wollte.

„Ja, du bist ein Gehorsamer. Wir zwei werden uns sicher verstehen." Er tätschelte ein wenig den Hals des Wallachs, legte ihm ein Seil um den Hals und führte ihn zum Stall, um ihn zu satteln.

John erschien, weil er sich überzeugen wollte, dass Jack ein wirklich ordentliches Ross gefunden hatte. Er wies den Stallburschen an: „Nicht solch einen alten Sattel! Hole ihm einen von den Guten! Was gibt das für ein Bild, wenn unsere Ritter mit geflicktem Zeug reiten?"

„Wem gehört das beeindruckende Pferd, das separat steht?", fragte Jack bewundernd.

„Meiner Frau. Sie ist die Einzige, der es zu 100 Prozent gehorcht. Sir William kann es auch gut im Zaume halten. Mir und Sir James pariert es weniger gut, allen anderen kein bisschen."

Jack lächelte. „Na ja, Eurer Frau gehorchen wohl nicht nur die Pferde. Da gibt es auch noch Drachen und Ritter."

John begann dröhnend zu lachen. „Ihr habt gut die Kurve gekriegt, das Mannsvolk als Letztes zu nennen. Das gefällt mir. Ich wünsche Euch gutes Gelingen bei der Suche."

William kam von der anderen Seite des Stalles. Im Vorbeigehen streichelte er Thunderstorms Nase. „Bis bald, Großer. Pass gut auf deine Herrin auf."

Auch er taxierte Jacks Pferd mit Kennermiene. „Wonach ausgesucht?" Das unregelmäßig isabellfarbene Fell schien ihm nicht sonderlich zu gefallen.

„Ausschließlich nach dem Gehorsam. Ich muss mein Pferd lieben und mich voll auf es verlassen können, nicht die anderen", erklärte Jack. „Es ist keine Schönheit, was man es wohl auch immer wieder merken lässt. Aber diese Äußerlichkeiten stören mich nicht. Ich habe in den letzten zehn Jahren gelernt, hinter die Fassade zu schauen."

„Wohl gesprochen!" Mary-Ann hatte vor dem Tor mit ihrer Mutter dem Gespräch gelauscht. „Er wird Euch nicht enttäuschen. Zudem ist es ein Zelter."

„Umso besser!", freute sich Jack. „Schließlich bin ich jahrelang nicht geritten und die ruhige Gangart ein Garant dafür, dass ich nicht zu schlechte Figur auf meinem Pferd mache."

Mary-Ann reichte ihm einen Dolch. „Nehmt! Damit Ihr nicht völlig wehrlos seid. Tapferkeit allein reicht manchmal nicht."

Jack dankte ihr sehr und schwang sich auf sein Pferd. Die Zurückbleibenden begleiteten die beiden Männer bis ans Tor.

„Wir haben Zeit", meinte William, sein Tier gemächlich im Schritt weiterlaufen lassend.

Jack lächelte. „Das ist richtig, obwohl ich sehr aufgeregt bin. Aber ich habe auch warten gelernt."

William schaute ihn schmunzelnd von der Seite an. „Das habe ich gemerkt. Euch brennen 1000 Fragen auf den Nägeln, nur wollt Ihr warten, bis der perfekte Zeitpunkt ist, sie zu stellen."

„Mein Herr! Ihr seid noch so jung, aber weiser und vor allem wissender als manch Alter." Jacks Verblüffung war riesig.

William atmete tief durch. „Ihr hättet damals das Geheimnis um die Drachen keinem anderen verraten, selbst, wenn man Euch die Haut bei lebendigem Leibe abgezogen hätte. Ist es nicht so?"

Jack nickte.

„Wie viel Wahrheit könnt Ihr vertragen?"

„Ich weiß es nicht", flüsterte Jack. „Man hielt mich seit Jahren für einen Verrückten und manchmal glaubte ich schon selbst daran, einer zu sein."

„Ich werde Euch jetzt in Dinge einweihen, die uns und Euch das Leben kosten können", sagte William. „Im Gegenzug möchte ich erfahren, wie Ihr an das Geheimnis der Drachen unter der Burg gekommen seid."

„Ich schwöre ewige Treue", sprach Jack, die Schwurhand hebend.

William begann damit, ihm die Identität der Drachen aus Whitecastle zu erklären.

Als er nach einer Stunde seinen Bericht beendete, wie der Geist des großen Drachen auf ihn übergegangen war, und dass Mary-Anns Babys die Seelen der anderen beiden in sich trugen, hatte Jack Tränen in den Augen.

„Alles, wovon ich jemals geträumt habe, und noch viel, viel mehr ist wahr geworden", rief er. „Ich habe niemals geglaubt, einen leibhaftigen Drachen sehen zu können, aber nun hoffe ich sehr darauf."

„Sie kommen", sagte William nur, in den Himmel deutend.

Da tauchten auch schon ein schwarzer und ein grünlicher Drache auf, kreisten mehrmals über den

Reitern und landeten mit rauschenden Schwingen genau vor ihnen.

Jack sprang vom Pferd und lief auf die beiden zu, die ihm die Köpfe entgegenstreckten, um gestreichelt zu werden.

Seine Hände glitten über die harten Schuppenpanzer. „Ich bin der aller glücklichste Mensch auf Erden!"

Als sie sich wieder in die Lüfte schwangen, schaute er hinterher, bis sie vollends verschwanden.

„Nun werde ich mein Versprechen einhalten. Die Geschichte begann vor fast 100 Jahren, als auf einem Treffen beim König ein betrunkener Blackstone und ein schlitzohriger Brennigan aufeinandertrafen.

Der Blackstone rühmte sich, der Sohn des letzten Drachentöters zu sein. Und er wolle sich, wenn die Zeit reif sei, einen Drachenschädel in den Rittersaal hängen.

Daraufhin erklärte der König, dass er, wenn er das mache, für ewige Zeiten die Position seines Clans bei Hofe festigen werde. Allerdings herrschte allgemeine Ratlosigkeit, wie er das anstellen wolle, denn man hatte seit zig Jahren keine Drachen mehr gesehen. Hier nicht und auch nicht in anderer Herren Länder.

Da war zwar noch den Nebelwald auf den Ländereien der Whitecastles, aber der gab seine Geheimnisse nicht preis. Außerdem hieß, dort gehe ein Grauen der anderen Art um."

Jack musste lächeln, als er an Lady Lilian und Mary-Ann dachte. Es musste sicher schwerster Verrat sein, sie so reagieren zu lassen.

„Stimmt", murmelte William.

„Oh je! Ich werde Mühe haben, mich daran zu gewöhnen, dass alle Gedanken lesen können."

William hob die Hände. „Das können nur die Drachen."

„Von denen Ihr einer seid", schmunzelte Jack. „Die äußere Erscheinungsform tut wahrlich nichts zur Sache. Aber hört, was weiter geschah:

Mein Vorfahr füllte also, um an die Informationen zu kommen, woher er den Drachenschädel nehmen wolle, den Blackstone so lange mit Wein ab, bis der sich irgendwann verplapperte. Demnach sollte es in der alten Burg Aufzeichnungen geben, wo der Urgroßvater jenes Blackstones die Drachenkadaver gehortet hatte.

Seltsam nur, dass es zwar immer weniger Drachen geworden waren, woran er sich rühmte, schuld zu sein, aber nie hatte jemand eines der toten Wesen zu Gesicht bekommen. Der alte Blackstone konnte nicht die kleinste Trophäe vorweisen und trotzdem glaubten ihm alle.

Der Brennigan notierte sich noch in derselben Nacht jedes gehörte Detail und schien es noch so belanglos zu sein."

William zog die Augenbrauen zusammen „Warum? Wollte er sich etwa auch einen Drachenschädel an die Wand hängen?"

„Nein, nein. Wir Brennigans sind diesen wunder- und würdevollen Geschöpfen seit jeher mit Respekt begegnet. Mein Vorfahr war ein Abenteurer und ein Rebell. Er wollte ergründen, ob sich die Macht der Blackstones auf eine reine Legende stützte oder ob es ein Körnchen Wahrheit darin gab.

Nur war es ihm nicht mehr vergönnt, dies zu erfahren. Er kam bei einem der Kriege mit den Ostvölkern ums Leben. Seine Aufzeichnungen wurden

183

weitervererbt und kamen schließlich in die Hände meines Großvaters.

Schon bei den ersten Sätzen war ihm klar, dass es sich um eine Sache mit todernstem Hintergrund handelte. Niemand hat sich wohl diesseits der Berge intensiver mit Drachen befasst als wir Brennigans. Jede Zeile der alten Schrift stank nach Verrat an jenen wundervollen Wesen.

Also stellte er den Herrn über Blackstone seiner Zeit direkt zur Rede.

Es gab eine wilde Rauferei, die mein Großvater gewann. Er hatte seinem Widersacher einen Weinkrug über den Schädel gezogen und ihn für ein paar Stunden ins Land der Träume geschickt. Er nahm den jüngsten Sohn der Familie als Geisel und Lady Blackstone händigte ihm, um den Kleinen unversehrt wiederzubekommen, die brisanten Papiere aus.

Logisch, dass es danach zum offenen Krieg der Blackstones gegen die Brennigans kam, den wiederum die Brennigans gewannen. Also wandten sich die Blackstones direkt an den König, der meinen Großvater und Vater gefangen nehmen und nach kurzem Prozess hinrichten ließ. Mein jüngerer Bruder und ich flohen am selben Tag in unterschiedliche Richtungen, um die Häscher zu verwirren.

Ich kehrte noch einmal in unseren Landsitz zurück und brachte meine Waffen in Sicherheit. Tage später kam mir zu Ohren, dass die Blackstones alle Räume nach den Aufzeichnungen durchwühlt hatten, ohne fündig geworden zu sein. Ich, als ältester Sohn, kannte natürlich die Geheimfächer in den Möbeln unseres Wohnsitzes und beschloss, die Papiere zu retten, ehe man vielleicht die Gebäude niederbrannte und alles damit alles unwiederbringlich vernichtete.

Also schlich ich mich während eines Unwetters in die Räume meines Großvaters, raffte zusammen, was ich in den Fächern greifen konnte und versteckte alles, nachdem ich mir Kenntnis über den Inhalt verschafft hatte.

Ein paar Tage später fiel ich den Blackstones in die Hände."

Jack machte eine Pause. William bemerkte deutlich das Zittern seiner Hände, bei den Erinnerungen an die durchgestandenen Foltern.

„Ich müsst mir keine Details berichten. Ich habe nicht vor, Euch leiden zu sehen."

„Danke." Jack zog die Nase hoch.

Es dauerte auch ein paar Minuten, ehe er sich so weit im Griff hatte, noch ein paar Sätze hinzuzufügen.

„Von meinem jüngeren Bruder habe ich nie wieder etwas gehört. Möglich, dass sie ihn auch geschnappt und wie einen räudigen Hund erschlagen haben. Mich haben sie als vermeintliche Leiche in einer Grube mit mehreren anderen entsorgt. Nur hatte ich das Glück, aufzuwachen, bevor sie die Grube zugeschüttet haben. Ich kroch auf allen vieren heraus und machte, dass ich wegkam.

Mein zerschundenes Äußeres und der torkelnde Gang, der sich erst Monate später wieder legte, haben dazu geführt, dass mich alle für einen Idioten hielten. So übel zugerichtet hätten mich nicht einmal meine eigenen Eltern erkannt. Also blieb ich im Ort, um nicht noch einmal in der Folterkammer zu landen und fristete mein Leben als Bettler, um irgendwie zu überleben.

Wenigstens sind die Menschen dieses reichen Landstriches spendabel, sodass ich selten wirklich

185

über Tage hungern musste. Manchmal konnte ich mir sogar ein paar Münzen mit Hilfsarbeiten bei den Bauern verdienen.

Dann kam eines Tages Eure Schwester und zeigte den Rittern, was es heißt, zu seinem Wort zu stehen. Alle folgten ihr, obwohl man sie als Whitecastle erst argwöhnisch gemustert hatte. Sie hat neuen Glanz und neue Ehre für diesen Herrschaftsbezirk er- kämpft.

Das Wichtigste für mich war, ihre und Eure Ver- trautheit mit den Drachen. Dann habt Ihr mir beige- standen, als man mich wegen meiner Bettelei schlecht behandelte.

Na ja, den Rest habt Ihr selber erlebt. Ich bin froh, dass Ihr meinen wirren Worten geglaubt habt."

Jack nahm einen großen Schluck von Lady Mary- Anns duftendem Kräutersud. Sofort durchströmten ihn Wohlbehagen und Kraft. Im Stillen dankte er ihr für alles, was ihm seit ihrer Ankunft zuteilwurde.

„Da vorn ist schon der Wald, nur hat er sich so stark verändert, dass ich nicht sicher bin, mein Ver- steck wiederzufinden."

„Macht nichts, Ihr habt doch mich. Was glaubt Ihr wohl, wozu ich Eure Mütze von dem Wirt haben wollte?" William tippte sich mit dem Zeigefinger an die Nase. „Ich werde, was einmal Euch gehörte, meterweit im Voraus riechen, egal, wie viel Erde darauf liegt."

„Nur gut, dass ich nichts zu verbergen habe, Ihr würdet mich sicher an jedem Ort dieser Welt aufspü- ren", lachte Jack fröhlich.

„Genau so!" William stimmte in das Lachen ein.

Trotz seiner ungewöhnlichen Fähigkeiten suchten sie fast zwei Stunden. Der Baum, an dessen Fuß die

Waffen lagen, hatte diese fast vollständig mit schenkeldicken Wurzeln umschlungen. Jack mühte sich sehr, ohne auch nur ein Stück bergen zu können.

„Wir bauen direkt hier unser Nachtlager auf", schlug William vor. „Morgen versuchen wir es erneut, an Euer Eigentum zu gelangen und wenn wir den ganzen Baum dafür fällen müssen."

Rasch brannte ein kleines Feuer und die Männer wickelten sich in ihre Decken. „Mein Pferd wird uns warnen, wenn ungebetene Gäste nahen", erklärte William, die Augen schließend. „Gute Nacht."

Jack wünschte ihm auch eine gute Nacht. Der ungewohnte lange Ritt hatte all seine Kraft gefordert. Er ahnte, wie schwer es werden würde, wieder als vollwertiger Ritter zu gelten.

Es ist doch Euer erster Tag, Ihr schafft das, hörte er deutlich Lady Lilians Stimme in seinem Kopf.

Erfreut dankte er ihr und schlief fast auf der Stelle ein.

Als er am Morgen die Augen öffnete, saß Sir William im Schneidersitz vor dem Baum und starrte finster die Wurzeln an.

„Alles in Ordnung?", fragte Jack vorsichtig.

„Nichts ist in Ordnung!", knurrte William. „Ich versuche seit einer Stunde, die eine Wurzel durchzusägen. Völlig sinnlos. Eichenholz hat es verdammt in sich. Ich habe es sogar mit dem Drachenzahn versucht. Kaum eine Spur zu sehen! Ich könnte vor Wut glatt hineinbeißen!"

Jack wich erschreckt zurück. Je mehr sich William aufregte, umso mehr verwandelte er sich. Seine Hände wurden zu Pranken, ihm wuchsen Reißzähne in einem immer gefährlicher aussehenden Rachen.

Plötzlich sprang er auf, stieß einen gellenden Schrei aus und stürzte sich als Drache auf den Baum, der diesem Angriff nichts entgegenzusetzen hatte. Er kippte einfach um.

Völlig entsetzt fuhr William zurück, wobei er seine alte Gestalt annahm. „Du lieber Himmel! Was ist denn hier passiert?"

„Ihr habt der Eiche gezeigt, wer der Stärkere ist", schmunzelte Jack.

„Ich???" William schaute ihn an, als habe er einen Irren vor sich.

Nur, dass es ihm Jack keinesfalls übel nahm. Er deutete einfach auf den Waldboden. „Da sind Eure Spuren, Sir William."

„Ach herrje! Die sind ja riesig!"

„Ihr wart auch ein Stückchen größer als Eure Mutter und Eure Schwester – ein stattlicher männlicher Drache eben."

Ehe sich William noch mehr wundern konnte, kamen die Gratulationen der beiden Damen zur erfolgreichen Drachenwerdung.

William riss Jack in seine Arme. „Ohne Euch, mein Freund, hätte ich das niemals erlebt. Ich hoffe doch sehr, dass ich Euch so bezeichnen darf?"

„Jederzeit und immer gern!" Jack strahlte mit der Morgensonne um die Wette.

Gemeinsam puzzelten sie nun die gehobenen Schätze aus den Wurzeln. Durch eine mehrfach herumgewickelte Kuhhaut geschützt, hatten sogar die Handschriften die Zeit recht gut überdauert.

Jack schlug sie sofort wieder ein, um sie sicher nach Blackstone bringen zu können. Harnisch und Waffen hatten rostige Stellen bekommen, denen man aber mit Öl und Schmirgel zu Leibe rücken konnte. William bewunderte die ins Metall geätzten Drachen.

Er rieb sich die Hände. „Ich freue mich darauf, Euch in Bälde damit an meiner Seite reiten zu sehen."

Ebenso nahm er die Waffen einzeln in die Hand, deren Griffe ebensolche Drachen zierten. Bei einem der Dolche zog er die Augenbrauen zusammen. „Wem gehört er?"

Jack betrachtete ihn kurz. „Meinem kleinen Bruder", antwortete er mit belegter Stimme. „Das Einzige, was mir von ihm geblieben ist."

„Darf ich?" William hielt Jack die Hand hin. Kaum lag der Dolch darin, begann ihn William eingehend zu beriechen. Beinahe Millimeter für Millimeter führte er ihn unter seiner Nase vorbei. Schließlich reichte er ihn Jack zurück. „Nun kann ich Euern Bruder unter Tausenden finden."

„Glaubt Ihr, er lebt noch?"

„Warum nicht. Ihr lebt doch auch noch und wir werden alle dafür sorgen, dass das viele, viele Jahre so bleibt." William sah einen winzigen Funken Hoffnung in Jacks Augen aufglimmen. Er wunderte sich auch nicht, dass er sich den Dolch seines Bruders mit in den Gürtel steckte.

„Haben wir noch eine Stunde Zeit? Ich möchte gern die Stelle besuchen, an der man meinen Vater und meinen Großvater verscharrt hat", bat Jack.

„Dafür haben wir auf jeden Fall Zeit", erklärte William, Jack hinterherreitend.

Am Rande eines unscheinbaren Totenackers sprang Jack vom Pferd. „Hier ist es. Verscharrt wie Vieh."

Zwei Totengräber hoben in einiger Entfernung ein Grab aus.

William winkte sie heran. Er zog zwei Goldstücke aus dem Beutel. „Ein Pferd und die beiden Toten, die hier liegen. Ihr habt eine halbe Stunde Zeit."

Das Auftreten des Ritters nötigte den beiden entsprechende Eile ab. Der eine rannte, ein gutes Pferd zu kaufen, der andere holte seinen Spaten und begann die Erde wegzuschaufeln.

„Sei vorsichtig!", gebot ihm William, während Jack wie erstarrt stand. Damit hatte er keinesfalls gerechnet. *Sagt es mir stumm, ob es die Richtigen sind und wer welcher ist,* raunte Williams Stimme in seinen Gedanken.

Die Kleidungsfetzen des ersten Skelettes ließen keinen Zweifel daran aufkommen, einen edlen Herrn vor sich zu haben. Aber erst ein Ring brachte Aufschluss.

Das ist mein Großvater. Jack hatte Mühe, die Worte nicht herauszuschreien. Man hatte dem Toten den abgeschlagenen Kopf auf die Brust gelegt, als man ihn bestattete.

Den zweiten Leichnam ließ Jack nach wenigen Augenblicken wieder zuschütten. Dieser musste ein ganz armer Teufel gewesen sein. Auf der anderen Seite von Großvaters Grab kamen erneut kostbare Stoffreste zum Vorschein und zwei Ringe, die Jack auf den ersten Blick erkannte. *Mein Vater.* Diesmal konnte er die Tränen nicht ganz unterdrücken.

William legte ihm tröstend eine Hand auf die Schulter. Mehr konnte er im Augenblick nicht tun.

Die sterblichen Überreste wurden in zwei Säcke verschnürt und auf beiden Seiten des Packsattels festgebunden. William warf den Totengräbern noch ein Trinkgeld zu und begab sich mit Jack auf die Heimreise.

Rettungspläne

Jack ritt wie ein Traumwandler. Immer wieder drehte er sich nach dem Packpferd mit den Gebeinen um. Das Bild blieb das Gleiche: Ein Falbe mit zwei groben Säcken, aus denen hin und wieder das leise Klappern von Knochen erklang, wenn der Weg gar zu holprig wurde.

William ließ ihn ganz in Ruhe seine Gedanken ordnen. Er nahm lieber mit Mutter und Schwester Kontakt auf, um ihnen Bericht über die letzten beiden Stunden zu erstatten.

Es werden zwei würdige Särge bereitstehen, wenn Ihr ankommt, lautete die erste Antwort. Die zweite sagte: *Sie werden in der Gruft einen Ruheplatz finden, bis es Sir Jack anders bestimmt.*

„Möchtet Ihr eine Pause einlegen, Sir Jack?", fragte William, nachdem die Mittagszeit schon vorbei war.

„Eine Pause?" Jack schien aus einem Traum aufzuwachen. Er schaute nach dem Stand der Sonne. „Ja, eine Pause wäre gut. Ich habe einen Bärenhunger. Vor lauter Aufregung habe ich es nicht einmal gemerkt."

„Reicht Euer Kräuteraufguss noch bis nach Hause?", wollte William wissen.

„Nach Hause", echote Jack mit einem Lächeln. „Ja, ja er wird reichen."

„Es wird Euch auf Whitecastle ganz sicher auch gefallen", versprach William. „Wir beide werden auf die Jagd gehen und hin und wieder den holden Damen des Frauenhauses einen Besuch abstatten."

Jack riss die Augen auf. „Ach ja, da war doch noch was, das ich in den letzten Jahren fast vergessen habe. Für einen schmutzigen Bettler gab es keine Möglichkeiten. Oder die Dirnen waren alt und zahnlos, dass man lieber verzichtet hat, als solch einem fragwürdigen Vergnügen zu frönen."

„Wir holen es nach", lachte William. „Ich habe erst ein Mal das Lager mit einer hübschen Dirne geteilt und werde mich sicher nicht geschickt anstellen."

Jack erzählte daraufhin ein paar lustige Begebenheiten aus seinem früheren Leben, was die letzten Schranken zwischen den beiden endgültig brach. Bester Laune und sich angeregt unterhaltend erreichten sie am späten Nachmittag die Burg Blackstone.

„Ein heißes Bad für die Herren!", rief ein Knappe über den Hof, worauf ein Knecht davoneilte. Sir William bedeutete ihm, das Gepäck Sir Jacks in dessen Kammer zu tragen. Der Knabe beeilte sich, den Wunsch zu erfüllen.

An das Pferd mit den Gebeinen der teuren Toten ließ Jack niemanden von der Dienerschaft heran. „Das mache ich selbst!"

„Folgt mir!" Lady Blackstone winkte Jack.

Er führte das Pferd zum Eingang der Gruft, in welcher schon die Särge bereitstanden. Beide zierte das Drachenwappen der Brennigans.

Jack nahm zuerst den Sack mit den sterblichen Überresten seines Großvaters vom Packsattel. „Ich möchte sie würdig in den Sarg betten", erklärte er, die Schnüre lösend.

Sir John half ihm, den Deckel des Totenschreines abzunehmen. Jack bekam große Augen. Darin lag ein reines Tuch, den Leichnam aufzunehmen und ihn zu bedecken. Er legte die Überreste sorgsam hinein, strich mit den Fingerspitzen Abschied nehmend über den blanken Schädel und verschloss mit John den Sarg.

Dann widmete er sich seinem Vater. Einen der beiden Ringe, der vom knochigen Finger gefallen war, steckte er sich als Andenken an, den anderen ließ er an seinem angestammten Platz.

Diesmal verharrte er lange, ehe er den Deckel schloss. Sein Vater hatte, wie auch er, für etwas gezahlt, was Großvaters Vergehen war. Aber die Sache war den Preis wert gewesen, wie er heute wusste.

Nach kurzem Nachdenken hob er den Deckel des ersten Sarges noch einmal an und legte die gestohlenen Handschriften hinein. Einzig die Aufzeichnungen seines Clans behielt er bei sich.

Als er mit Sir William die Särge in der Gruft abstellte, sprach er feierlich: „Ich habe zurückgebracht, was einst gestohlen worden war. Mögen alte Fehden für immer ruhen."

„Das sollten sie auch, wenn Blackstones und Brennigans in einer Gruft liegen", schmunzelte Sir John. „Ich möchte kein Gespenstertreiben auf meiner Burg haben."

Jack begann herzlich zu lachen. Für ihn war heute ein freudiger und trauriger Tag zugleich. Wobei die Freude, den geliebten Toten eine würdige Ruhestätte geben zu können, eindeutig überwog.

Im heißen Badezuber lösten sich die letzten Blockaden und John ließ den beiden das Tablett mit dem Abendessen ins Badehaus bringen. Das Lachen der jungen Ritter ließ Lilian amüsiert James zublinzeln.

Seit dem Feldzug und erst recht durch die Begebenheiten der letzten Tage war aus William, dem eher Stillen und Schüchternen, ein Ritter geworden, der alle Facetten des Lebens kannte und der die friedlichen Zeiten mit allen Sinnen genoss.

Die beginnende Freundschaft der Männer war unübersehbar, zumal sich William sonst gar nicht hätte in einen Drachen verwandeln können. Der Geist des großen Drachen wäre durchaus in der Lage gewesen, es zu verhindern.

Die erfreuten Eltern konnten sich lebhaft vorstellen, dass beide in den nächsten Wochen und Monaten auf ihre Weise die Welt erkunden würden.

Als das Thema am späten Abend in den Unterhaltungen anklang, tröstete Sir James den verarmten Jack: „Macht Euch über das Finanzielle nicht zu große Sorgen. Ich werde Euch doch nicht ohne angemessene Entlohnung in meine Dienste nehmen.

Außerdem kenne ich mich und meine Familie zu gut. Wir werden sicher nach einem Weg suchen, Wildforest zurückzuerobern."

Jack streichelte unbewusst den Dolch seines Bruders.

„Ach, nach ihm werden wir zuerst suchen!" William hatte die winzige Bewegung sofort erspäht.

„Darf ich?", bat Mary-Ann mit den gleichen Worten, wie vormals William, um den Dolch. Sie roch nicht daran, sie betaste ihn mehrmals mit geschlossenen Augen, drehte ihn zwischen den Fingern und schien angestrengt zu überlegen.

„Was habt Ihr?", fragten alle durcheinander, weil es ihnen unheimlich vorkam.

Mary-Ann antwortete nicht sofort, sie untersuchte die Waffe noch mehrmals eingehend. „Ich habe diese Energie schon einmal irgendwo gespürt", murmelte sie endlich, Jack den Dolch zurückgebend.

195

„Wo?"

„Ja, wenn ich das wüsste. Es ist aber noch nicht lange her." Mary-Ann stützte den Kopf in die Hände und zermarterte sich das Gehirn. „Schränken wir die Möglichkeiten ein", schlug sie nun vor. „Es ist ein relativ frischer Eindruck und ich kann solche Dinge nur als Drache fühlen."

„Schlachtfeld?", warf William fragend ein.

„Unwahrscheinlich. Da war ich zu sehr auf mich und den Kampf fixiert."

John zupfte an seinem Bart. „Aber sonst habt Ihr Euch in letzter Zeit nicht verwandelt, gestern ausgenommen."

„Die Königsburg!" Mary-Ann nickte sich selber Zustimmung. „Ich habe den König und William abgelegt, bin auf die Rückseite der Burg geflogen und …"

„Kerker, Folterkammer, Kasematten", ließ sich John vernehmen.

„Dann … dann hält man ihn gefangen?" Jack schaute ungläubig aber hoffnungsvoll in die Runde.

„Das erscheint mir zumindest plausibel", erwiderte Sir James. „Wie alt ist Euer Bruder eigentlich?"

„19. Er war noch ein Kind, als das alles geschah."

„Und Ihr?"

„Ich bin 27."

„Für Ken besteht insofern Hoffnung, gerade weil er noch ein Kind war. Sie werden ihn versklavt haben. Möglich, dass er im Kerker die Fäkalien der Gefangenen wegräumen muss und die Toten, die die Martern nicht überstanden haben." Lilian hatte die Worte mit halb geschlossenen Augen gesprochen.

Sie erinnerte sich an die Zeit, als die Greyhams die angesehenste Hochadelsfamilie waren und bei Hofe ein- und ausgingen. Oft war sie in den letzten drei-hundert Jahren in der Königsburg gewesen. Jedes Mal unter anderem Namen.

James nahm sie in den Arm. „Bereut Ihr es, mei-netwegen dem alten Leben abgeschworen zu ha-ben?"

Lilian lächelte melancholisch. „Nein. Ganz be-stimmt nicht. Ich habe wahrlich genug gesehen und erlebt. Ich folge Euch in den Tod, daran geht kein Weg vorbei."

Jack schaute fragend in die Runde.

„Ihr werdet auch das noch erfahren. Auf White-castle, wenn der Winter alles draußen erstarren lässt. Dann ist viel Zeit für Geschichten beim Kaminfeu-er." Lilian atmete tief durch. „Vorher habe ich noch etwas zu tun, wofür Ihr mir alles Glück dieser Welt wünschen müsst."

James schreckte zusammen.

„Nein, nein. Ich kann gut auf mich selber aufpas-sen. Ken wird es brauchen. Verfällt er in Panik, wenn ihn der Drache greift, dann ist alles verloren. Ich kann ihn aber auch nicht vorwarnen, dann ist ebenfalls alles vertane Mühe."

„Darf ich Euch begleiten?", bat Jack.

„Nein."

„Ich komme mit, zwei Drachen sind wirkungsvol-ler", rief Mary-Ann.

Lilian schob sie auf James zu. „Ihr habt nur eine Aufgabe – zwei gesunde Kinder zur Welt zu bringen. Ihr werdet weder irgendwohin fliegen noch reiten." Sie wandte sich an die Männer: „Ihr seid mir alle verantwortlich dafür, dass sie keine Dummheiten macht!"

„Oh je! Gegen William, wenn er sich verwandelt, habe ich keine Chance. Ich verspreche, nicht zu meutern", erklärte Mary-Ann resigniert.

„Aber warum wollt Ihr ausgerechnet heute das Wagnis eingehen?", fragte John.

„Ich weiß es nicht. Ich habe ganz einfach das Gefühl, uns läuft die Zeit davon." Lilian nickte in die Runde, um sich reisefertig zu machen.

„Aber sie wird Tage allein unterwegs sein!", rief Jack beunruhigt.

„Keine Sorge. Sie wird aus dem Tor reiten, sich außerhalb jeder Sichtweite verwandeln und ihr Pferd bis kurz vor das Ziel tragen", verriet James. „Die beiden sind ein eingespieltes Team."

„Aber wer beschützt sie in der Burg?"

Mary-Ann blinzelte. „Mutter und ich sind das, was unwissende Menschen Hexen nennen."

Jack atmete tief durch. „Das beruhigt mich." Dabei schaute er Lady Blackstone so neugierig an, dass alle zu lachen begannen.

Lilian erschien gerüstet und bewaffnet. „Erwartet mich nicht vor morgen Abend zurück."

James hauchte ihr einen zärtlichen Kuss auf die Lippen. „Passt gut auf Euch auf!"

„Versprochen."

Alle begleiteten sie zum Stall, wo sie eigenhändig ihr Pferd sattelte. Kurz darauf galoppierte es über die Zugbrücke.

Noch auf der Treppe sagten Mary-Ann, William und James zugleich: „Sie hat sich soeben verwandelt."

Jack ballte die Fäuste, dass die Fingergelenke knackten. Hoffentlich lebte Ken noch und wehrte sich nicht gegen den Drachen.

„Wenn er wirklich dort ist, dann wird sie ihn finden und irgendwie da raus holen." William legte Jack die Hand auf die Schulter.

Diese Geste seines Freundes tat ihm gut.

In dieser Nacht träumte Jack von seinem kleinen Bruder, dem er immer beigestanden hatte, wenn es Ärger gab, weil er mit anderen Knappen Unfug angestellt hatte. Ken, der sich immer wünschte, ein angesehener Ritter wie sein Bruder zu werden, zu dem er aufschaute und dessen Befehlen er immer gehorchte.

Lady Lilian sah in der Dunkelheit als Drache genau so gut wie bei Tageslicht. Mitten in der Nacht landete sie ganz in der Nähe der Königsburg und begann das Wetter zu manipulieren. Dunkle Wolken zogen auf, der Wind begann zu heulen und der Himmel öffnete alle Schleusen auf einmal.

Zufrieden schwang sich Lilian aufs Pferd und trabte dem Tor an der Zugbrücke entgegen. Triefend nass, als sei sie schon seit Stunden im Unwetter unterwegs, klopfte sie.

Die prachtvolle Rüstung veranlasste die Wachen, den fremden Ritter sofort einzulassen. „Wen darf ich melden?", fragte einer.

„Lady Lilian of Whitecastle", antwortete sie, den Helm abnehmend.

„Mylady! Kommt ins Haus und wärmt Euch am Feuer! Ich melde Euch sofort beim König."

Lilian nahm dankend die Einladung an.

Der König schien noch nicht zu Bett gegangen zu sein, denn er folgte stehenden Fußes der Wache, um den ausnehmend hübschen Gast persönlich ins Haupthaus zu führen.

„Ich hatte kürzlich das Vergnügen, Eure Tochter kennenzulernen", erzählte er begeistert. „Wobei Sie Euch unglaublich ähnlich sieht." Er bedeutete einem Knappen, der Dame beim Ablegen der Rüstung zu helfen.

Lilian rückte nah ans Feuer, um sich zu trocknen. Der König legte ihr seinen Umhang um die Schultern, damit sie sich nicht noch erkältete. Schnell standen auch Wein und kalter Braten auf dem Tisch.

Lilian berichtete, wie sie im Unwetter von den sie begleitenden Rittern getrennt worden sei und selbst ihr Drache im Sturm passen musste.

Bei der Erwähnung des Drachen horchte der König auf. Schweren Herzens zügelte er sich, der aparten Lady den Hof zu machen. Lilian musste innerlich grinsen. Johns gespielt zur Schau gestellte Eifersucht schien einen realen Hintergrund zu haben.

„Ihr wollt nur eine Nacht bleiben?", fragte der König. „Eure Ritter werden Euch suchen und sicher auch hier nachfragen."

„Dann sagt ihnen, dass ich auf dem Weg nach Hause bin."

„Eine Dame sollte nicht allein solch einen beschwerlichen Weg auf sich nehmen."

„Ihr vergesst, dass mich ein Drache begleitet, mein König", wies Lilian mit charmantem Lächeln hin. „Und er hat mich im schlimmsten Sturm sicher bis zu Euch gebracht."

„Lady Whitecastle, ich bin einem Eurer Drachen noch einen Dank schuldig. Wie kann ich mich erkenntlich zeigen?"

„Dann lasst ihm morgen früh zwei Hammelkeulen an die hintere Burgmauer bringen. Er wird Kraft für den Heimweg brauchen." Lilian witterte ihre Chance. „Ich kann nur nicht garantieren, dass der, der ihn füttert, nicht als Nachtisch vernascht wird."

Der König stutzte. „Ich habe genug Gesindel in meinem Kerker, um das es nicht schade ist", bemerkte er. „Euer Drache wird sein Frühstück bekommen."

Lilian bat, sich zurückziehen zu dürfen, weil der Ritt sehr anstrengend gewesen sei.

Statt zu schlafen, suchte sie nach der Aura von Jacks Bruder. Sie wurde fündig und genau dort, wo sie es erwartete. Dann schlich sie sich in des Königs Gedanken ein, um ihn unbewusst zu zwingen, genau diesen Gefangenen für die gefährliche Aufgabe zu bestimmen.

Zufrieden bettete sich Lilian für einen kurzen Schlaf.

Natürlich folgte sie der Einladung des Königs zum gemeinsamen Frühstück. Sie war charmant, unterhaltsam und keineswegs böse, dass sich der Himmel schon wieder zuzog. Keiner hier wäre darauf gekommen, dass sie ihre zarten Fingerchen dabei im Spiel hatte.

Als es wie aus Eimern goss, ritt sie davon, nicht, ohne den König daran zu erinnern, den Drachen füttern zu lassen. Der hätte es aber auch so nicht gewagt, das Riesentier zu versetzen. Viel zu groß war die Angst, die Echse könne sich andere Nahrung, als die ihr zugedachte, suchen.

Die „Entführung"

„Ihr da! Herkommen!"

Die aneinander geketteten Männer erhoben sich schwerfällig.

„Wird's bald?"

Sie schlurften barfüßig ihrem Antreiber hinterher.

„Jeder eine Hammelkeule und ab an die Mauer, da wo der Weg am breitesten ist."

Sie gehorchten. Eine andere Wahl hatten sie nicht, bestenfalls noch, sich ein paar Peitschenhiebe einzufangen, weil sie nicht schnell genug waren.

„Stehenbleiben und abwarten. Gleich kommt einer und holt sich das Fleisch." Der Kerkermeister zog sich beim Sprechen langsam Richtung Tür zurück. Wohl gerade im rechten Moment.

Vor den völlig entsetzten Gefangenen tauchte der riesige Kopf eines Drachen auf. Einen Wimpernschlag später der ganze Körper mit den gigantischen Schwingen.

Ken streckte dem Riesen die Keule entgegen, in der Hoffnung, nicht gebissen zu werden. Der andere ließ seine angstschlotternd fallen.

Lilian sah die Kette an den Fußgelenken und hatte keine Wahl, als beide Männer mitzunehmen. Also schnappte die mit dem Maul nach der zweiten Keule und griff mit den Klauen die zitternden Männer, mit denen sie sich von der hohen Außenmauer in die Tiefe stürzte, um majestätisch davonzusegeln.

„Zwei nutzlose Fresser weniger", murmelte der König, als ihm der Kerkermeister Meldung machte.

202

Ken hing in den Krallen des Drachen und bewunderte das im Regen glänzende Schuppenkleid, während der andere Gefangene vor Angst brüllte, was die Lunge hergab.

Am Rand eines Waldes setzte der Gigant zur Landung an und ließ die Männer sanft ins Gras gleiten.

„Halt endlich die Klappe", herrschte Ken seinen Leidenskameraden an, „Sonst beißt er vielleicht doch noch zu, nur damit Ruhe ist! Da drüben steht ein Pferd, das ist sicher schmackhafter als wir."

Der Drache stupste ihn mit der Nase an, als amüsiere er sich über seine Worte. Dann hakte er die Krallen in die Kettenglieder und riss das Metall mit einem kurzen Ruck entzwei.

„Danke." Ken hob zaghaft die Hand. Ganz sicher war das einer jener Drachen, die den Krieg entschieden hatten. Vielleicht konnte man ihn ja sogar anfassen, ohne gleich aufgefressen zu werden.

Der schwarze Riese ließ es geschehen.

Bleibt hier. Ken schaute sich überrascht um. Er hatte deutlich eine Stimme vernommen, aber da war niemand. Nur der Drache, der Anstalten machte, davonzufliegen. *Nicht weglaufen!*

Da war die Stimme wieder.

„Los! Hauen wir ab, ehe er es sich anders überlegt!", raunte der andere Gefangene.

„Ich bleibe", erklärte Ken. „Ich werde warten, bis der kommt, dem das Pferd gehört. Sicher hat uns der Drache mit Absicht hierher gebracht."

„Na klar! Was nicht gar? Damit wir von einem Kerker in den nächsten wandern. Ich verschwinde!" Mit ein paar Sprüngen tauchte er im Gebüsch unter.

„Ihr seid verständiger, als Euer Leidensgefährte", tönte es von der Wiese her.

Ken fuhr herum. Durch das hohe Gras fast verdeckt, bahnte sich jemand einen Weg, der einen prunkvollen Helm auf dem Kopf trug. Zwar war dieser jemand nicht sehr groß von Gestalt, flößte aber durch seine ganze Erscheinung Respekt ein. Ken kniete nieder und wartete, bis der fremde Ritter herangekommen war.

„Erhebt Euch, Sir Ken Brennigan of Wildforest."

Die unerwartete Anrede schockte den Geretteten derart, dass er sich mit den Händen am Boden abstützen musste, um nicht der Länge nach hinzuschlagen.

„Ihr seid doch der jüngste Sohn Lord Brennigans oder sollte ich mich irren?"

„Ihr irrt Euch nicht", stammelte Ken, sich mühsam vom Boden aufrappelnd. „Woher wisst Ihr von mir?"

„Das tut erst mal nichts zur Sache. Es ist sicherer für uns beide, wenn Ihr es noch nicht erfahrt. Ich bringe Euch nach Blackstone …"

Ken wurde käsig weiß, was man bei seiner bestehenden Blässe durch die Haft in Dunkelheit fast für unmöglich halten sollte. „Nein … nein", stammelte er immer wieder, verzweifelt die Hände ringend.

„Ich will Euch nichts Böses. Seit ein paar Monaten sind meine Tochter, Lady Mary-Ann of Whitecastle, und Ihr Gatte Sir John dort die Herren. Zudem wartet da jemand auf Euch, der Euch aus Kindertagen sehr vertraut sein dürfte. Ihm würde es das Herz brechen, brächte ich Euch nicht heute noch zu ihm."

„Herrin, Ihr sprecht in Rätseln. Aber ich werde jeden Eurer Befehle befolgen, weil Ihr mich aus der

Hölle befreit habt. Ich schwöre es." Ken neigte den Kopf.

„So gefallt Ihr mir schon besser, Sir Brennigan." Lilian betrachtete ihn von Kopf bis Fuß. Der arme Kerl hatte nicht einmal das Nötigste, um seine Blöße zu bedecken.

Von einer Dame so gemustert zu werden, trieb Ken die Schamröte ins Gesicht.

„Nicht mehr lange, dann werdet Ihr standesgemäß eingekleidet, Sir Ken. Ich überlege nur, ob ich Euch in diesem Zustand unbeschadet nach Blackstone bringen kann. Für einen Pferderitt seid Ihr viel zu schwach.

Aber Ihr werdet sicher die Kraft haben, Euch zwei Stunden lang an die Hörner eines Drachen zu klammern."

„Ist das wahr? Ich darf auf dem Drachen reiten?" Ken glaubte, sich verhört zu haben.

„Ihr mögt ihn doch. Jedenfalls habt Ihr mir nicht den Eindruck gemacht, Euch vor ihm zu fürchten", schmunzelte Lilian.

„Ich liebe Drachen. So viel, wie Ihr über mich wisst, ist Euch sicher auch bekannt, dass wir sie im Wappen getragen haben, als es noch den Clan der Brennigans gab", sprudelte Ken heraus.

„Gut, dann machen wir Euch also reisefertig. Es ist kalt da oben." Lilian löste ihr Plaid vom Sattel und schnitt es mit dem Dolch in drei Teile. Mit den kleineren Stücken umwickelte sie Kens Füße und knotete die eingerissenen Enden fest. Den größeren Rest legte sie ihm um die Schultern und durchstach, damit es wirklich hielt, den Stoff vorn mit zwei festen elastischen Zweigstücken.

„Der Drache kann Euch verstehen, wenn Ihr mit ihm sprecht. Er kann Euch nur nicht mit menschlicher Stimme antworten", erklärte sie noch, ehe sie sich ohne jegliche Vorwarnung verwandelte.

Ken klappte die Kinnlade herunter. Allerdings beeilte er sich sehr, auf den Rücken des Drachen zu kommen, weil in der Ferne Hufschläge erklangen.

Der Drache schwang sich in die Lüfte, griff das gesattelte Pferd und schoss pfeilschnell davon.

Ken duckte sich tief auf das Schuppenkleid der fliegenden Riesin. Seine Kraft reichte nicht, aufrecht zu sitzen und dem Gegenwind zu trotzen. Aber auch so konnte er den grandiosen Blick über das Land genießen.

Ihm fiel ein, dass er nicht einmal den Namen seiner Retterin erfragt hatte. Nur, dass sie wohl auch eine Whitecastle sein musste, wie ihre Tochter, zu der sie ihn nun trug.

Als die Burg Blackstone in der Ferne auftauchte, begann Kens Herz zu hämmern. Er konnte das klamme Gefühl einfach nicht unterdrücken. Zu viel Leid hatten die alten Blackstones über seine Familie gebracht. Er wusste vom Tod des Vaters und Großvaters und man hatte ihm auch gesagt, dass sein Bruder Jack nach den Verhören im Verlies der Burg verrotten werde.

Man hatte auch ihn, Ken, getreten, geschlagen und immer wieder mit Worten gedemütigt. Die ekelhaftesten Arbeiten musste er erledigen. Irgendwann hatte er sich in sein Schicksal gefügt, um zu überleben.

Auf einem Feld ging der Drache nieder, setzte das Pferd ab, half Ken von seinem Rücken und transformierte sich zurück.

Lilian blinzelte Ken zu. „Das letzte Stück reiten wir, um nicht aufzufallen. Haltet Euch gut hinter mir fest." Sie reichte ihm die Hand, um ihn auf den Pferderücken zu ziehen.

Von der Kälte während des Fluges war der junge Mann halb erstarrt und seine Zähne klapperten unüberhörbar. Dafür leuchteten seine Augen, als habe er alle Feiertage der letzten Jahre auf einmal nachgeholt.

„Wir sind gleich da. Dann könnt Ihr Euch aufwärmen", sagte Lady Lilian, das Pferd in leichten Trab dirigierend.

Eine seltsame Mischung aus Furcht und Neugier befiel Ken, als die Hufschläge auf den Bohlen der Zugbrücke dröhnten. Von überall lief Volk herbei, das ihn neugierig und mitleidig anstarrte. Im Hof der Burg standen mehrere edle Herrschaften und schauten ihnen freudig entgegen.

Kens Augen wurden riesig. Einer unter ihnen trug deutlich Gesichtszüge wie sein Vater. Sollte das etwa …?

Der Mann eilte ihnen entgegen. „Ihr habt ihn tatsächlich gefunden! Tausend Dank, Lady Lilian!"

„Jack?", hauchte Ken fragend.

„Brüderchen!"

Unter dem Applaus der Umstehenden half Jack seinem verloren geglaubten Bruder vom Pferd und schloss ihn mit Tränen in den Augen in die Arme.

Er kniete vor Lilian nieder. „Verfügt über mein Leben, Herrin."

Im Triumphzug führten sie Ken in die Burg, wo ihm ein Schmied sofort die rostige Fußkette abnahm.

Er bekam leichte Kost und Kräutersud, um sich zu sättigen, aber seinen Magen nicht zu überfordern.

Jack blieb ständig an seiner Seite, auch als man ihn ins Badehaus führte. „Wie hat man Euch nur leiden lassen", flüsterte er, die unzähligen Narben und frischen Wunden reinigend.

„Euch scheint es auch nicht viel besser ergangen zu sein." Ken berührte mit den Fingerspitzen Jacks Handgelenke. „Wann hat man Euch befreit?"

„Vor ein paar Tagen." Jack erzählte in wenigen Sätzen die Geschichte bis zu jenem Punkt, als ihm Sir William beigestanden hatte.

Inzwischen hatte ein Knappe neue Kleider für Ken gebracht und ein anderer ein Salbentöpfchen.

Jack trug die duftende Salbe eigenhändig auf. „Ihr werdet begeistert sein", verriet er. „Lady Mary-Ann ist eine große Zauberin."

„Bestimmt meint Ihr das wörtlich, nachdem ich ihre Mutter als Drache erlebt habe", warf Ken ein.

Das begeisterte Nicken seines Bruders konnte er gut verstehen.

Blitzsauber bis in die Haarspitzen, kleidete sich Ken an. „Oh, ist das ein herrliches Gefühl", seufzte er.

„Ahhh!", rief Lilian, als er im Palas erschien. „Das ist ein herzerfrischender Anblick. Ein paar Tage gute Pflege und Essen, dann werdet Ihr Euch sicher schnell von allen Torturen erholen, obwohl Ihr jetzt noch schwach, wie eine Fliege im Winter, seid."

„Den hätte ich vielleicht nicht mehr überstanden", gab Ken zu. „Ich wollte diesmal hinausschleichen und lieber erfrieren, als weiter schlimmer als ein räudiger Hund behandelt zu werden."

„Ha! Ich wusste doch, dass uns die Zeit davon läuft!", rief Lilian. „Dracheninstinkt."

„Auch wenn ich schwach bin, kann ich Euch ewige Treue schwören", erwiderte Ken dankbar. „Euch allen. Denn, wie mir mein Bruder erzählte, greift alles so eng ineinander, dass man es nicht trennen kann."

„Trennen ist das Stichwort", ließ sich Mary-Ann vernehmen. „Würdet Ihr es verkraften, hier bei uns zu bleiben, wenn Euer Bruder nach Whitecastle zieht?"

„Ich weiß, dass er lebt, es ihm gut geht und ich ihn bestimmt wiedersehen kann", erwiderte Ken. „Ich werde also immer etwas haben, auf das ich mich freuen kann."

„Ihr könnt Euch noch auf mehr freuen", verriet Sir John. „Ich werde Euch nämlich zum Ritter ausbilden, auf dass jeglichen Feinden das Lachen vergeht, schon, wenn sie Euren Namen hören."

Ken lächelte melancholisch. „Vater hat immer gesagt, aus mir würde nie etwas Ordentliches werden. Und beinahe hätte er recht behalten."

„Hat er aber nicht", schmunzelte Jack. „Wir werden es ihm morgen an seinem Sarg erzählen."

„Aber sie haben doch gesagt, man habe ihn wie den letzten Bettler verscharrt!", rief Ken.

Jack nickte. „Das war auch so. Sir William hat Vater und Großvater hierher gebracht. Nun sind sie hier mit den alten Blackstones im Tode vereint. Das Schicksal schlägt manchmal Haken wie ein Hase. Die gestohlenen Handschriften sind auch wieder hier. Sie liegen in Großvaters Sarg. Friede der alten und Wohlstand der neuen Dynastie!"

„So, nun ab ins Bett!", forderte Lady Lilian mit einem Blinzeln. „Morgen ist auch noch ein Tag und sicher ein schöner."

„Ich gehorche!", rief Ken sofort und ließ sich von Jack zu seiner Kammer bringen.

„Schlaft gut! Ich wohne gleich nebenan. Wenn etwas ist, meine Tür ist nie verschlossen." Jack verschwand ebenfalls sofort in den Federn.

Und wie vor einigen Tage er, stand nun Ken in dem kleinen Zimmerchen, strich mit zitternden Fingern über die daunengefüllte Bettdecke und dankte inbrünstig für all das Gute, das ihm heute widerfahren war.

Noch vor dem ersten Sonnenstrahl schreckte er schweißgebadet hoch. *Ich habe verschlafen!* Doch, statt des Mannes mit der Peitsche, stand ein Regal neben der Tür. Es dauerte eine ganze Weile, bis sich sein rasender Herzschlag beruhigte.

„Ich bin frei. Frei." Ken erhob sich und schaute aus dem Fenster über weite Wiesen und Wälder, die bereits ersten Herbstschmuck trugen und aus denen Frühnebel stieg. Irgendwo da hinten in weiter Ferne waren einst die Ländereien seines Clans gewesen.

Er erinnerte sich auch sofort an das, was ihm sein Vater während des Knappendienstes beigebracht hatte – Ordnung und Sauberkeit. Jack nahm es wohl, wie alle guten Ritter, damit auch sehr genau, denn er erschien zur selben Zeit auf dem Gang, als Ken seine Kammer verließ.

Gemeinsam wuschen sie sich am Brunnen, wo sich auch andere Ritter der Blackstones dazugesellten und den neuen Mitbewohner in ersten Augenschein nahmen.

„Was ist Euch widerfahren?", fragte einer ungebührlich neugierig.

„Zehn Jahre Kriegsgefangenschaft in Ketten", gab Ken ehrliche Auskunft, ohne sich weiter auszulassen.

„Beim Himmel! Das überlebt nicht jeder!"

„Ihr sagt es." Ken folgte Jack auf den Übungsplatz, um wenigstens zuzuschauen, was ihn eines Tages selbst erwartete.

Jack hielt schon recht wacker mit. Wobei seine Gegner ausschließlich die Herren von Whitecastle und Blackstone waren. Ken registrierte das mit großer Freude. Es nahm ihm die letzten Ängste, ohne seinen Bruder hierbleiben zu müssen. Hier stellte wohl keiner Aufgaben, die würdelos oder nicht mit gutem Willen zu bewältigen waren.

Ken Brennigan

William und Jack blieben noch ein paar Tage länger auf Blackstone als Lilian und James. Sie durchstreiften zu Fuß und zu Pferd mit Ken die Umgebung, damit er noch etwas die Nähe seines Bruders genießen konnte.

Auf einem dieser Ausritte fand Ken einen verletzten Jungadler, den er mit zu den anderen nahm. „Darf ich ihn gesund pflegen?", fragte er zaghaft.

„Das dürft Ihr", versprach William. „Meine Schwester hat sicher das richtige Medikament, damit Bein und Flügel wieder heilen." Er lieh Ken auch einen seiner Metallhandschuhe, damit sich der Vogel festkrallen konnte.

Das geschwächte Tier unternahm weder Fluchtversuche, noch hackte es nach seinem Retter. Sie kehrten auch sofort zur Burg zurück, um den stattlichen Raubvogel zu versorgen.

„Wollt Ihr ihm ein Lederband anlegen, damit er nicht wegfliegt?", fragte Mary-Ann.

Ken wehrte entsetzt ab. „Niemals! Ich weiß zu gut, wie es sich anfühlt, angekettet zu sein. Das tut man keinem an, keinem Hund und erst recht keinem stolzen Adler. Wenn er wegfliegen will, dann soll er es tun."

„Ihr seid wahrlich eine gute Seele", lobte Mary-Ann. „Der Koch wird sicher ein paar sehnige Fleischstücke übrig haben, die er Euch gibt. Sonst könnt Ihr täglich Euer Glück bei der Kaninchenjagd versuchen. Die gibt es hier zuhauf. Gute Waffen für Euch finden wir bestimmt in der Rüstkammer."

„Das wäre auch eine Gelegenheit, überhaupt wieder ein Gefühl für den Umgang damit zu bekommen", sinnierte Ken. „Im Augenblick könnte ich nicht mal einen Bogen so weit spannen, einen Pfeil abschießen zu können."

Jack machte sich nichts daraus, als Ritter auf Hasenjagd zu gehen. Seinem Bruder zuliebe hätte er sogar geangelt. Und der hatte im Augenblick wirklich keine Chance, die flinken Tiere zu treffen.

Kurzerhand wählte er eine andere Beute, um seinen gefiederten Pflegling aufzupäppeln – er fing Wildenten. Das aber so geschickt, dass Jack staunte.

John lachte herzlich, als Ken verkündete: „Im Augenblick bin ich weder Ritter noch Knappe. Ich muss mich also nicht zu sehr schämen, womit ich meinen Adler füttere. Hauptsache er wird satt und gesund." Dann fügte er etwas leiser hinzu: „Obwohl es mich schon ärgert, nicht das zu können, was man von einem Brennigan meines Alters erwarten sollte."

Als er Tage später seinen ersten Hasen und auch noch ein Reh erlegte, begann Ken mit den Rittern zu trainieren. Nun verabschiedeten sich auch Jack und William von den Blackstones, um nach Whitecastle zu reiten.

An den immer länger werdenden Abenden ließ sich Ken von Mary-Ann und John auch im Schreiben und Rechnen unterrichten, wie in allem, was ein guter Ritter noch wissen sollte.

Der Adler war inzwischen genesen und suchte jeden Abend um die gleiche Zeit die Burg auf, um sich mit ein paar Häppchen verwöhnen zu lassen, obwohl er sich sehr gut selber versorgen konnte. Er erschien sogar, wenn Ken einen lang gezogenen Pfiff ausstieß, und ließ sich auf dessen ausgestrecktem Arm nieder.

Hin und wieder blieb er sitzen, um gestreichelt zu werden. Ken trug ihn manchmal durch das ganze Burggelände, worauf sich vor allem Kinder um ihn scharten, die den stolzen Vogel aus der Nähe bewundern wollten.

Heute herrschte besondere Aufregung, als er von seinem täglichen Jagdritt zurückkehrte.

„Die Zwillinge sind da. Es sind Mädchen", rief man ihm zu.

Sir John, der stolze Papa, nahm gern die Glückwünsche entgegen. Vor allem von Ken, der wusste, dass sie eines Tages zu stattlichen Drachen werden würden. Vom ersten Moment an kümmerte er sich rührend um die Winzlinge, wenn er den Auftrag dazu erhielt.

Nun trainierte er auch noch härter, um der bevorzugte Beschützer der beiden zu werden. John musste oft lächeln, wenn er ihn mit den beiden Kleinen spielen sah. Es erinnerte ihn sehr an seinen eigenen Aufstieg.

Bald schon konnte Ken mit allen anderen mithalten und sie schließlich sogar im Kampf besiegen. Im Frühling wurde er zum Ritter geschlagen, worauf er kaum ein Turnier ausließ. Als er im Sommer das erste Mal ein ganzes Lanzenstechen gewann, ernannte ihn Sir John zum persönlichen Ritter seiner Töchter, die schon recht gut auf allen vieren die Welt erkundeten und ständig beaufsichtigt werden mussten.

Natürlich begleitete Jack seine Gönner überall hin, sodass er alle paar Wochen auch seinen Bruder sehen und sich mit ihm über die Erfolge freuen konnte.

Eines Tages fand vor der Burg des Königs ein Turnier statt. Ken brannte darauf, daran teilnehmen zu dürfen. John schlug seinem besten Ritter die Bitte nicht ab. Er beschloss, ebenfalls zum Hauen und Stechen zu reiten, nur nicht als Teilnehmer.

Er legte nicht einmal einen Harnisch an, als er mit Ken davon zog. Unterwegs stießen Jack, William und James zu ihnen, der auch nur zuschauen wollte, wie sich die jungen Ritter schlugen.

Der König hieß die Edelleute aus Whitecastle und Blackstone herzlich willkommen. Ken versuchte, sich nicht anmerken zu lassen, wie sehr er den König hasste. Er brachte sogar das Kunststück fertig, sich mit ihm scheinbar blendend über seinen Adler zu unterhalten. Denn Ruf davon war sogar bis hierher geeilt.

Als die Spiele begannen, zeigten die Männer aus Whitecastle und Blackstone, in welch gutem Training sie standen. Sir William gewann die Schwertkämpfe, Sir Jack das Bogenschießen und Sir Ken war drauf und dran alle anderen mit der Lanze von ihren Pferden zu stechen.

John und James rieben sich zufrieden die Hände.

Der König, einst selbst ein gefürchteter Lanzenreiter, konnte es nicht fassen, wenn seine besten Männer wie Strohpuppen von den Pferden fielen. „Bringt meinen Harnisch, mein Pferd und meine Waffen!"

„Mit diesem Ritter solltet Ihr Euch nicht messen", warnte Sir John. „Das könnte für Euch tödlich enden."

„Meine Rüstung ist dick, mein Pferd stark und ich trainiere täglich mit meinen Rittern."

„Die alle zu Boden gegangen sind", warf Sir James mahnend ein.

„Er hat es so gewollt", zuckte Jack mit den Schultern, als sich der König Ken zum Kampf stellte.

Dessen Augen blitzten gefährlich unter dem schwarzen Helm. Genau dies war die einzige unverfängliche Möglichkeit, den Verhassten für alles büßen zu lassen. Das Pferd des Königs trabte an. Kens Pferd ging auf die Hinterhand, ehe es wie eine Urgewalt nach vorn preschte.

Der Treffer saß. Ken wurde kräftig durchgeschüttelt, als seine Lanze mit unglaublicher Wucht den Metallkragen des Königs umbog und ihm eine klaffende Wunde in den Hals riss. Der König krachte rücklings auf die steinharte Erde, wo er regungslos liegen blieb.

Die Zuschauer schrien entsetzt auf.

Ken ritt zu dem Schwerverletzten zurück, schaute ihn vom Pferd herab kalt an. „Nun sind wir quitt, mein Herr."

„Wer seid Ihr wirklich?", hauchte der König kaum hörbar.

Ken nahm den Helm ab. „Ken Brennigan of Wildforest."

Noch am selben Abend ritten die Männer nach Hause. Die Kunde, der König sei an seinen Verletzungen verstorben, erreichte sie vier Wochen später.

„Wie ich schon sagte, er hat es so gewollt." Jack hob die Hände. „Nun wird sicher auch etwas mehr Frieden in Kens Herz ziehen."

„Wir müssen eine Wahl abhalten, denn der König hat keine Nachkommen", erklärte James.

„Zumindest keine legitimen", schränkte John anzüglich ein.

„Wen stellen wir?", fragte Lady Lilian.

„William! Wen sonst?" Die Blackstones, Whitecastles und Brennigans waren sich sofort einig. Sie ließen auch nichts anbrennen, indem sie sich sogleich mit großem Gefolge auf den Weg zur Königsburg machten.

Innerhalb weniger Tage trafen die Vertreter aller namhaften Adelsfamilien ein, um sich der Herausforderung zu stellen. Dass ihre Chancen gegen Null gingen, merkten sie sofort, als die Whitecastles, Blackstones und Brennigans ihren gemeinsamen Kandidaten präsentierten.

William bekam am Ende sogar die Unterstützung zweier anderer Clans, womit er im ersten Wahlgang unangefochten den Thron bestieg.

„Diesem König schwöre ich Treue bis in den Tod!" Ken war der Erste, der die Schwurhand hob.

Am nächsten Morgen gab ihm William einen Befehl, den er nur zu gern ausführte. „Holt die armen Teufel aus dem Kerker, die unschuldig drin sitzen oder viel zu hart bestraft wurden", lautete dieser.

Ken ging den Weg, den er früher so gehasst hatte, diesmal mit guten Gedanken. Er ließ mehr als 20 Gefangene aus den Zellen holen, von denen er mehr als die Hälfte sofort auf freien Fuß setzte. Am Ende blieben nur vier Mörder drin, die aus Habgier andere ums Leben gebracht hatten."

Die Folterknechte schäumten und wetterten gegen den neuen König.

Ken zog ihnen kräftig die eigene Peitsche über den Rücken. „Verschwindet! Möglichst schnell und genau so weit weg."

Er schaute den Davonrennenden hinterher, um sich dann der Stelle zuzuwenden, wo er zum ersten Mal einem lebendigen Drachen begegnet war.

„Erinnerungen?" Jack trat zu ihm.

„Ja, aber Gute." Ken breitete die Arme aus. „Es war ein grandioses Bild, als der schwarze Drache praktisch aus dem Nichts auftauchte.

Ich möchte zurück nach Blackstone, um über das Wohl der beiden Kleinen zu wachen."

„Dann reitet. Folgt Eurer Bestimmung. Meine ist, hierzubleiben, um den König zu schützen", sagte Jack.

William hielt Ken nicht auf. Diesem verdankte er schließlich erst die Möglichkeit, die er nutzen konnte, den Thron zu besteigen.

„Ich gebe Euch als Dank für treue Dienste an meinem Clan die Ländereien zurück, die Euch zustehen. Baut den Landsitz Wildforest wieder auf und führt ihn zu neuer Blüte." William verabschiedete Ken mit einer festen Umarmung.

Landsitz Wildforest

Ein paar Tage später bekam der genau so innige Umarmungen von den beiden kleinen Burgfräulein.

„Ich habt ihnen gefehlt", verriet Mary-Ann. „Besonders Faye hat Euch vermisst. Sie hat täglich auf Euern Adler gewartet, ihm Fleisch gebracht und gefragt, ob er Euch gesehen hat."

„Sie ist doch nicht etwa allein hinausgegangen?", rief Ken beunruhigt.

„Nein, natürlich nicht. Ich war immer dabei. Faye liebt Euch."

Ken schaute Mary-Ann unsicher an.

„Ich meine es ernst. Sie ist ein Drache. Da weiß man auch mit fünf Jahren schon sehr genau, was man will. Sprecht am besten mit Sir John, der wird Euch einige Dinge erzählen, die ich als Kind unternommen, um ihn für mich zu gewinnen.

Wenn sie Euch wirklich will und Ihr, wenn sie das richtige Alter hat, ihre Gefühle erwidert, dann werden wir Euch nicht im Weg stehen. Einen Brennigan als Schwiegersohn zu haben, wäre mir eine Ehre."

„König William hat mir das Land meiner Väter zurückgegeben. Ich könnte meiner Auserwählten eines Tage sogar ein eigenes Heim präsentieren", erzählte Ken zufrieden. „Aber ich glaube nicht, dass sich ein junges und so hübsches Mädchen, wie Faye einmal sein wird, einen viel älteren Mann nimmt. Sie wird sicher einen haben wollen, der im Vollbesitz aller Kräfte ist."

„Lasst sie das am Besten allein entscheiden. Ich glaube nicht, dass mein Gatte unglücklich über eine ähnliche Konstellation mit mir ist", schmunzelte Mary-Ann.

Kens Gesicht hellte sich auf. Richtig strahlend wurde es, als Sir John nach Hause kam und ihm anbot, für zwei Monate seine besten Handwerker nach Wildforest zu schicken.

Am Tag der Abreise zupfte Faye an Kens Ärmel. „Bringt Ihr mir etwas Schönes aus Wildforest mit, Sir Ken?"

„Wenn ich etwas Schönes finde, dann sollt Ihr es bekommen", versprach er lächelnd.

Faye schaute vom Turm aus zu, wie der lange Zug der Ochsenwagen im Wald verschwand. „Was macht er in Wildforest?", fragte sie ihre Mutter.

„Er baut sein großes Haus wieder auf, das ein Feuer zerstört hat."

„Warum? Sir Ken wohnt doch hier." Faye zog die Augenbrauen zusammen. „Oder kommt Sir Ken nicht mehr wieder?"

„Er kommt wieder", versprach Mary-Ann, wobei sie John einen langen Blick zuwarf.

„Warum braucht er dann das große Haus?", bohrte Faye weiter.

„Dort will er irgendwann mit seiner Frau wohnen", erzählte Mary-Ann weiter.

Faye spitzte pikiert die Lippen. „Wo ist seine Frau?"

„Jetzt hat er noch keine", erklärte Papa John. „Aber wenn er mal eine hat, dann wird er dort wohnen."

Faye schaute zu Boden und eine dicke Träne rollte über ihre Wange.

John nahm sein Töchterchen auf den Arm. Faye kuschelte sich fest an und flüsterte: „Ich will nicht, dass Sir Ken eine Frau bekommt. Er gehört mir."

„Das müsst Ihr ihm schon selber sagen", entgegnete John. „Wenn Ihr fleißig lernt und Euch immer Mühe gebt, dann wird er vielleicht Euch heiraten, wenn Ihr erwachsen seid."

Mary-Anns Gesicht war unbeschreiblich, als sie das hörte. Es sah ganz danach aus, als habe sich die kleine Drachenlady bereits so auf Ken fixiert, dass alle Mühen, das zu ändern, vergebens wären.

Eine kurze Verständigung mit den Augen und es war beschlossene Sache, Faye als zukünftige Lady Brennigan zu erziehen.

Neben Etikette, die am Hof des Königs unerlässlich war, stand für Faye nun auch Unterricht in Geschichte und Stammeskunde auf dem Plan.

Der Zug der Handwerker hatte nach zwei Tagen die Stelle erreicht, wo dichtes Buschwerk die Ruinen von Wildforest überwucherte. Man begann damit, den unliebsamen Bewuchs herauszureißen und die noch stehenden Wände auf Festigkeit zu prüfen.

Während die Handwerker schufteten, schaute sich Ken auf dem alten Besitz um. Zwischen Brennnesseln und Efeu entdeckte er einen dunkelrot blühenden Rosenstrauch, der einen geradezu betörenden Duft verströmte.

Das ideale Geschenk für Faye, dachte er, die Pflanze vorsichtig freilegend. Er freute sich schon jetzt auf ihre leuchtenden Augen, die mit dem Blau eines heiteren Sommertages wetteiferten.

Für Maya musste er auch noch etwas finden. Es gehörte sich nicht, die stille jüngere Zwillingsschwes-

ter hintanzusetzen, nur weil sie keinen Wunsch geäußert hatte. Da erblickte er noch einen Rosenbusch.
Die rosa Blüten passten hervorragend zu Maya.

Ken beschloss, Triebe abzuschneiden, die auf
Blackstone weiterwachsen konnten. Er verbot es, bei
drakonischen Strafen, die beiden Büsche ohne seine
Genehmigung anzutasten.

Während die einen noch gegen Unkraut und
Wildwuchs kämpften, begannen andere schon mit
Vermessungsarbeiten. Als die ersten Maße feststan-
den, zog ein Trupp in den Wald um Eichen für die
Balken der Geschosse zu fällen.

Zwei Köche sorgten für das leibliche Wohl der
emsigen Arbeiter. Ken achtete darauf, dass auch
wirklich keiner zu kurz kam. Er zog täglich auf die
Jagd, um die Gemeinschaft mit frischem Fleisch zu
versorgen. Auch hatte er ein Auge darauf, den nahen
Wald nicht völlig kahl zu schlagen.

„Ich hab ihn genau vor der Nase und möchte
Bäume statt tote Stümpfe sehen. Zudem will ich
nicht, dass das Hochwild abwandert", pflegte er zu
sagen.

Am dritten Tag der Arbeiten kamen aus den nahen
Siedlungen Neugierige, von denen einige blieben, um
sich ein paar Münzen zu verdienen. Besonders waren
es jene, die seit jeher den Brennigans treu gedient
hatten und nun hofften, dass die alten Verhältnisse
wiederhergestellt werden würden.

In der zweiten Woche wuselten so viele fleißige
Helfer auf der Baustelle herum, dass der alte Landsitz zumindest äußerlich Gestalt annahm.

Ein neues Dach schützte das Gebäude vor den
Unbilden der Natur, feste Außentüren gegen ungebetene Gäste. Die Fensteröffnungen wurden, sobald

die Arbeiten in einem Raum im Rohzustand beendet waren, verbarrikadierte man die Fensteröffnungen, um Mensch und Tier abzuhalten.

In einem der unteren Räume ließ Ken alles zusammentragen, was man an Möbelresten, Gegenständen und irgendwie verwertbaren Dingen gefunden hatte. Trotz der verheerenden Feuersbrunst, mit der man die Gebäude niedergebrannt hatte, war es ein ansehnlicher Stapel.

Von Waffenteilen, über Schmuckstücke, bis hin zu Kerzenleuchter und Schmiedehammer war alles vertreten. Das Gros dessen, was nicht vernichtet worden war, hatte man schon geplündert, als die Brandreste ausgekühlt waren.

Ken packte den Schmuck in einen Beutel. Vielleicht ließ sich noch etwas retten. Ein oder zwei Ringe seiner Mutter, die viel zu früh verstorben war, zeigten sogar noch einen matten Glanz.

Die Handwerker begannen am letzten Tag, ihre Werkzeuge einzupacken und wollten gerade die Zelte abbrechen, als Sir John erschien.

„Erstaunlich, was in der kurzen Zeit geworden ist!", rief er überrascht und ließ sich herumführen. „Ich bin beeindruckt. Lasst die Zelte stehen, ich schenke Euch noch eine Woche." Er warf dem überaus erfreuten Ken einen Beutel Gold zu, welches der sofort an die Handwerker und Gehilfen auszahlte.

Er ließ für seinen Gast einen Sessel aufstellen, wie er es scherzhaft nannte. Das waren Stammstücke von Buchen, die beim Fällen unglücklich abgebrochen waren, aber eine gute Sitzfläche mit Rückenlehne ergaben.

„Das tut gut", ächzte Sir John. „Langsam merke ich, dass ich in die Jahre komme. Mit liegt viel daran, noch zu erleben, wie wenigstens eine meiner Töchter gut versorgt sein wird."

Ken ließ den Wasserkrug sinken. „Ihr habt fest beschlossen, mir Faye eines Tages anzutrauen?"

„Sie hat es beschlossen und wir sind recht erfreut darüber. Ihr hättet erleben sollen, wie sie auf Eure Abreise reagiert hat!" John gab das kurze Gespräch wieder.

Ken wechselte die Farbe von weiß zu rot und wieder zurück.

„Sie wird es akzeptieren müssen, wenn Ihr Euch bis dahin bei den hübschesten Dirnen holt, was einem Ritter gebührt." John drehte die Handflächen nach oben. „Wer das eine will, muss das andere mögen. Sie lernt bereits eifrig den Stammbaum Eures Clans auswendig und kann auch schon jeden Grenzort benennen. In neun Jahren, vier Monaten und sieben Tagen wird sie Euch das Ja-Wort geben."

Ken wurde noch blasser.

„Oder gibt es schon eine Braut?", fragte John.

Das langsame Kopfschütteln Kens fiel ziemlich ratlos aus.

Um Missverständnissen aus dem Weg zu gehen, begann John genau das zu erzählen, was Mary-Ann angedeutet hatte. Mit den Worten: „Sie sind Zauberinnen und Drachen. Würde ich von mir aus sagen, Ihr werdet den oder den heiraten, wenn Ihr erwachsen seid, dann könnte ich gleich meinen letzten Willen aufschreiben."

„Dann müsste ich wohl auch damit rechnen, auf der Liste der unliebsamen Personen zu landen?" Ken grübelte, was noch geschehen könne.

Sir John schüttelte den Kopf. „Nein. Es würde Ihr schlicht das Herz brechen. Sie würde nicht einmal die Nebenbuhlerin behelligen. Erinnert Ihr Euch an Lady Lilians Geschichte?"

Ken atmete tief durch. „Offensichtlich ist es mein Schicksal, auf Schönes immer sehr lange warten zu müssen." Dann blinzelte er. „Ich werde es wie Ihr halten. Aber bis zum Tag der Hochzeit wird Faye nicht einen Funken mehr Zuwendung als Maya erfahren, auch wenn es in meinem Herzen ganz anders aussieht."

„Darauf trinken wir!", lachte Sir John, einen kleinen Weinschlauch aus der Tasche ziehend, der gerade zwei Becher füllte.

Der Klang von Jagdhörnern ließ beide Ritter zusammenzucken.

Ken zog die Augenbrauen zusammen. Ehe er finstere Gedanken bekommen konnte, sah er die Standarte des Königs zwischen den Bäumen durchschimmern und der Hufschlag mehrerer Pferde erklang.

„Haben wir Euch schön erschreckt?", schmunzelte William, vom Pferd springend und die beiden mit herzlichen Umarmungen begrüßend.

„In der Tat", gab Ken zu.

Jack lachte. „Wir sind auf der Durchreise und konnten es uns nicht ganz verkneifen, für Aufruhr zu sorgen." Er spähte bewundernd zum Haupthaus hinüber, das auf den allerersten Blick wie früher wirkte. Erst auf dem Zweiten waren die rohen Bretter in Fenster und Türen zu erkennen.

„Zeigt Ihr es uns?", bat er.

„Aber natürlich!" Ken lächelte glücklich.

Die Ankunft des Königs schien sich auch schon in den kleinen Wohnflecken der Umgebung herumgesprochen zu haben. Die Menschen kamen in Scharen, um ihn wenigstens ein Mal in ihrem Leben zu sehen.

Es erfüllte sie mit Stolz, einen Brennigan an seiner Seite zu wissen. Sir Ken, als neuem Herrn über Land und Leute, brachte man vom ersten Tag an die allergrößte Wertschätzung entgegen.

„Ich habe eine Art Schatzkammer anlegen lassen", verriet Ken, die Tür für seinen Bruder und den König aufschließend. „Mal sehen, was sich zu neuem Glanz erwecken lässt. Den Schmuck nehme ich mit nach Blackstone, um ihn aufarbeiten zu lassen."

„Ihr werdet hier einen Verwalter brauchen", murmelte Jack.

Ken nickte. „Das ist mir durchaus bewusst. Ich möchte ja nicht, dass die mühevolle Arbeit der letzten Wochen umsonst war."

„Ich wüsste einen guten Mann", warf König William ein. „Der illegitime Sohn des verstorbenen Sir Wintrop wäre der Richtige. Er ist kein Ritter geworden, weil er körperliche Gebrechen hat. Aber dafür hat er einen hellen Kopf und durch seine umgängliche Art großes Verhandlungsgeschick."

Jack bestätigte dies.

John stimmte ebenfalls in den Tenor der Gönner ein. „Mich hat Sir Wintrop wie einen Sohn unter seine Fittiche genommen, als er mich hungrig und frierend auf der Straße aufgelesen hat. Gebt Ben eine Chance!"

„Alles Argumente, die ich nicht einfach unter den Tisch kehren kann", gab Ken zu. „Selbst dann, wenn ich nicht überzeugt wäre, würde ich Euern Vorschlag annehmen, um all das Gute zu vergelten, was Ihr mir angedeihen lasst."

„Lasst die Innenarbeiten ruhen und stellt das Nebengebäude wohnfertig her!", rief der König zu den Handwerkern hinüber. „Ihr habt eine Woche Zeit!"

Er wandte sich burschikos grinsend an John. „Beschwert Euch bei mir, wenn in Blackstone vorerst die Säge klemmt."

John lachte herzlich. „Ich werde mich doch nicht den Befehlen meines Königs widersetzen. Notfalls hole ich mir Leute aus Whitecastle."

„Einen davon lasse ich gleich jetzt benachrichtigen." William nahm telepathischen Kontakt mit seiner Mutter auf, die sich inzwischen nicht mehr wunderte, welch gigantische Kräfte der schwarze Drache in ihm freisetzen konnte.

„Übermorgen spannt Ben die Pferde an", sagte er nach wenigen Augenblicken. „Dann reicht die Woche ja gerade aus, um die Zimmer bewohnbar zu machen. Perfekt. Wir ziehen morgen weiter und *überfallen* Blackstone."

„Ich habe gehört, dort soll es einen guten Weinkeller geben", erklärte Sir John mit treuherziger Miene. „Ich komme am besten gleich mit, um mich von der Richtigkeit dieser Meldung zu überzeugen."

Ken schüttelte amüsiert den Kopf. „Richtet den kleinen Burgfräulein aus, dass ihr Ritter noch ein paar große Taten vollbringen muss, ehe er zurückkehren kann." Und fügte erklärend hinzu. „Für so viele Leute Wild zu schießen, kann mitunter recht anstrengend sein, wenn man es allein bewerkstelligen muss. So gehe ich nachts auf die Pirsch und schlafe bei Tag."

John hielt es für angebracht, den König und Sir Jack über die zukünftige Verbindung zwischen Faye und Ken zu unterrichten.

William war kein bisschen erstaunt. „Das erinnert mich stark an Mary-Ann. Die hat sich Sir John auch nicht wegnehmen lassen. Dann werden wir also in ein paar Jahren so dicht verwoben sein, dass wir jedem die Stirn bieten können, weil die Grenzen beinahe unantastbar werden. Wer einen Brennigan, Blackstone oder Whitecastle angreift, greift auch mich an. Und ich werde mich gut zu wehren wissen." *Ich werde Faye außerhalb des Protokolls mitteilen, dass sie Euch fehlt.*

Das ist in der Tat so. Ich kann es nicht erklären, aber irgendwie hat mich die kleine Zauberin wohl schon in einen Bann geschlagen, aus dem ich nicht entrinnen kann, gab Ken zurück.

Würdet Ihr es denn wollen?

Ken schüttelte den Kopf.

Faye & Maya

Ken begleitete den Zug des Königs noch ein paar-
hundert Meter zu Pferd, ehe er in den Wald abbog,
um ein Wildschwein zu erlegen.

Der große Reitertrupp trabte gemächlich auf
Blackstone zu, um Sir John nicht zu überfordern,
dem es immer schwerer fiel, mit dem jungen Volk
mitzuhalten.

Sir James unternahm schon seit Monaten gar keine
weiten Reisen mehr, weil die Knochen nicht mehr so
wollten, wie er es gerne gehabt hätte.

William und Mary-Ann wussten, dass damit auch
das Ende für ihre Mutter nahte, die bisher der Leit-
drache des Clans gewesen war.

Faye erspähte die Reiter schneller als der Turmwächter. „Onkel William kommt! Onkel William
kommt!", rief sie, gleich zwei Stufen auf einmal hi-
nunterspringend.

Der Knappe, der auf sie aufpassen sollte, solange
Sir Ken nicht anwesend war, hatte Mühe, ihr zu
folgen. Die Füße der Kleinen schienen nicht einmal
den Boden zu berühren, so leichtfüßig schwebte sie
dahin.

Mary-Ann musste schmunzeln. Sie wusste, dass es
genau so und nicht anders war.

Faye rannte über die Zugbrücke und streckte William die Arme entgegen.

„Seid gegrüßt, Mylady", sagte er lächelnd, sich
leicht verbeugend. „Darf ich Euch einen Platz auf
meinem Pferd anbieten?"

Darauf hatte Faye ja nur gewartet. Huldvoll lächelnd nahm sie das Angebot an und ließ sich von ihrem Knappen hinaufheben. Sir John zuckte hilflos mit den Schultern, während die Ritter in fröhliches Lachen ausbrachen.

„Was habt Ihr mir von Sir Ken zu berichten?", fragte Faye sofort.

„Ihr wisst, dass ich dort war?" William war zutiefst überrascht.

Faye schaute ihn schräg von unten an. „Ich weiß es nicht. Ich fühle es."

„Ihr fehlt ihm", entgegnete William wahrheitsgemäß.

„Er mir auch." Damit war für Faye alles gesagt und sie konnte getrost warten, bis sie bei Tisch noch mehr erfuhr. Würde es ihm schlecht gehen, hätte es ihr der König nicht verschwiegen.

Am Tor stand Maya mit so traurigem Gesicht, dass sich Sir Jack hinunterbeugte. „Möchtet Ihr mich ein Stück des Weges begleiten?"

Auf das zaghafte Nicken hob er sie vor sich auf das Pferd. Als sie vor der Treppe anhielten, sprang er ab, ließ aber Maya auf seinem Pferd sitzen. Auch der König sprang ab und blinzelte Faye zu.

„Bringen wir die Pferde zum Stall?", fragte Jack fröhlich, worauf die Mädchen sehr erfreut reagierten. Er nahm also beide Tiere am Zügel, führte sie langsam über den großen Hof zur Tränke und passte auf, dass die kleinen Reiterinnen nicht ins Wasser fielen.

Mary-Ann stand an der Treppe, freute sich riesig über den unverhofften Besuch und darüber, dass die Kleinen endlich wieder strahlten. Ihren Gatten richtete sie mit ein paar liebvollen Worten und einem kräftigen Kräutertrunk wieder auf.

„Ihr habt also Familientreffen auf Wildforest abgehalten", stellte sie fest, weil alle die gleiche Energie mit sich trugen.

„Wir waren so frei, Sir Ken mit unseren Jagdhörnern etwas zu verwirren", lachte William. „Er hat es geschafft, aus der Ruine fast wieder ein Schmuckstück zu machen. In ein paar Tagen kommt sein Verwalter aus Whitecastle."

Mary-Ann horchte auf. „Klingt nach Ben, dem Sohn Sir Wintrops."

„Richtig!" William freute sich, dass allen sofort derselbe Mann in den Sinn gekommen war. „Dann wird auch Sir Ken bald zurückkommen", fügte er auf die großen fragenden Augen von Faye hinzu.

Jack glaubte, unbemerkt die ungleichen Schwestern zu beobachten, merkte aber nicht, dass er seinerseits von Maya genauestens unter die Lupe genommen wurde. Immerhin war er ein Ritter, der ihr ihren Wunsch von den Augen abgelesen hatte.

Die stille Maya stand in puncto Schönheit ihrer Schwester nicht nach. Statt des goldblonden Haares hatte sie eher weizenfarbenes, aber genau die gleichen strahlend blauen Augen. Ihre Drachenseele schien sich noch nicht schlüssig zu sein, ob sie hervordringen solle.

Faye, die Selbstbewusste, setzte durchaus schon ein, was ihr Mutter und Schicksal vererbt hatten. So ließ sie es auch nicht zu, dass die Dienerschaft dem König den Weinbecher füllte. Das tat sie selbst.

Maya zögerte nur ganz kurz, dann nahm sie den Becher Sir Jacks in persönliche Obhut. Ihm schaute sie auch nach, als der Tross davon ritt. Er wunderte sich nur, dass er es fühlen konnte. Mitten auf freiem Feld drehte er sich noch einmal um. Tatsächlich stand das kleine Burgfräulein noch auf dem Turm und winkte mit einem blauen Tüchlein, das deutlich zu sehen war.

„Ich glaube, Ihr habt eine kleine Verehrerin", stellte William trocken fest, worauf Jack lächelte und zurückwinkte. „So hübsche Burgfräulein sollte man niemals enttäuschen."

„Offensichtlich seid Ihr für sie mehr, als nur ein Ritter bei Hofe."

Jack wandte sich William zu und versuchte in dessen Augen zu lesen. „Ich könnte vom Alter her ihr Vater sein. Glaubt Ihr, Eure Schwester ließe es zu, dass Maya einen derart alten Ehemann wählt?"

William winkte ab. „Wenn ein Drache etwas will, dann bekommt er es auch. Also haltet Euch fit, mein Freund. Ihr macht mir nämlich ganz und gar nicht den Eindruck, als lehntet Ihr es ab, in ein paar Jahren meine Nichte zu ehelichen. Und ich lehne es nicht ab, wenn man sie Euch gibt."

Kurz vor Fertigstellung des Wohnhauses für den zukünftigen Verwalter traf dieser mit zwei Pferdewagen und seiner ganzen Habe auf Wildforest ein. Seine beiden halbwüchsigen Söhne lenkten die Wagen und halfen den Eltern, wo sie konnten.

Als Kind hatte Ben einen Unfall gehabt und konnte seitdem den linken Arm nur unter Mühen bewegen. Dies hielt ihn aber nicht davon ab, dem winzigen Stück Land seines Vaters den bestmöglichen Ertrag abzuringen. Das wiederum hatte ihn ins Blickfeld so einiger gerückt.

Als er erfuhr, dass ihn der König persönlich empfohlen hatte, war die Freude riesig und auch der

Ehrgeiz, ihn und seinen Dienstherrn nicht zu enttäuschen.

Sir Ken konnte sich also zwei Tage später getrost auf den Heimweg begeben, natürlich nicht, ohne seiner rechten Hand auf dem Anwesen einen reichlichen Geldbetrag für anfallende Kosten in die Hand zu drücken.

Ben ließ seine beiden Jungen eine Wiese umpflügen, kaufte Wintersaat und beendete die Arbeiten, ehe der erste Frost kam. Dann saß die Familie am Feuer aus den Resten der Bauabfälle und wartete auf den Frühling. An gutem Wasser war auch kein Mangel. Der Brunnen stand randvoll und ganz in der Nähe mündete ein Bächlein in einen recht großen See, aus welchem die Knaben reichlich Fische holten, sodass an Nahrung wahrlich nicht gespart werden musste.

Zuvor hatte die Frau Bens die ehrenvolle Aufgabe übernommen, die Rosenbüsche zu pflegen und Ken geholfen, die beiden begehrten Triebe mit Wurzeln abzutrennen. In ein feuchtes Tuch eingeschlagen hingen sie an seinem Sattel, als er nach Blackstone galoppierte. Dank seines ausdauernden Pferdes brachte er den Weg mit zwei kurzen Pausen in Rekordzeit hinter sich.

Faye fühlte sein Kommen. Sie tigerte an den Fenstern entlang und spähte in die Ferne. Mary-Ann konnte ihr gerade noch einen Umhang zuwerfen, sonst wäre sie ihm glatt im dünnen Kleid entgegengelaufen.

„Ihr kommt spät, mein Herr", sagte sie mit tiefem Vorwurf in der Stimme, den die strahlenden Augen glatt Lügen straften.

„Verzeiht, edle Dame, dringende Geschäfte haben mich aufgehalten", erwiderte er lächelnd.

„Dann verzeihe ich Euch."

Ken stieg ab und hob sie auf das Pferd, welches er am Zügel weiterführte. Die kleine Lady wirkte erwachsen, ganz anders, als er sie in Erinnerung hatte. Sie begann erst zu erzählen, als sie Stufen zum Haupthaus hinaufstiegen.

„Es gehört sich nicht, Weitgereiste mit Fragen zu belästigen", erklärte sie auf die seine, die er nicht einmal gestellt hatte.

Maya hatte im Palas auf ihn gewartet. Sie begrüßte ihn mit genau solch leuchtenden Augen wie ihre Schwester. Mary-Ann und John hießen ihn ebenfalls herzlich willkommen.

„Zuerst möchte ich ein Versprechen einlösen", bemerkte Ken, den verschnürten Beutel aufknotend, aus welchem sofort Rosenduft aufstieg. „Ein Geschenk für Maya und eins für Faye."

„Die Blüten sind wundervoll", schwärmte Mary-Ann. „Wir sollten die Pflanzen sofort in die Erde bringen."

Während die drei Damen hinauseilten, hatten die beiden Männer Zeit miteinander zu sprechen.

„Sir James geht es nicht gut", berichtete John. „Lady Lilian befürchtet das Schlimmste. Wir warten täglich darauf, dass er uns rufen lässt."

Ken erschrak. „Aber das ist ja furchtbar!"

„Aber leider nicht zu ändern. Lilian hat alles versucht. Nun lässt sich der Lauf der Welt wohl nicht mehr länger aufhalten."

„Wissen die Mädchen Bescheid?"

„Noch nicht. Sie hängen mit solch einer Liebe an ihren Großeltern, dass es mir unendlich schwerfällt, sie darauf vorzubereiten, gleich beide zu verlieren." John wirkte ratlos.

Inzwischen begannen die Mägde, den Tisch zu decken und auch die Zwillinge kamen mit ihrer Mama herein. Die Männer brachen das Gespräch ab, um sich erfreulicheren Dingen zu widmen.

Ken erzählte den Damen, was inzwischen alles wiederaufgebaut und instand gesetzt worden war. Auch von der Ankunft seines Verwalters berichtete er. „Sie haben gleich alle mit angefasst", beendete er seinen Bericht.

„Werdet Ihr uns Euer Haus im Frühjahr zeigen?", fragte Faye.

„Sehr gern. Ich lade Euch, Eure Schwester und Eure Eltern ein, mit mir nach Wildforest zu reisen, sobald die Wege für Wagen passierbar sind", versprach Ken.

„Wir nehmen dankend an", antwortete Mary-Ann für alle.

Am Nachmittag widmete sich Ken der intensiven Körperpflege im Badehaus. Das kalte Wasser des Brunnens auf seinem Anwesen und die vielen Zuschauer waren nicht das, was ihm wirklich Freude gemacht hätte. Oft hatte er Jagdausritte genutzt, sich in irgendeinem Bach gründlich zu waschen.

Mit halb geschlossenen Augen döste er fast eine Stunde vor sich hin, bis ihn deutlich hörbares Schluchzen aufschreckte. Maya schien irgendeinen Kummer zu haben, von dem sie wohl niemand recht befreien konnte.

Ken kleidete sich an und folgte dem herzzerreißenden Weinen.

Die Zwillinge standen mit ihrer Mama am großen Turm, wo sie am Vortag die Rosen eingepflanzt hatten. Mayas Trieb ließ die Blätter hängen und auch die zarten rosa Blüten hatten braune Flecke.

Mary-Ann warf Ken einen hilflosen Blick zu. „Ich habe schon alles versucht. Es tut mir so furchtbar leid."

Ken seufzte. „Ich kann erst im nächsten Jahr einen neuen Trieb schneiden. Wie konnte mir das nur passieren? Vielleicht habe ich die Pflanzen nicht richtig eingepackt?"

Faye stand daneben und ballte die Fäuste. Ken hatte es so gut gemeint, die wundervollsten Blumen mitgebracht, die es überhaupt geben konnte und nun machte er sich bittere Vorwürfe.

Sie umarmte die fast vertrocknete Rose mit feuchten Augen. „Bitte, bitte! Du musst wieder gesund werden. Wenn du es schon nicht für Maya und mich tun willst, dann tu es wenigstens für Sir Ken."

Ein paar Tränen benetzten die Blätter und vor den Augen der Zuschauer ergrünten sie. Augenblicke später stand die Rose in voller Blüte und verströmte ihren typischen Duft.

„Tu das nie wieder!", rief Faye, der Pflanze mit dem Finger drohend.

„Kleine Lady, ich danke Euch, Ihr habt meine Ehre gerettet", rief Ken erfreut.

„Ich bin so müde", hauchte Faye, ihm in die Arme kippend.

Ken trug sie ins Haus. John erschrak, sie so bleich und bewegungslos zu sehen.

Mary-Ann beruhigte ihn. „Faye hat soeben ihren ersten Zauber bewirkt. Kein Wunder, dass es sie all ihre Kraft gekostet hat. Sie hatte ihn Sir Ken gewidmet, für den sie wohl jetzt schon durchs Feuer gehen würde."

„Oha, dann werden wir wohl in Bälde damit rechnen müssen, einem kleinen Drachen zu begegnen", überlegte Sir John laut.

Mary-Ann klärte Ken auf. „Die erste Verwandlung geschieht in ausweglos erscheinenden Situationen und sie lässt sich nicht verhindern."

Ken erinnerte sich an den Bericht seines Bruders, wie sich Sir William plötzlich verwandelt hatte.

Faye schlug die Augen auf. „Ich habe Durst", klagte sie.

Maya eilte davon, um ihr einen Becher Kräuteraufguss zu holen. Sie brachte auch noch etwas Zuckerwerk mit, das sie sich aufgehoben hatte. Faye hatte sich die Leckerei wahrlich verdient.

In den nächsten Tagen fiel es den Erwachsenen auf, dass sich Maya von ihrer Schwester alles über die Brennigans beibringen ließ, was diese wusste.

„Was bedeutet das?", fragte Ken.

John erzählte ihm, was sich am Tag der Ankunft mit dem Königstross ereignet hatte.

„Heißt das etwa, dass sie Jack ins Auge gefasst hat?"

„Unmöglich ist es nicht", antwortete John. „Es wäre zwar eine ungünstige Konstellation das Alter betreffend, ich würde ihm aber niemals die Bitte abschlagen."

Lilians letzte Wunder

Als der Winter das Land unter meterdickem Schnee erstarren ließ, kam der befürchtete Ruf aus Whitecastle.

William und Mary-Ann wechselten wenige Gedanken, dann stand fest, dass sie als Drachen alle ihre Lieben zur Burg ihrer Geburt bringen würden, um den letzten Wunsch ihrer Eltern zu erfüllen.

Mary-Ann brachte John und Ken nach Whitecastle, flog sofort zurück und zog ihren Töchtern die wärmsten Pelze an, die sich finden ließen. „Ihr müsst jetzt ganz mutig sein", sprach sie. „Ich werde mich in einen Drachen verwandeln und Euch nach Whitecastle bringen."

Mit großen Augen schauten die Mädchen zu, wie sich ihre Mutter veränderte. Tapfer ließen sie sich greifen und durch die Lüfte tragen. Faye war fasziniert, sie ahnte, dass auch sie das einmal schaffen würde. Immerhin hatte sie schon den Rosenzauber zuwege gebracht.

Ken stand schon bereit, um dem Drachen die Mädchen abzunehmen. Die Augen von Faye sprachen Bände, während sich Maya in einer Art Schockstarre befand.

Von der anderen Seite nahte ein Drache, der Mary-Ann an Größe weit in den Schatten stellte. Faye bettelte so lange, bis sie unter Kens Obhut der Landung von Drache und Reiter zuschauen durfte.

William staunte darüber genau so, wie Faye über die Identität des gewaltigen Drachen.

Ken winkte ab. „Lady Faye zaubert bereits. Sie erschreckt nichts mehr."

Als Jack den Palas betrat, löste sich auch Mayas Erstarrung. Sie bemühte sich sehr, unauffällig in seiner Nähe zu sein.

Gemeinsam hielten die Zwillinge Ausschau nach den Großeltern, die nirgends zu entdecken waren.

Mary-Ann beugte sich zu ihnen hinunter. „Wir müssen uns heute für immer von Lady Lilian und Sir James verabschieden."

Faye biss sich auf die Unterlippe. „Dann werden sie heute sterben?"

Mary-Ann nickte, froh nicht lange Erklärungen geben zu müssen. Maya klammerte sich an ihre Hand, wobei sie gleichzeitig bittende Blicke zu Sir Jack sandte, was schließlich auch alle anderen bemerkten.

Ein Knappe öffnete die Tür zum großen Rittersaal.

Mary-Ann und William traten gemeinsam und sehr gefasst ein. Hinter ihnen gingen die beiden Mädchen an der Hand ihres Vaters. Ihnen folgten Jack und Ken.

Sir James und Lady Lilian waren auf ein Lager mit rotem Samtbezug gebettet. Sie trugen ihre Prunkharnische und hatten ihre Schwerter in einer Hand, während sie sich mit den zugewandten Händen fest aneinander hielten.

Sir James war nicht mehr in der Lage den Kopf zu heben oder gar mit den Versammelten zu sprechen. Er schaute jeden Einzelnen noch einmal an, dann brachen seine Augen.

Lilian seufzte tief. „Nun ist es auch für mich Zeit, zu gehen. Meinen letzten Wunsch habt Ihr erfüllt, indem Ihr alle erschienen seid."

Sie lächelte Faye und Maya an, wobei sie erklärte: „Der Drache in mir wird in dieser Nacht das letzte Mal ein Wunder bewirken, indem er drei innige Wünsche erfüllt, von denen er schon lange weiß."

Ihre Blicke huschten von den Mädchen zu Jack, Ken und William hinüber, die einen heftigen Stich im Herzen fühlten, worauf sie eine seltsame Art von Ruhe durchzog.

„Es ist so weit, ich muss gehen." Lilian schloss die Augen, um sie niemals mehr zu öffnen.

Faye riss sich von Johns Hand los. „Großmutter!!! Nein! Du darfst nicht gehen! Geh nicht fort!" Sie fiel neben dem Totenbett auf die Knie.

Ihr leises Weinen wandelte sich in einen langgezogenen klagenden Schrei. Ein Flimmern umgab ihre Gestalt, dann hockte auch schon ein bläulicher Drache neben dem Bett, um die teuren Toten zu beweinen.

Ganze Sturzbäche weiß schimmernder Perlen rollten über den Fußboden, verteilten sich im Saal und ließen die Zuschauer staunen.

Ken näherte sich dem kleinen verzweifelten Drachen und begann, leise auf ihn einzureden. Langsam versiegte der Tränenstrom und Faye nahm ihre normale Gestalt an. Sie schlang Ken die Arme um den Hals und ließ sich ohne Widerstand aus dem Saal tragen.

„Sie ist unglaublich stark", stellte William bewundernd fest. „Passt gut auf sie auf, Sir Ken."

Man brachte Lady Lilian und Sir James in die Familiengruft, die noch zu ihren Lebzeiten durch einen bronzenen Drachen gekrönt worden war.

William und Mary-Ann hielten die ganze Nacht in Drachengestalt Totenwache.

240

John rang die Hände, weil sich Faye und Maya zu schlafen weigerten – Maya aus Furcht, Faye vor Aufregung. Die beiden gaben erst Ruhe, als sich Ken und Jack in voller Bewaffnung neben ihre Betten setzten.

Mit dem ersten Sonnenstrahl legten Mary-Ann und William ihre Drachengestalt ab. Doch statt sich im Haus in Ruhe von der Kälte erholen zu können, erwartete sie die nächste Aufregung.

Zur gleichen Zeit waren nämlich die Brennigan-Brüder auf ihren Stühlen erwacht und glaubten Halluzinationen zu haben. Die Zwillingsschwestern lagen zwar noch in ihren Betten und schliefen, hatten sich aber auf unglaubliche Weise verändert.

Die beiden Ritter schlichen vorsichtig hinaus, um, etwas verstört, John zu wecken. Sie klopften an seine Zimmertür und sagten, als er öffnete: „Wir sind etwas ratlos, was Eure Töchter betrifft."

John eilte gleich im Nachthemd ins Nebenzimmer. Er schaute hinein und zuckte erschreckt zurück, wobei er einen erstaunten Ausruf nicht unterdrücken konnte, welcher nun die Mädchen weckte und gleichzeitig Mary-Ann und William herbeilockte.

Faye und Maya staunten über die ungläubigen Gesichter, bis sie sich gegenseitig anschauten und mehrmals die Augen rieben, um zu begreifen, dass sie nicht träumten. Großmutters Drachenwunsch hatte bewirkt, dass beide um mehrere Jahre gealtert waren.

Der König brachte es lachend auf den Punkt. „Damit dürfte einer Hochzeit nichts mehr im Wege sein."

„Vorausgesetzt, es bringt uns jemand Kleidung, damit wir aufstehen können", kicherte Faye, Ken einen verliebten Blick zuwerfend.

Maya schaute Jack an, schloss die Augen und flüsterte: „Und ich muss leer ausgehen?"

Jack schmunzelte. „Darüber sollten wir sprechen, wenn Ihr Euch angezogen habt. Nackte Frauen verwirren mich."

William klopfte ihm grinsend auf die Schulter. „Das ist mir neu."

Mary-Ann lehnte zufrieden an Johns Schulter. „Danke, Mutter."

„Ja", stimmte John zu, „Dafür hat sie wirklich den Dank aller verdient."

William hatte die Tür der Mädchen geschlossen und amüsierte sich über die Freudenausbrüche auf beiden Seiten. Drinnen kicherten die Schwestern und draußen schmiedeten die Brüder tausend Pläne.

Mary-Ann fasste sich an den Kopf. Sie hatte glatt vergessen, dass sie die Einzige war, die wusste, wo die Kleider ihrer Mutter zu finden waren, die die Mädchen jetzt dringend brauchten.

Nach ein paar Minuten kam sie mit sehr ähnlich aussehenden Kleidungsstücken für zwei Personen zurück und kurz darauf führten zwei glücksstrahlende Ritter zwei hübsche junge Mädchen am Arm zur Frühstückstafel.

Jack, als der Ältere, bat zuerst John und Mary-Ann um Mayas Hand. Ken, dem Faye schon fest versprochen war, machte das Ganze nun in aller Form noch offiziell. Am Vormittag suchten die beiden Pärchen auch gemeinsam die Gruft auf, um sich noch einmal für das wundervolle Geschenk zu bedanken.

242

Die Mägde hatten inzwischen die Perlen aufgelesen, welche sich Faye nun mit Maya teilte.

„Im März werden wir auf Blackstone eine rauschende Doppelhochzeit feiern", freute sich John.

„Bis dahin müsst Ihr leider auf mich warten", seufzte Jack, Maya liebevoll übers Haar streichelnd. „Ich muss noch heute unseren König nach Hause begleiten." Er zog den Ring seines Vaters vom Finger und streifte ihn ihr über. „Ein Liebespfand, das Euch ein wenig trösten soll."

„Ich werde wohl zweimal fliegen müssen", überlegte Mary-Ann.

„Glaub ich nicht", schmunzelte Faye. „Ich werde es doch wohl schaffen, mich und meinen Liebsten nach Blackstone zu bringen. Wozu ist man denn ein Drache?"

Maya seufzte. „Ich glaube, ich muss noch ziemlich viel lernen."

„Ihr schafft es", versicherte Jack. „Und wenn nicht, dann liebe ich Euch trotzdem, genau so, wie Ihr seid."

Sir William beauftragte einen der verlässlichsten Ritter mit der Verwaltung Whitecastles, bevor alle drei Drachen pfeilschnell davonhuschten.

Ken bewunderte das blau schillernde Schuppenkleid seiner Braut, die ihre Bahn zog, als habe sie nie anderes getan. Neben ihnen flog Mary-Ann mit Maya und John auf dem Rücken, der seine ängstliche Tochter zusätzlich festhielt.

Am Ziel und rückverwandelt, fiel Faye Ken um den Hals und küsste ihn stürmisch.

„Meine kleine Zauberin", flüsterte er ihr ins Ohr.

Maya streichelte ihren Ring.

In den folgenden Tagen passierte es immer wieder, dass sie Faye und Ken in die Quere kam, die gerade heftig am Turteln waren. Und jedes Mal ärgerte sie sich über sich selber. Zur falschen Zeit am falschen Ort und zu ungeschickt, auch nur einen Funken Drachenkraft zu aktivieren.

Gerade war sie wieder in eine peinliche Situation gestolpert. Ken hatte seine Hände genüsslich um Fayes Kehrseite gelegt, sie fest an sich gezogen und sie ahnen lassen, was sie eines Tages noch für Freuden erwarteten.

Maya hatte eine Entschuldigung gestammelt und sich mit hochrotem Kopf in den hintersten Winkel der Wehrgänge geflüchtet. Nun stand sie hier, den Kopf an die Mauer gelegt und schrie ihren Frust heraus.

Plötzlich drehte sich alles vor ihren Augen und sie hörte sich, statt zu stöhnen, laut fauchen. Im nächsten Augenblick schwang sich ein roter Drache in die Wolken, mit eiligen Flügelschlägen Richtung Süden ziehend.

„Ich glaub es nicht!", staunte Faye, ihr hinterherschauend.

Mary-Ann kam aus dem Haus gerannt, das Wunder im letzten Moment noch erspähend. Vorsichtshalber gab sie William Bescheid, der sofort Jack unterrichtete. Gemeinsam stiegen sie auf den Turm, um auf die Ankunft der Drachenlady zu warten.

Ein rotes Leuchten in den Wolken weckte ihre Aufmerksamkeit. Es kam rasch näher und bald schon stieß der Drache herab, umkreiste mehrmals den Turm, ging tiefer und verwandelte sich kurz über den Männern zurück.

Jack und William fingen Maya sicher auf, die sich, nachdem sie den König begrüßt hatte, in Jacks Arme warf.

„Ihr habt mir gefehlt", hauchte sie.

Süß und völlig verrückt, schmunzelte William. „Kommt ins Warme!", sagte er laut.

Jack blinzelte ihm zu und zuckte fröhlich mit den Schultern.

Sie ist gut angekommen, lautete Williams Botschaft an Mary-Ann und Faye.

In den folgenden Wochen tauchte immer wieder der rote Drache über der Königsburg auf, um ein paar schöne Stunden mit Jack zu verleben.

Faye war auch mindestens ein Mal in der Woche fliegend unterwegs, aber immer mit Ken Richtung Wildforest und zurück.

Auf die Frage ihrer Mutter, ob man sie gesehen habe, antworten beide Mädchen: „Sicher. Die Menschen sollten sich daran gewöhnen, dass die Drachen zurück sind."

Anfang März begannen auf Blackstone die fieberhaften Vorbereitungen für die prachtvolle Doppelhochzeit. König William reiste das erste Mal offiziell in Gestalt des Drachen an und landete mitten im Burghof, den er mit seiner gigantischen Größe fast völlig ausfüllte.

Auf dem Höhepunkt der Feierlichkeiten trabte ein nachtschwarzes Pferd auf den Hof, dessen genau so schwarzhaarige Reiterin die gleichen strahlend blauen Augen wie die Blackstone-Frauen zierten.

Man führte die schöne Fremde in den Saal, wo sie den beiden Paaren die wundervollsten Blumen zum Geschenk brachte, die diese je gesehen hatten.

König William schien sehr viel Interesse an der geheimnisvollen Fremden zu haben. Er bat sie sogar auf den Stuhl neben sich.

„Ist sie Eure Auserwählte?", fragte Faye schließlich ganz direkt und alle schauten in der plötzlich eintretenden Stille König William an.

Der lächelte. „Nein, sie ist meine Tochter, Brenda of Whitecastle."

Außer bei Jack, verblüffte Gesichter ringsumher.

„Sie lebt im Nebelwald, um ihre enormen Kräfte kontrollieren zu lernen. Ihre Mutter, eine flüchtige Romanze, hat sie mir in die Arme gedrückt und gesagt: *Nehmt Euer Wechselbalg, ich will es nicht.* Da war Brenda nicht einmal zwei Jahre alt und zeigte deutlich drachenschuppige Haut, wenn sie zornig war.

„Habt Ihr Euch deshalb so zurückgezogen und nie nach einer wirklich passenden Frau Ausschau gehalten?", seufzte Mary-Ann.

William nickte. „Das Wohl meiner Kleinen war mir wichtiger. Nun hat der Wunsch meiner Mutter das Gleiche bewirkt, wie bei Faye und Maya. Er hat Brenda zu einer jungen Frau werden lassen, die in den letzten Wochen in der Einsamkeit des Nebelwaldes zu sich selber gefunden hat."

„Ich möchte, dass sie die Herrin über Whitecastle wird", forderte Mary-Ann.

William atmete auf. „Genau darum wollte ich in den nächsten Tagen bitten."

„Ihr seid der König und könntet es befehlen", wunderte sich Sir John.

William winkte ab.

Mary-Ann nahm Brendas Hand. „Euer Vater hat recht. Wir Drachen halten auch so zusammen. Kennt Ihr schon Ritter Thomas, der Whitecastle verwaltet? Nein? Na, der ist im richtigen Alter und dürfte ganz Eure Kragenweite haben. Ihr werdet Euch sicher nicht langweilen."

Die ganze Hochzeitgesellschaft brach in schallendes Lachen aus. Brenda warf ihrem Vater einen glücklichen Blick zu. Auch hier hatte er recht behalten. Sie war sofort mit offenen Armen in die Familie aufgenommen worden.

Als sich die beiden frisch vermählten Paare in ihre Schlafgemächer zurückzogen, saßen Mary-Ann, John und William noch lange mit Brenda am Kamin und unterhielten sich.

Prinzessin Brenda

„Welche Farbe hat Euer Panzer?", fragte Faye am nächsten Tag Brenda.

„Milchweiß."

„Oh, ich habe auf schwarz gewettet, wegen der Haarfarbe."

Brenda lachte. „Alle denken, ich sei ein schwarzer Drache wie mein Vater. Wir fliegen dann übrigens auf einen Kurzbesuch nach Whitecastle, wo er mir Ritter Thomas vorstellen möchte."

„Dürfen wir mitkommen?"

„Von mir aus sehr gern. Ich wasche mich aber ganz in Unschuld, wenn Eure Gatten schimpfen."

„Wer schimpft?" Ken und Jack spähten ins Zimmer.

„Wir möchten mit nach Whitecastle fliegen", baten die Schwestern.

„Dann suchen wir mit Euerm Vater nach Schätzen im Weinkeller", schmunzelte Jack. „Aber nicht schimpfen, wenn Ihr nach Hause kommt."

„Mutter wird schon aufpassen!", lachte Faye.

„Auf Euch!", kicherte Mary-Ann. „Ich komme nämlich auch mit. Ich lasse mir doch die verblüfften Gesichter nicht entgehen, wenn ein ganzer Schwarm Drachen den Himmel verfinstert. Das wird ein grandioses Schauspiel geben!"

Mary-Ann sollte sich nicht getäuscht haben. Mit offenen Mündern starrten ihnen die Leute hinterher, als einer nach dem anderen vom Burghof startete. Williams Flügelschlag war so gewaltig, dass es mehrere Menschen in die Luft wirbelte.

„Im wahrsten Sinne des Wortes umwerfend", stellte Ken beeindruckt fest.

Sir Thomas kam sofort aus dem Haus, als der Turmwächter, „Die Drachen! Die Drachen kommen!", rief.

„Wie viele?", schrie er hinauf.

„Alle! Fünf Stück an der Zahl!", schallte es herab.

„Fünf???"

Keine Zeit, um sich zu wundern, oder gar, um etwas für den Empfang des Königs vorzubereiten, denn der landete soeben mit seinen Damen.

Thomas begrüßte sie standesgemäß. Er konnte sich nur nicht erinnern, die vierte junge Dame jemals gesehen zu haben. Aber er würde sie auch nie mehr vergessen. Die strahlend blauen Augen standen in unglaublichem Kontrast zum rabenschwarzen Haar.

Sir Thomas musste sie einfach immer wieder anschauen. Als er gerade Lady Blackstone nach dem Namen der hübschen Fremden fragen wollte, sagte der König: „Sir Thomas, Ihr werdet ab heute den Befehlen meiner Tochter, Prinzessin Brenda of Whitecastle, gehorchen."

Brenda schaute ihren Vater mit großen Augen an. Sie hatte niemals zu hoffen gewagt, dass er sie legitimieren werde.

„Stets zu Euren Diensten, Herrin!" Thomas gelang es mit Mühe, seine Überraschung zu überspielen.

Als Mary-Ann Brenda und ihre Töchter durch die Burg führte, setzte sich der König mit Sir Thomas zusammen.

„Ich will nicht lange herumreden", begann er. „Eure Herrin hat ihren eigenen Kopf. Aber Ihr kennt ja die Drachen, ich erzähle Euch also nichts Neues. Solltet Ihr Gefallen aneinander finden, stehe ich Euch nicht im Wege. Wenn Drachen etwas haben wollen, dann nehmen sie es sich sowieso."

„Ihr ermutigt mich?", stotterte Sir Thomas.

„Sicher. Ihr seid einer meiner allerbesten Männer. Ich möchte nicht, dass Ihr Euch Zwänge auferlegt, die von meiner Seite aus nicht vorhanden sind. Ich bin aber auch leid, alles dem Zufall zu überlassen. Macht das Beste aus meinen Informationen."

Die Damen kamen lachend und scherzend zurück. Brenda schaute Thomas prüfend an. Der konnte es nicht verhindern, einen leichten Anflug Röte zu bekommen.

„Lady Mary-Ann meint, Ihr hättet das gewisse Etwas, das mir gefallen könnte", sagte Brenda. „Mein erster Eindruck sagt das Gleiche."

William schlug sich lachend auf die Schenkel, weil Sir Thomas glühend rot wurde."

„Hab ich etwas Falsches gesagt?" Brenda schaute unsicher zwischen den Männern hin und her.

„Wir haben gerade über das gleiche Thema gesprochen. Nun glaubt Sir Thomas aber ganz sicher, dies sei ein abgekartetes Spiel, um ihn gefügig für Euch zu machen", erklärte William, noch immer lachend.

Brenda schloss die Augen. „Oh je. Ich möchte jetzt aber auch nicht in seiner Haut stecken. Verzeiht bitte, Sir Thomas, ich wollte Euch nicht in solch eine Bedrängnis bringen.

Nur bin ich ziemlich sicher, dass Ihr ganz und gar nicht der Mann seid, sich an eine Frau zu pirschen, nur weil man es ihm aufgetragen hat. Wenn Ihr es tun wollt, dann tut es aus freien Stücken."

„Das ist doch die ganze Zeit meine Rede", platzte William amüsiert heraus.

Lady Brenda winkte Sir Thomas. „Kommt, wir gehen eine Runde auf dem Wall. Ist wohl besser, wenn wir ein paar vernünftige Worte wechseln, ehe ich wieder nach Blackstone fliege.

Außer Hörweite jedweder Lauscher blieb Brenda stehen. „Sir Thomas, Ihr werdet mein Schatten sein. Nicht, weil ich mich vor etwas fürchte, das unheimlich wäre – ich brauche Eure Hilfe, weil ich vor ein paar Wochen in eine Welt geworfen worden bin, die ich nicht kenne.

Alles, was ich weiß, sind nicht Erfahrungen, die ich gesammelt habe, nein, es ist Wissen, das mir gegeben wurde. Sagt mir, wenn ich Euch durch Offenheit verschrecke.

Ich habe nur meinen Dracheninstinkt, der mich leiten kann. Na ja, und der Drache in mir mag Euch", setzte sie etwas zaghaft hinzu.

„Herrin, ich werde für Euch da sein. Und Ehrlichkeit, gegen Ehrlichkeit, sicher mehr als es zwischen einer Dienstherrin und ihrem höchsten Ritter üblich wäre. Ihr habt ja meine Blicke bemerkt, als Ihr hier ankamt." Thomas reichte ihr den Arm, welchen sie gern nahm, um sich weiterführen zu lassen.

William und die Damen beobachteten das aus dem Fenster.

„Ich hab es doch versprochen, dass er genau der Richtige ist", erklärte Mary-Ann zufrieden. „Immerhin habe ich plötzlich zwei junge Mädchen gehabt, die fast nichts von der Welt wussten.

Brenda ist ja noch viel schlechter dran, weil sie diese Welt nicht mal als kleines Kind erkunden konnte. Ihr hilft wahrlich nur ihr extrem starker Drachencharakter. Sonst wäre sie auch kein weißer Drache geworden, der das völlig Reine und Klare verkörpert.

Und wie sie sich miteinander unterhalten, zeigt, dass Thomas schon erfahren hat, welch große Aufgabe ihm nun bevorsteht. Ich bin zufrieden."

„Na, ich erst!", rief König William. „Das sogar mehrfach. Sollte wirklich der Glücksfall eintreten, dass die beiden dauerhaft zueinanderfinden, wird ein starker neuer Familienverband direkt in unseren Clan aufgenommen.

Je stärker die männlichen Mitglieder sind, die mit einem Drachen Kinder zeugen, umso höher sind die Chancen, dass immer wieder kleine Drachen daraus entstehen. Meine Gratwanderung als König eines Menschenvolkes und eines Drachenvolkes ist nicht immer leicht.

Natürlich wünsche ich mir Drachenenkel. Aber die sollen nicht durch bloße Berechnung, sondern durch Liebe auf diese Welt kommen und sie sollen Liebe erfahren." Dabei schaute er wehmütig zu seiner Tochter hinüber, die als Baby von ihrer Mutter verstoßen worden war.

Er sah, wie Sir Thomas immer wieder nickte und Brenda lächelte, wie beide langsam zurückkamen und kurz darauf in den Saal eintraten.

Sir Thomas rückte ihr einen Stuhl zurecht. „Habt Ihr noch Befehle für mich, Mylady?"

„Im Augenblick nicht. Nur ein paar Hinweise. Ich werde zu Pferd anreisen und versuchen, ein fast normales Menschenleben zu führen." Sie blinzelte verschmitzt. „Zumindest für die anderen."

Als die Drachen kurz darauf davonflogen, schaute ihnen Sir Thomas lange nach. Er freute sich auf Prinzessin Brendas Einzug in die Burg. König Williams hübsche Tochter hatte Verstand, das Herz am rechten Fleck und alles, was einen jungen Ritter träumen ließ.

„Guten Flug, Prinzessin", murmelte er, als er sich endlich an seinen üblichen Aufgaben begab.

Danke, Sir Thomas, hörte er es in seinen Gedanken wispern und sein Herz machte einen gewaltigen Sprung.

Auf Blackstone lief fast das ganze Städtchen zusammen, als die Drachen in exakter Formation heranflogen. Die drei Ritter erwarteten schon sehnsüchtig ihre Herzdamen. In der Reihenfolge, wie sie landeten, führten sie sie am Arm in die Burg.

Lady Blackstone, grüngeschuppt, verwandelte sich zuerst zurück. Ihr folgten die blau schillernde Faye und die blutrote Maya. Brenda, so strahlend weiß, dass sie im Sonnenschein fast silbrig wirkte, wartete, bis sich ihr nachtschwarzer Vater transformiert hatte.

Dann erst stoppte sie mit rauschenden Schwingen genau vor ihm, nahm seinen Arm und schritt so freudig strahlend neben ihm her, dass viele einfach zurücklächeln mussten. Wer die Schönheit in Begleitung des Königs war, hatte sich schon am Vortag in Windeseile verbreitet.

Am Abend bettelte sie ihre große Familie: „Erzählt Ihr mir von Großmutter und Großvater? Ich kenne doch nur ihre Burg und ihre Bildnisse."

Es wurde eine lange, lange Nacht. Faye und Maya begannen. Zuletzt erzählte Sir John, der Älteste, wirklich alles, was er für und mit Sir James und Lady Lilian erlebt hatte. Wie er die alten Blackstones zum Nachdenken gebracht und Mary-Ann und William miterzogen hatte.

„Ich würde heute noch einmal alles ganz genau so wiederholen", sprach er schließlich, Mary-Ann liebevoll anlächelnd. „Ich will auch niemals wieder einen Schwur hören, dass einer von Euch wundervollen Drachen den Freitod wegen seines Partners wählt."

„Warum nicht?", fragte Maya erstaunt.

„Weil ein Drachenmensch viele Menschenleben überdauert, und, wenn er dann doch stirbt, nur seine Hülle vergeht. Der wahre Drache kann dann in seiner wirklichen Gestalt noch einmal viele Jahrhunderte leben. Ich bin in tiefer Trauer um Lady Lilian, den Drachen, dem ich alles verdanke, was ich heute habe und bin.

Meine Zeit neigt sich auch langsam dem Ende entgegen. Ich möchte, dass Mary-Ann einen neuen starken Ritter erwählt, der das Geschlecht der wundervollen Drachen fortleben lässt. Das wäre mein sehnlichster Wunsch."

„Ich weiß nicht wie, aber ich werde ihn erfüllen", flüsterte Mary-Ann und große weiße Perlen rannen aus ihren Augen. Erschreckt fing sie eine davon auf, denn bisher waren ihre seltenen Tränen salziges Wasser gewesen.

„Mein wundervoller, starker Drache", murmelte Sir John, wohl wissend, wie schnell seine Lebenszeit davon rann.

Brenda kaute auf ihrer Unterlippe. Onkel John liebte seine Mary-Ann so sehr, dass es kaum zu beschreiben war. Brenda konnte fühlen, wie schlecht es ihm ging, seine Schmerzen, wenn er sich von einem Stuhl erhob, oder sich die Stufen hinaufquälte.

„Ich möchte Sir John etwas schenken, aber dazu brauche ich die Hilfe von allen Drachen. Wäret Ihr bereit, ihm zwei Jahre von Eurer langen Lebenskraft zu geben? Ja?? Oh, ich danke Euch! Nehmt Euch an den Händen!", bat sie, John in den großen Kreis einbeziehend.

Seine linke Hand hielt Brenda fest, die rechte Mary-Ann, dann jeweils eine der Zwillinge und John gegenüber stand William.

„Dann tut es jetzt, wenn Ihr die Wärme fühlt, die ich Euch schicke."

Innerhalb eines Wimpernschlages flimmerte die Luft und Sir John hatte das Gefühl, er würde schweben. Alle Schmerzen schienen wie weggeblasen.

„Es hat tatsächlich funktioniert!", jubelte Brenda. „Sir John hat von heute an genau zwanzig Jahre, in denen er ohne Schmerzen leben wird. Mehr kann ich leider nicht tun."

Mary-Ann schloss Brenda in die Arme und schon wieder sprudelten Perlen hervor. Nur diesmal aus Freude und Dankbarkeit. Johns Lebensspanne wäre sonst in nicht einmal fünf Jahren zu Ende gewesen. „Du bist eine würdige Herrin von Whitecastle."

John nahm einfach nur beide Hände seiner wundervollen Nichte und schaute ihr lange in die Augen. Er konnte, gemessen an dem, was sie ihm geschenkt hatte, einen winzigkleinen Wunsch darin sehen.

Also zog er einen großen Beutel Gold hervor, legte ihn vor dem König auf den Tisch. „Ich möchte einen Hengst und eine Stute aus der Thunderstorm-Linie für Lady Brenda haben. Schickt sie direkt nach Whitecastle."

Brenda riss die Augen auf. „Ich bekomme gleich zwei?" Und: „Diese Prachtpferde gehören meinem Vater?"

„Ja, er hütet sie wie seinen Augapfel", schmunzelte John. „Wenn der Inhalt des Beutels nicht reicht, dann packe ich den Fehlbetrag noch obendrauf."

William schüttelte amüsiert den Kopf, entnahm dem Beutel, was er mit einer Hand fassen konnte, und schob den großen Rest über den Tisch zurück zu John. „Ich denke, so sind wir bestens im Geschäft."

Seinen Anteil häufte er vor Brenda auf. „Dafür lasst Ihr Euch für die beiden schwarzen Schönheiten ordentliches Sattelzeug maßanfertigen."

„Oh!" Brenda faltete die Hände. „Mir fehlen glatt die Worte."

„Ach, keine Sorge, die findet Ihr bei Ritter Thomas schon wieder", schmunzelte William blinzelnd.

Brenda lächelte. „Bestimmt. Ich freue mich auf Whitecastle. Gleich morgen breche ich auf."

Am nächsten Morgen reiste auch der König mit Sir Jack und seiner reizenden Gattin, Lady Maya, ab. Mayas ganze Habe steckte gut verstaut in zwei großen Truhen, deren eine sie selber und die andere der König trug, der gleichzeitig noch seinen Freund Jack auf dem Rücken transportierte.

Lady Brenda trabte auf ihrem Rappen davon und die Blackstones und jungen Brennigans, die noch ein paar Tage auf Blackstone bleiben wollten, folgten ihr lange mit den Augen.

Keiner sah, wie sich Brenda verwandelte und ihr Pferd sacht durch die Luft trug. Auch wie sie landete und als Frau die letzten Kilometer weiterritt, bemerkte niemand.

Sir Thomas glaubte, seinen Augen nicht zu trauen, als das nachtschwarze Ross seine hübsche Reiterin in den Burghof trug. Er eilte herbei, um ihr persönlich vom Pferd zu helfen.

„Ihr seid schon da?! Wie wundervoll!", rief er.

Brenda lächelte. „Ich hatte gehofft, dass Ihr Euch freuen würdet." Sie winkte einem Knecht, ihr weniges Gepäck in die Burg zu tragen. „Ob es wohl in der Küche noch etwas Warmes für mich gibt?"

„Was für eine Frage!", rief Sir Thomas. „Ich lasse sofort auftafeln, was Euer Herz begehrt."

„Ach, das begehrt nur Eure Gesellschaft", erwiderte Brenda, sich bei dem glücklichen Ritter einhängend. „Ein heißer Kräutersud und vielleicht ein Stück Braten wären als Zugabe nicht übel. Kommt, wir schauen gleich beim Koch nach, was er Schönes hat!"

Augenblicke später saß sie in der Küche am Tisch und freute sich, von allem Möglichen ein Häppchen kosten zu können.

Der alte Timothy, noch immer der heimliche Herr über Kochlöffel und Töpfe, ließ sogar die ganz besonderen Leckereien herbeibringen, die es sonst nur an Feiertagen für die Herrschaften gab.

„Für mich ist ein Feiertag", erklärte er. „Ich darf es schließlich noch erleben, dass wieder ein Drache über Whitecastle herrscht."

„So gesehen, ist tastsächlich ein Tag zum Feiern", stimmte Sir Thomas zu und nahm dankend die Kostproben an, die ihm Brenda reichte.

Die halbe Nacht saß er mit ihr in einem der kleinen Zimmer am Kamin, hüllte sie in eine wärmende Decke ein und legte immer wieder Holz nach. Schließlich sank ihr Kopf an seine Schulter und er trug seine schlummernde Herrin in ihr Zimmer, wo er sie gut zudeckte.

„Schlaft schön, Prinzessin", flüsterte er, sie noch einmal liebevoll anschauend.

Mit dem Sonnenaufgang begannen die Ritter der Burg mit ihrem Morgentraining. Kaum erklang der Stahl, erschien Lady Brenda, um sich vom Können ihrer Beschützer zu überzeugen und anschließend Sir Thomas zu bitten, sie in der Handhabung diverser Waffen zu unterrichten.

Das Bogenschießen beherrschte sie meisterlich, wünschte aber, sich auch mit Schwert und Morgenstern verteidigen zu können.

Erfüllte Erwartungen

Sir Thomas nahm die Aufgabe nur zu gern an, um so oft es möglich war, Lady Brendas Gesellschaft zu genießen. Er unterrichtete sie auch unauffällig im Schreiben und Rechnen, was sie ja nur durch den Zauber ihrer Großmutter in den einfachsten Grundlagen konnte.

Brenda holte rasch auf, was ein adeliges Mädchen von 18 Jahren wissen musste. Bald konnte sie auch die Verwaltungsvorgänge von Burg und Ländereien nachvollziehen und Sir Thomas ein wenig helfen.

Einen Monat nach ihrem Einzug in Whitecastle kamen auch die beiden prachtvollen Pferde auf der Burg an, was Brenda nutzte, ihrem Ritter einen mehrtägigen Ausflug in den Nebelwald vorzuschlagen.

„Wen wünscht Ihr, im Gefolge mitzunehmen?", fragte Thomas sofort, um zu wissen, was an Lebensmitteln eingeplant werden musste.

„Keinen. Ihr seid hier der beste Ritter und werdet mich ganz bestimmt sicher hin- und zurückbringen", lautete die Antwort. „Wir reiten die beiden Prachtpferde und meinen schwarzen treuen Wallach nehmen wir als Packpferd mit."

Schon auf der ersten Rast, fernab von Lauschern und Zuschauern, wagte es Thomas, die bisher wie zufällig wirkenden Körperkontakte durch Brenda, in flüchtiges Streicheln übergehen zu lassen. Ihr kaum merkliches Lächeln darauf ermutigte ihn. Vielleicht ergab sich ja in der Einsamkeit des Waldes eine

Möglichkeit, sie wenigstens einmal fest im Arm zu halten.

Im Augenblick ritten sie auf die ersten Bäume zu, zwischen denen der übliche zähe Nebel waberte. Thomas gestand sich ein, dass der Anblick schon etwas Unheimliches hatte. Er konnte es sich nur schwer vorstellen, dass ein junges hübsches Mädchen, wie Brenda, freiwillig hier leben konnte.

Schon tauchten sie in die feuchte Kälte ein, wobei Thomas genau hinter Brenda ritt. Der Wallach war mit langem Zügel am Sattel seines Pferdes festgebunden und ihm schien die Umgebung nichts auszumachen.

Ganz anders der junge Ritter. Ihm kroch nach wenigen Metern die Nässe unangenehm in die Kleidung. *Hoffentlich ist es im Haus trockener,* überlegte er.

„Keine Sorge, Herr Ritter, Eure Rüstung wird schon nicht verrosten", hörte er Brenda lachen.

Thomas stöhnte. „Oh weh! Ich habe glatt vergessen, dass Ihr ein Drache seid und Gedanken lesen könnt."

Brenda drehte sich um, ohne ihr Pferd anzuhalten. „Bis jetzt haben mir Eure Gedanken ausnehmend gut gefallen."

Thomas wurde puterrot. Er wusste genau, welche Gedanken er in den letzten Tagen gewälzt hatte. Von auf denen auf dem Ritt, wollte er lieber schweigen.

„Wir sind da", bemerkte Brenda.

Thomas staunte, als er die sonnige, völlig nebelfreie Lichtung mit dem schmucken Häuschen gewahrte.

„Versorgt bitte die Pferde, ich kümmere mich um Feuer und Essen." Brenda trug die Säcke ins Haus, ehe Thomas überhaupt Hand anlegen konnte.

Also führte er die Pferde zur Tränke, dann in den Stall und rieb sie mit Stroh trocken. Er hoffte, dass die beiden schwarzen Riesen, nicht zufällig Schaden anrichteten. Der Wallach suchte sich ein Fleckchen, das er wohl von früher her bestens kannte.

Nach erfülltem Auftrag trat Sir Thomas ins Haus.

„Legt Eure Rüstung auf die Truhe an der Tür", wies Brenda an, die schon in einem schlichten Kleid, ihrer Arbeit nachging. „Die Suppe ist gleich heiß. Frischer Kräutertee steht dort drüben in dem blauen Krug. Becher sind da oben!", sie deutete auf ein Regal.

Sir Thomas holte auch gleich noch zwei Suppenschüsseln und Löffel aus dem Regal und legte das mitgebrachte Brot daneben. Brenda lächelte dankbar, emsig weiter im Kessel rührend.

Der Duft der Kräuter ließ Thomas völlig vergessen, dass er vor wenigen Minuten noch die Feuchtigkeit verflucht hatte. Er freute sich auf Brendas Kreation, die sie soeben in die Schüsseln füllte.

„Fleisch?", staunte er, einen großen Brocken aus der Suppe fischend.

„Hmm, hmm. Hier gibt es immer einen Vorrat Trockenfleisch", erzählte Brenda, Brot in ihre Schüssel brockend. „Was wir entnehmen, müssen wir, bevor wir irgendwann wieder wegreiten, auffüllen. Ich denke, ab morgen gibt es frisches Fleisch."

„Falls ich mich nicht hoffnungslos verlaufe", lachte Thomas. „Bei dem Nebel finde ich nicht mal den Durchgang zwischen zwei Bäumen."

„Achtet, statt auf die hier nicht sichtbaren Sterne, lieber auf Wurzeln und Steine", erklärte Brenda. „Außerdem habt Ihr noch mich. Solltet Ihr Euch wirklich verlaufen, dann ruft ohne Worte nach mir. Ich werde Euch finden, wo immer Ihr auch sein mögt."

„Ihr würdet nach einem verirrten Ritter suchen?"

Brenda nickte. „Wenn er mir treu ergeben ist. Vor allem aber nach Euch, weil ich Euch sehr mag." Sie schaute ihn über den Rand ihres Bechers hinweg an. „Was haltet Ihr von einem heißen Bad?"

„Viel. Meine Kleider sind noch immer klamm."

„Dann hängt sie an den warmen Herd, damit sie morgen trocken sind. Im Bett werdet Ihr sie nicht brauchen", flüsterte sie.

Sir Thomas half rasch, den großen Zuber vor den Herd zu tragen. Er holte auch Wasser aus dem Brunnen, das Brenda mit kochendem Wasser aus dem großen Kessel vermischte. Ein paar Tropfen Blütenöl hinein und es duftete so herrlich, wie es Sir Thomas noch nie im Bad erlebt hatte.

Ehe er bis drei zählen, oder sich gar ausziehen konnte, saß Brenda schon im Wasser und schaute ihm interessiert zu. Das bewirkte natürlich, dass sich Thomas' Gefühle so deutlich zeigten, wie er es im Augenblick für völlig unschicklich hielt.

Brenda schien das anders zu sehen. „Mein Gefühl sagt mir, dass ich mich über diese Reaktion besonders freuen sollte. Wie wäre es, wenn Ihr meiner Unwissenheit ein wenig auf die Sprünge helft?"

Thomas blickte sie derart verunsichert an, weil sie auch noch eine völlige Unschuldsmiene zog, dass sie schließlich doch mit einem Schmunzeln zugab: „Ihr habt mich durchschaut. Natürlich weiß ich, wo die kleinen Drachen herkommen.

Könnt Ihr nicht ganz einfach für ein paar Stunden vergessen, dass ich Eure Herrin bin?"

„Wenn es wirklich Euer Wunsch ist …"

„Ist es. Wie lange soll ich denn nun noch auf einen Kuss warten?"

Thomas zog sie mit einem verschwörerischen Blinzeln auf seinen Schoß.

Gedankenlesen ist eine wundervolle Sache, blitzte es hinter seiner Stirn auf, als ihm Brenda seinen innigsten Wunsch erfüllte.

Wie sie ins Bett gekommen waren, hätten beide am Morgen nicht sagen können. Nur, dass es ziemlich überstürzt gewesen sein musste. Auf den Stufen der Treppe lag das Handtuch, der gefüllte Badezuber stand noch da und verströmte, wenn auch abgeschwächt einen blumigen Duft.

Als Brenda die Augen aufschlug, begegnete sie Thomas' Blick. Ihr Ritter hielt sie noch immer im Arm und schickte sich jetzt an, den Morgen so zu beginnen, wie der Abend geendet hatte. Seine streichelnden Hände huschten über ihren Körper, wohin seine Lippen folgten und der Platz zwischen ihren Schenkeln lud ihn ein, ihr rasch zu geben, was sie sich wünschte.

Zu spät für die Jagd, stellte er mit einem besorgten Blick zum Fenster fest, vor dem die Sonne schon recht hoch stand.

„Dafür habt Ihr wertvollere Beute gemacht", wisperte Brenda, ihn noch einmal fest sich ziehend, bevor sie aus dem Bett sprang und sich in das Handtuch hüllte. Augenblick später reichte sie Thomas seine Kleider, damit er sich in Ruhe anziehen konnte.

Er beeilte sich sehr, den Badezuber leer zu schöpfen und in einem kleinen Nebenraum verschwinden zu lassen. Bei der Rückkehr stand schon das Frühstück auf dem Tisch. Jeden Wunsch las er ihr von den Augen ab.

Seine Leidenschaft für Brenda loderte bereits jetzt schon so wild, dass das gemeinsame Bad gleich am ersten Abend, nur der Beginn einer langen heißen Zeit wurde.

Brenda weihte ihn in den folgenden Tagen in Dinge ein, die er während seines Dienstes für Lady Lilian und Sir James nur am Rande gestreift hatte. Beiden tat es fast leid, den wundervollen Wald wieder verlassen zu müssen.

Am letzten Morgen, als Sir Thomas Brenda aufs Pferd half, erfuhr er noch ein Geheimnis – ihre junge Liebe hatte bereits Früchte getragen.

„Oh je, wie soll ich das nur Euerm Vater beibringen?!", stöhnte Thomas zwischen abgrundtiefem Erschrecken und jubelnder Freude.

Brenda lachte fröhlich. „Er soll sich bloß nicht beschweren! Schließlich hat er es so gewollt."

Als es König William ein paar Tage später von ihr telepathisch erfuhr, kam er sofort geflogen, um seiner Freude persönlich Ausdruck zu geben.

„Ihr müsst aber damit rechnen, mich öfter hier zu sehen, wenn das Kleine auf der Welt ist. Großväter sind nämlich zum Verwöhnen da. Außerdem werde ich mit dem kleinen Drachen alles unternehmen, was ich Euch nicht bieten konnte. Ach, das wird ein Spaß!"

„Aber verzieht uns das Kleine nicht", witzelte Brenda.

„Ich??? Ich doch nicht. Es wird sicher ganz nach der Mama geraten", schwärmte Sir William.

Sir Thomas lachte. „Ich glaube, genau das ist, was sie meint", worauf ihm der König kichernd mit dem Finger drohte.

„Ich weiß zwar, dass das Spiel eigentlich anders herum geht", blinzelte Brenda Ritter Thomas an. „Könntet Ihr Euch trotzdem entschließen, bei meinem Vater um meine Hand anzuhalten?"

„Oh, das ist ein Wunsch, den ich mit Freuden erfülle!" Er schritt auch sofort zu Tat.

Der König lachte. „Selbst wenn ich es Euch verbieten wollte, könnte ich nicht. Dann würde mir nämlich ein gewisser weißer Drache derart Feuer unter dem Hintern machen, dass mir auch mein eigener Drachenpanzer nicht viel nützte.

Nehmt den hübschen Wildfang, werdet glücklich miteinander und setzt viele kleine Drachen in die Welt!"

Sofort eilten Boten in alle Richtungen. Eine derartig schnelle Einladung zur Hochzeit kam für die Familienclans dann doch völlig überraschend.

Natürlich freuten sich alle riesig, als an einem wundervollen Sommertag ein überglücklicher Ritter Thomas seine strahlende Braut zum Traualter führte.

„Musstet Ihr es tun?", fragte die immer neugierige Faye Brenda am Abend.

Die Antwort lautet: „Nein. Der Grund ist trotzdem derselbe. Wir erwarten in rund sieben Monaten einen kleinen Drachen."

„Oh, wie wundervoll! Dann wird er sicher ein paar Spielkameraden brauchen. Wir sind schon fleißig an der Arbeit", lachte Faye, Ken einen liebevollen Blick zuwerfend.

„Wir auch", schmunzelte Jack, Maya an sich ziehend. „Und, so wie es aussieht, auch erfolgreich."

Mary-Ann sagte nichts, blinzelte Brenda aber zu. John nickte darauf ganz heftig.

William zog die Augenbrauen hoch. „Wird wohl doch Zeit, dass ich mir eine Frau suche."

Aber schau diesmal bitte zweimal hin, hörte er Brendas Stimme.

Mary-Anns gedachter Wunsch lautete ganz genau so und William schien sich in den folgenden Monaten auch strikt danach zu richten. Am Ende hatte er eine junge Frau näher ins Auge gefasst, die weder kriegerische Ambitionen, noch besondere Kräfte, aber unendlich viel Herzenswärme hatte. Was die Drachendamen veranlasste, sie unkompliziert und gern in ihre Mitte aufzunehmen.

Dass sie einem winzigen und unbedeutenden Familienverband entstammte, interessierte hier niemanden. Dort allerdings freute man sich gleich doppelt, über das unerwartete Ansehen und den Schutz durch eine große Gemeinschaft, die stetig wuchs.

Denn in den folgenden Monaten kamen nach und nach die potenziellen kleinen Drachen zur Welt. Und jeder von ihnen wurde mit einem großen Freudenfest begrüßt.

König William hielt Wort. Er bescherte seiner Enkelin die wundervollsten Erlebnisse, wobei ihn seine Auserwählte gern unterstützte. Sie sang und spielte mit der Kleinen und dem Söhnchen Jacks und Mayas, dass die ganze Burg von dem glücklichen Kinderlachen widerhallte.

Es war nur eine Frage der Zeit, dass sich auch bei ihr und William neues Leben ankündigte. Der König zog es vor, ehe ihm erst Brenda Maß nehmen musste, seine Liebste zu heiraten.

Dieses denkwürdige Ereignis wurde tagelang ausgelassen gefeiert, was dem aufgeweckten Nachwuchs aller Familien die Möglichkeit gab, sich intensiv miteinander zu beschäftigen. Inzwischen erschreckte sich auch niemand mehr, wenn ein eiliger Drache hoch am Himmel seine Bahn zog.

Das Geschlecht der wehrhaften und dennoch sanften Riesen lebte noch mehrere hundert Jahre in Frieden und brachte Wohlstand für die Menschen auf ihren Ländereien.

Dass das irgendwann Neid erweckte und die immer nach Macht gierenden Nachbarvölker gegen sie zu Felde zogen, ist eine andere Geschichte …

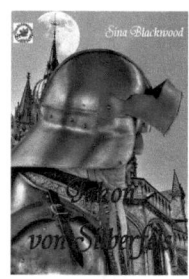